머나먼 귀향

머나먼 귀향

1쇄 발행일 | 2010년 4월 22일

지은이 | 황광남
펴낸이 | 정화숙
펴낸곳 | 개미

출판등록 | 제1999 - 3호 1992. 6. 11
주소 | (121 - 736) 서울시 마포구 마포동 136 - 1 한신빌딩 1412호
전화 | (02)704 - 2546, 704 - 2235
팩스 | (02)714 - 2365
E-mail | lily12140@hanmail.net
ⓒ 황광남, 2010

값 10,000원

ISBN 978 - 89 - 94459 - 00 - 4 03810

머나먼 귀향

황광남 장편소설

개미

내 것인데도 저항 한 번 못하고 빼앗긴 두만강 저편!

간도의 찬서리 내린 그 들녘에서 시퍼렇게 멍든 가슴 안고 사는 이들이여!

하나 였을 땐 그 고마움에 미쳐 몰랐는데 반세기 지난 이제사 사람이 되어 떨어진 그 살점 덩어리 봉합하려 했으나 하나인 저 하늘에 날아 가는 기러기 세 마리 바라보며 눈물만 흘리네.

체념하다가도 남과 북 간도로 3조각난 조선보다는 하나가 된 것이 얼마나 힘이 있는가?

아직도 내 몸 일부에 곪아 있는 부수럼이 한밤중 버선발로 살얼음판 기다시피 도강해 떠난 누이의 아픔만 하랴!

날 저문 두만강 강가에서 누이가 찾아간 남쪽으로 눈길만 주어도 가슴은 저려 오는데.

언제일까? 겨레가 조선의 한울타리에서 살게 될 날은 아마도 기다리며 산만큼은 더 기다려야 할 것 같네.

조선의 하나됨은 그립기만 한데.

나는 이 작품 속에 홍양화를 통해서 중국 속에 살고 있는 소수민족의 아픔을 표출하려 했지만 실제로 그들의 고통은 그 몇 배가 될 것이다. 느낌보다는 물리적 자극이 더 크기 때문이리라.

그러나 보다 근원적인 사실은 현재도 밀려난 자는 항상 주변에 존재한다는 현실이다.

동반된 아픔도 상존한다. 우리는 그 존재를 한탄하고 기피하기 전에 먼저 받아들일 준비가 되어 있어야겠다. 늘 주변을 살피고 그 상황에 머물지 않도록 항상 자신에게 최선을 다 해야 하는 것이 중요한 일일 것이다.

2010년 4월에
백련서재에서

| 차례 |

거대한 모순

노끈은 가늘었지만 칡넝굴보다 더 질겨 보였다.

이팔복이 겨우 정신을 차렸을 때 여자는 그 노끈을 그의 목에 감고 조일 채비를 하고 있었다. 그는 안 돼 안 돼, 하고 외치면서 목을 뒤로 뺐다.

그는 이제 곧 죽을 것이란 두려운 생각이 들자 있는 힘을 다해 악을 쓰면서 비명을 질렀다. 그 바람에 눈을 떴다. 온몸에 땀이 흥건히 배어 있었다. 겨우 몸을 일으켜 세우고 주위를 둘러보았다. 방 안엔 아무도 없었다. 좀 전까지 노끈으로 인정 사정 없이 목을 조이던 아내는 직장에 가 있을 것이니 있을 턱이 없었다.

그는 이마의 땀을 수건으로 닦아냈다. 긴장이 조금 풀리자 목덜미와 어깨가 뻐근해 왔다.

아내는 이제 꿈 속에까지 나타나 그를 괴롭혔다. 요즘 들어 아내의 바가지는 부쩍 더 늘어 시도 때도 없이 긁어댄다. 해도 너무 한다는 야속한 생각까지 드니까 사람들이 벼르고 벼르다가 구닥다리 장롱이나 화장대를 내다 버리고 속 시원해 하듯이 마누라쟁이도 갖다 버릴 수 없나 하고 몹쓸 생각까지 들 때도 있었다. 하기야 몇 달째 빈둥거리고 노는 꼬락서니가 볼썽사납긴 할 게다. 그렇다고 하루 이틀도 아니고 제 뱃속 불편한 대로 때 맞춰 사람을 볶아대니 앞으로 모래알같이 많은 날들 내내 그럴 테니 생각만 해도 기가 찰 노릇이다.

그새 놀았으면 일 년을 놀았나? 아니면 이 년을 놀았나? 이제 겨우 석 달쩬데, 사람이 살다 보면 실업자가 될 때도 있고 근무하던 회사가 도산될 때도 있는 법이다. 한데, 아내는 입은 살아서 앞뒤 사정은 생각지도 않고 나불거리니 하루에도 서너 번은 열통이 터져서 못 살겠다. 그 회사가 문 닫혔으면 딴 회사는 못가냐구, 억지 쓰는 것도 어느 한계가 있고 생사람 잡는 것도 어느 정도가 있는 것이다.

오늘 점심때만 해도 그렇다. 모처럼 안경잡이 복덕방 주인이 소주 한 병 내기 바둑을 두자고 꼬드겨서 한 수 두고 왔더니 아내는 기다리고 있었다는 듯이 들볶기 시작했다.

"할 일이 그렇게도 없어요. 신선노름이나 하러 다니게. 정 그렇게 할 일이 없으면 오거리 종합시장 가서 애 겨울옷이나 한 벌 사와요. 벌써부터 입을 옷이 없다고 징징대는데 애비가 돼 가지고 귀도 없어요? 남들은 저들 아빠가 잘들 알아서 척척 해주는데, 어느 년의 팔자는 개팔자 아니랄까봐 이 고생인지, 듣고 있어요?"

아내가 버럭 소리를 지르고 만 원짜리 두 장을 내던진다.

"낙낙하니 한 치수 높은 것으로 사세요. 애가 얼굴색이 누리끼리

하니까, 밝은 색으로 고르세요. 난 지금 일 나가야 하니까 아예 문 잠그고 갔다 오세요."

아내는 열쇠를 내던지고 횅하니 나가 버린다. 이건 숫제 명령이다. 제 하인으로 착각하고 있는 모양이다. 남편이라고 하나 있는 게 누구네 집 강아지보다도 못하게 뵈나보다. 실업자라도 그렇지. 제가 언제부터 날 벌어 먹였다고 더러워서 원.

어느덧 사거리가 저만치 보였다. 거기서 왼쪽 길로 접어들면 그 주위는 인가가 별로 없고 목장이 있다. 그 목장을 지나서 산길로 고개 하나만 넘으면 테니스장이 있는 약수터다. 철봉대도 있고 배구장도 있다. 겨드랑이에 잔털이 부슬부슬한 마릴린 먼로도 나왔다. 눈망울이 큰 아가씬데 종아리가 예뻐서 그가 붙인 이름이다.

이팔복은 그곳을 매일 가다시피 했다. 밤나무, 은행나무가 어우러진 숲속을 내려가면 갈대숲이 눈을 감아도 훤한 길이다. 갈대숲 못 미처 평지에는 간이 주점이 있었다. 빨간 텐트에 연이어서 비닐로 바람막이를 했는데 비바람이 부는 날도 그 안은 제법 훈훈했다. 주인은 마흔이 갓 넘었는데도, 엉덩이 두 쪽은 달덩이 같이 둥그스름하고 젖가슴도 팽팽한 여자였다.

그는 올 적마다 거기 앉아서 4홉들이 소주 한 병과 도토리묵 한 접시를 비우며 그녀 엉덩이가 흔들리는 것을 바라보며 즐기곤 했다.

주머니에 돈이 바닥난 요 며칠 새도 입맛을 다시며 그 앞을 지나치면 그녀는 눈웃음을 치며 허벅지의 분홍치마를 슬쩍슬쩍 걷어 올렸다. 그때마다 그도 한 눈을 찡끔거렸는데 아무튼 딸년 옷이나 빨리 사고 돈이 남으면 거기가서 한 잔할 생각을 했다.

길가에는 들국화가 이미 만개했다. 포장이 잘된 이 도로는 인적이 드물어서 좋았다. 차들도 경적 소리 없이 빨리 지나쳐서 좋다. 그는 휘파람을 불었다. 하늘엔 구름 한 점 없고 가로수의 은행잎들은 한 잎, 두 잎 떨어져 내린다.

어느덧 신호등 대기선까지 왔을 땐 신호등엔 빨간 불이 켜져서 그는 멈춰 섰다. 앞에서 직진해 오던 중형 승용차 한 대가 신호등의 파란 불을 보고 계속 전진해 오더니 그의 앞에서 멎었다. 차창이 열리더니 오징어 같은 머리통이 밖으로 나오면서 말을 걸어 왔다.

"아저씨, 애 옷이 몇 벌 있는데 사시지 않겠어요? 시중 옷 값의 절반 값만 쳐주세요. 납품하고 남은 것인데 출출해서 대포나 한 잔 할까 해서요. 물건 구경이나 해 보세요. 롯데나 신세계 백화점 같은 데 들어가는 물건이라서 시장 물건하곤 질적으로 달라요."

사내가 포장된 박스를 뜯고 상품을 끄집어냈다. 곱게 접혀진 아동복이 나왔다. 노란색의 흰 줄무늬가 있는 상, 하 한 벌이었다. 그는 성급히 손을 내저으며 말했다.

"끄집어 내지 않아도 돼요. 설마하니 불량품을 포장했을라구요."

"사람을 볼 줄 아시는 분이군요. 역시 사람은 선생님처럼 안목이 있어야 해요. 그래야 무슨 일이 닥치면 첫눈에 알아 볼 수 있죠."

사내가 손을 비비며 웃었다. 그도 따라 웃었다. 아무려나 잘 됐지 싶었다. 어차피 옷을 사러 가던 참 아닌가? 그는 차 안을 들여다보며 오징어 머리통에게 물었다.

"몇 살짜리 옷인데요?"

"나이대로 두세 벌씩 있어요. 납품하려면 구색은 갖춰야 하거든요."

"아홉 살짜리 기집애 옷이 있으면 봅시다."

"따님이 아홉 살인가 보군요?"

"여덟 살이에요. 솜 낙낙하게 입히려구요."

이팔복이 그렇게 말하자 사내는 차 뒤 트렁크를 열고 아홉 살짜리용 옷 두 벌을 가져왔다. 노란색과 자줏빛의 재킷과 바지였다.

"일류 백화점에 진열해 놓으면 한 벌에 이만 원씩은 줘야 사는데, 내가 장사꾼이 아니니까 칠천 원씩 계산해서 만사천 원만 받을게요."

사내가 홍정을 해 왔다. 물건의 질은 괜찮아 보였다. 디자인도 그럴 듯하고 색상도 맘에 들었다. 바느질도 꼼꼼해 보였다. 더 좋은 일은 두 벌을 사고도 육천 원이 남는 것이었다.

그 돈이면 약수터 고갯마루 주점에서 풍족히 마실 수 있다. 그는 아무 소리 않고 만사천 원을 지불했다. 계산이 끝나자 오징어 머리통은 기분 좋게 웃으면서 차 안으로 자라처럼 목을 움츠렸다. 곧 이어 중형차는 뿌연 먼지를 일으키며 사라졌다.

포장마차 주인 여자는 화로에 연탄을 갈다 말고 이팔복을 보자 반색을 했다.

"오늘은 주머니가 넉넉하신가 봐. 좋은 일 있으세요?"

"당신이 그걸 어떻게 알아?"

"피이. 누가 모를까 봐. 돈이 있어 보이면 어깨를 빳빳이 세우더라."

주인 여자가 나무 의자를 행주로 훔쳤다.

"이리 앉으세요. 얼른 도토리묵 안주 만들어 드리게."

그녀가 도토리묵 한 덩이를 포장마차 안의 양동이에서 끄집어 냈다. 그것을 대강 썰어서 그 밑에 미나리를 깔고 양념을 했다. 그때마다 그녀의 엉덩이가 이리 갔다 저리 갔다 율동을 했다. 접시를 덮은 것같이 맨 아랫부분이 더 선동적이었다.

그들은 주거니 받거니 하며 음담패설을 늘어놓았다. 사내의 웅지가 찌그러질 땐 가끔씩 이런 시간도 보내야 하는 것이다.

"소주 한 병 더 해야지, 자기"

그녀가 콧소리를 냈다. 그리고 치마를 슬쩍 말아 올렸다. 드러난 허벅지는 우윳빛이었다. 그녀가 눈웃음을 쳤다.

"우리 물 싱싱한 오징어 한 접시 먹자. 응, 자기."

또 콧소리였다.

그는 주머니를 더듬어 보았다. 동전 서너 개와 지폐가 잡혔다. 주머니에서 돈을 꺼내자 천 원짜리 몇 장이었다. 그녀가 그걸 보더니 갑자기 천막의 한쪽 자락을 걷어올렸다. 젖무덤의 깊은 골짜기까지 보이던 블라우스의 목 부위에 핏줄이 섰다.

남폿불이 펄럭였다. 바람이 몇 줄기만 불어와도 불꽃은 늘었다 줄었다 했다. 불기둥이 한쪽으로 쏠렸다. 갑자기 생긴 공간으로 찬바람이 몰려왔다.

"이젠 그만 가세요. 나도 천막 걷어 가지고 내려가야겠어요. 뭐예요. 아무리 내가 이런 산중에서 밤늦도록 이동 주부 노릇을 하곤 살지만 사람을 그렇게 깔보는게 아녜요. 주머니에 천 원짜리 몇 푼 넣어 가지고 여자 있는 집에 술 마시러 다녀요? 겨우 이천 원짜리 도토리묵 한 접시 시켜 놓고 몇 시간씩 시간 죽이는 거예요. 내 기가 막혀서."

기가 막힌 건 내쪽이다. 저도 그 얼굴에 여자라고. 사내자식 주머니에 동전 소리가 들리니까 별게 다 사람 괄시하네. 그나저나 내 주머니에 그게 전 재산인 걸 어떻게 알았을까?

이농 수부 노릇 오래 하다 보면 보는 눈까지 솔개미눈이 되나보다. 더러워서 원. 자기는 포상마자 이동 주부 수제에 어따 대구 입을 함부로 놀려. 귀싸대기라도 한 대 올려붙였으면 뱃속이 다 후련하겠지만 그녀가 돈 없는 약점을 찔러 대니까 더 오래 않아 있을 수가 없었다.

사내자식이란 어쩔 수 없나 보다. 돈 얘기만 나왔다 하면 그는 한 풀 꺾였다. 기가 팍 죽었다. 그래도 그렇지. 안면이 꽤 오래됐는데 지가 나한테 이럴 수 있어? 아무리 장삿속이라도 그렇지. 그렇게 안면을 칼로 무 자르듯이 싹둑 자를 수가 있는 거야. 내 다시는 술 팔아주나 봐라.

저만치 집으로 돌아가는 골목이 보였다. 입구의 구멍가게에서 희미한 불빛이 새어 나왔다. 그나마 그 불빛이 쥐꼬리만한 어둠을 몰아 내주고 있었다.

대문 앞에서 벨을 눌렀다. 안에는 쥐 죽은 듯 고요했다. 몇 번을 눌러 대도 아무 반응이 없으므로 대문을 계속 발로 걸어찼다.

급기야 안에서 불이 켜지고 칙칙 마당에 슬리퍼 끄는 소리가 나더니 앙칼진 아내의 목소리가 들려왔다.

"돈도 못 버는 주제에 무슨 재주로 밤마다 술을 퍼먹어요. 혹시 애들 옷 살 돈으로 퍼마신 것 아녜요? 아무튼 들어오기나 해요. 대문 닫게."

아내가 대문을 잠갔다. 이팔복은 비켜서서 그녀가 하는 행동을 바라보다가 목이 몹시 타서 애 옷을 마루에 던져 놓고 마당의 수돗물을 벌컥벌컥 퍼마셨다.

그녀는 꼴도 보기 싫다는 듯 노려보더니 방 안으로 사라졌다.

갈증이 사라지자 살 것만 같았다. 이팔복은 오랜만에 마당에 퍼질러 앉았다. 실로 오랜만에 바라보는 하늘이다. 별들이 총총했다. 옛날에 많이도 세어 봤는데. 부모님 두 분 다 맞벌이 떠나면 혼자서 동네 어귀에 앉아 어머니를 기다리며 저 별을 세곤 했다. 저만치 어머니의 모습이 보이면 쫓아가서 당신의 그 따뜻한 손을 잡고 또 저 별을 세었다. 그때마다 당신은 팔복의 머리를 쓰다듬으며 말씀하시곤 했다. 사람이 한 세상 살다 죽으면 저 별도 어딘가에 떨어진다고 했다. 정말 당신의 말씀이 사실이라면 어머니 별도 아버지 별도 이제는 저 하늘에 없을 것이다.

"뭐하고 있어요. 얼른 들어오지 않구."

항아리 깨지는 소리다. 아내가 언제 변했는지 고양이 눈을 하고 그를 노려보고 있었다.

"눈은 어따 두구 다녀. 어따 보관하구 다니냐구? 자기 아내는 뼈빠지게 날품 팔아서 돈벌어 들이니까 그 돈을 낼름 남 갖다줘? 남 갖다 주냐구! 아예 나가, 혼자 나가 살아. 이제는 애들 얼굴 보기도 창피해. 어휴 내 팔자야. 이따위 천 원짜리 덤핑 물건을 사오면 어떻게 입혀. 어떻게 입히냐구?"

그녀가 바지 한 짝을 둘둘 말아서 냅다 마당으로 내팽개친다. 그새 사 온 옷가지를 죄다 펼쳐본 모양이다. 마루에 옷가지가 여기저기 널려 있었다. 그 눈에서 어느새 독기가 분사되고 있었다. 끝장을 보기로 아예 작정한 모양이다. 이때는 빨리 달아나는게 상수다.

이팔복은 요즘 저녁만 되면 혀끝이 알딸딸했다. 그새 버릇이 됐나 보다. 돈 떨어지니까 그런 현상이 더 나타났다. 그게 텔레비전에서 무슨 박산가 하는 사람이 말한 금단현상인가 보다.

그 사람은 모르핀이나 마리화나 같은 걸 즐기다가 갑자기 끊으면 금단현상이 온다고 했는데, 그게 알코올에서도 오는 모양이다. 며칠째 끊었다가 한 잔 마시고 나면 기분은 날 것만 같았다. 몸만 나는 게 아니라 마음도 나는 것 같았다. 아내는 멋도 모르고 앙탈이다. 그게 다 허세 때문이다. 그녀는 언제부터 실세가 돼서 돈푼이나 만진다고 남편을 제 발바닥만큼이나 우습게 알기 때문이다. 그새 얼마나 벌었다고 드러내 놓고 그 유세야. 아무리 잘봐 줄래도 울화통이 터져서 못 참겠다. 딱 한 잔만 더해야지. 자연히 발길이 오거리 은행 앞으로 향했다. 은행이 있는 건물은 7층 건물이다. 1층에 딸린 상가만 해도 15개 점포가 있고 없는 게 없었다. 지하 일층엔 카페도 있고, 식당도 있고, 금은방도 있다. 싸꾸려 대폿집도 있다. 거기라도 가서 한 잔 더해야겠다. 걸으면서 주머니를 뒤지자 천 원짜리 두 장이 나왔다. 동전도 몇 개 잡혔다. 이 돈 가지고는 하다 못해 싸구려 새끼 꽁치구이 한 접시 시켜 놓고 소주 한 병 따기도 힘들겠다.

이팔복은 비상구 문을 열고 지하 일층으로 내려갔다. 첫 모퉁이의 금은방 옆골목 끝에는 꼬치구이집이 있다. 그것이라도 시켜놓고 소주 한 병 까야겠다. 그곳으로 가려고 모퉁이를 돌다 금은방 앞에서 발을 멈췄다. 유리 진열대 위 네 귀퉁이에서 발하는 백열등의 진한 불빛 아래 황금빛이 번쩍이고 있었다. 모처럼 바라보는 금반지였다. 지금 그의 손가락에는 두 돈짜리가 끼여 있다. 그 황금빛이 그렇게 찬란하고 아름다운 줄 몰랐는데, 그게 아마도 백열등 아래라서 그런 줄은 알면서도 감탄을 금할 수가 없다. 한동안 넋을 잃고 바라보자 금은방 주인이 진열대 앞의 의자에 앉아 텔레비전을 보다 말고 몸을 세웠다. 지금 한참 반전을 거듭하는 드라마 같았다. 그도 몇 번 본 기억이 났다. 미모의 여자 탤런트가 검사가 되어 범죄 조직의 올가미에 말려드는 그런 내용이다. 지금 그녀가 숲 속을 운동복 차림으로 뛰고 있다. 그 화면이 가려지면서 금은방 주인의 튀어나온 배가 보였다.

"어떤 물건을 찾으시는지 들어오셔서 구경하시지요?"

"금반지를 팔까 해서요."

그는 얼떨결에 말했다.

"어디 봅시다."

그는 오른쪽 셋째 손가락에서 금반지를 빼어 카운터 유리 진열대 위에 놓았다.

"두 돈짜리로군요."

주인 사내가 익숙하게 말했다. 저울에 달아볼 필요도 없다는 투였다.

"요즘은 비교적 금 시세가 안정되기는 합니다만 세공비가 너무 올라서요. 세공비 제하고 한 돈에 사만 원씩 쳐서 팔만 원 드리지요."

"세공비를 너무 받는군요. 여기선 이 제품 그대로 팔아도 되잖습니까?"

"손님들이 생각하기론 그렇습니다만 우린 안 그렇지요. 각 점포마다 그 점포의 특징이 있으니까요. 그래서 세공비도 차이가 나지요."

주인은 싫으면 그만두라는 듯이 그를 뚫어지게 쳐다봤다.

그는 망설이다 팔만 원을 받아 주머니에 넣고 금은방을 나왔다. 옆집 카페에서 한 잔 할까 하다가 출출할 땐 돼지갈비를 서너 대쯤 뜯는 게 날 것 같아 그 건물 밖으로 나왔다.

버스 다섯 정류장 거리에서 하차했다. 한잔갈비집이란 간판이 보였다.

"어서 오시이소"

경상도 아줌마다.

"혼자 오셨어예?"

이팔복이 고개를 끄덕이자 경상도 아줌마는 두 여자 손님이 앉아 있는 자리로 그를 안내했다. 철판으로 된 갈비구이판이 가운데 놓인 식탁이었다.

"죄송하지만, 합석 좀 하겠심니더."

그녀들이 고개를 끄덕였다. 경상도 아줌마가 그를 보고 웃었다.

"혼자신데 잘 됐네예. 얘기도 나누실 수 있고예. 술은 뭘로 하실까예?"

"고기 약간하고 소주 한 병 갖다 줘요."

"실례합니다."

그는 여자들에게 양해를 구했다. 그녀들이 웃었다. 삼십대로 보이는 얼굴들이었다. 그 중 빨간 블라우스가 말했다.

"한 잔 드릴까요?"

"주시겠습니까."

그가 웃었다.

빨간 블라우스가 소주잔을 이팔복에게 주었다. 옆에 앉은 여자가 나무 젓가락을 그의 앞으로 놓았다.

"한 잔 받으시죠?"

그가 빨간 블라우스에게 마신 술잔을 권했다.

"이 친구가 오늘 낮에 이혼을 했어요. 그래서 지금은 과부죠. 그런데 그게 참 우스워요. 어제 저녁때까지만 해도 사는게 지긋지긋하다고 하더니 남자가 떨어져 나가고 혼자가 되니까 편하다고 할 줄 알았는데, 벌써 외롬을 느낀다나요. 기가 막혀서, 남자는 여자한테 정말 좋은 건가 봐요."

그새 술과 안주가 나왔다. 이팔복은 옆의 여자에게 술을 따랐다.

"말씀 들어 보니까 안 됐군요. 위로하는 뜻에서 한 잔 드리죠."

"선생님은 멋을 아시는 분이군요."

빨간 블라우스가 말을 받았다.

"술은 참 좋은 음식이지요. 사람을 진실되게 하니까요."

"그래요? 술은 좋은 거지요."

옆자리의 여자가 쓸쓸히 말했다.

"언젠가 텔레비전의 아침 건강 코너에선가 기억은 확실하지 않은데요, 어떤 엉터리 의사가 알코올 섭취량이 50ml 정도가 되고 혈중 농도는 150에 도달했을 때 병적인 주취 증상이 왔다고 했는데 그 의사는 정말 멍청이 같은 사람이에요. 술꾼이 그런 것까지 기억하면서 마시는 사람이 어디 있어요? 하긴 뭐 우리집 개는 우유 배달하는 사람이 와도 꼬리를 치고 밤도둑이 들어와도 꼬리를 치니 개도 개 나름이라 하시겠지만 그렇다고 해서 술꾼두 술꾼 나름이라 할순 없잖아요? 술은 마시면 취하는데."

"얘. 너 이제 안 되겠다. 그만 나가야지."

빨간 블라우스가 옆자리의 여자를 일으켜 세웠다. 그녀가 이팔복을 바라보며 말했다.

"얘 입에서 이런 말 나오면 취한 거예요. 이럴 때 얘는 밖에 나가서 바람 좀 쏘여주면 그새 좋아지긴 하지만요. 그래서 바람 좀 쏘이고 올까 해서요. 그동안 혼자 마시고 계세요. 혹시 저희가 늦어지는 것 같으면 평창동에 있는 노르웨이 호텔 나이트 클럽에서 한 잔 하고 있을지도 모르니까, 저희가 안 오면 그리로 오세요."

빨간 블라우스가 친구를 부축하고 문 입구 쪽으로 갔다.

여자들이 나가고도 반 시간쯤 더 마신것 같았다. 그도 이젠 취기가 올랐다. 그러나 주머니가 넉넉하여 기분은 날 것만 같았다. 그는 오랜만에 목에 힘을 주고 자신있게 계산대 앞에 섰다.

갈비집 주인이 영수증을 내주며 말했다.

"사만 원입니다."

"사만 원이라뇨? 무슨 갈비값 일 인분이 그렇게 비쌉니까?"

"합석했던 여자분들이 구토가 난다고 나가시면서 늦어지게 되면 손님보고 받으라고 하더군요. 호텔 나이트 클럽에서 만나기로 했으니까 괜찮다고요. 그 여자분들이 갈비 4인분을 먹었거든요."

갈비를 4인분이나 해치우다니 어지간히 시장도 했던 모양이다. 아마도 이차는 빨간 블라우스가 사겠지. 그는 주식대를 지불하고 나와 지나는 빈 택시를 세웠다.

노르웨이 호텔 정문 앞에서 하차했다. 정문 앞 20m쯤 되는 지점에 네온사인으로 된 나이트 클럽 광고 안내판이 보였다. '만남의 광장 미모의 여가수가 홀딱 벗고 왔다.' '노래하는 정치인, 사랑하는 그대여 날 좀 봐요.' 그런 달콤한 단어 등이 안내판을 장식하며 회전했다.

그는 그 입구에서 잠시 망설이다가 층계를 내려갔다. 지금쯤 빨간 블라우스는 와 있겠지. 기대 반 호기심 반으로 가슴이 뛰기 시작했다. 주머니는 아직도 두둑했다.

오색으로 휘황찬란한 층계를 내려오자 웨이터는 7번 테이블로 안내했다. 자리에 앉자 웨이터가 말했다.

"7번 웨이터 제임스 본드입니다. 술 드릴까요?"

"그러지."

"아가씨는요?"

"여기에 있을 거야."

7번 제임스 본드는 잠시 후에 기본안주와 맥주를 가져왔다.

원형으로 된 네 군데 똑같은 무대에선 전라의 무희들이 성행위를 재현하고 있었다. 광란하던 조명이 바뀌면서 몇 오라기의 불빛이 여자의 허리로부터 굴곡이 진 엉덩이를 핥고 지나갔다.

사람들이 모두 숨소리를 죽였다. 고양이 눈처럼 광기를 발산했다. 뒤쪽 좌석에서 휘파람 소리가 일었다. 괴성이 들렸다. 한순간 꿈을 꾼 듯 몇 줄기의 불빛이 사라지면서 대낮같이 환하게 바뀌자 무희들이 분장실로 사라졌다. 쇼 사회자가 중앙 무대 위로 나왔다.

"어느덧 신사 숙녀 여러분과 함께 한 즐거운 시간이 다 지났습니다. 각 테이블의 선생님들께서는 일어나실 준비를 해 주셨으면 합니다."

장내에 마이크 소리가 울려오자 사람들이 하나 둘씩 테이블에서 떠났다. 여자의 어깨를 껴안고 가는 이도 있었고, 고래고래 소리를 지르며 나가는 이도 있었다. 담배를 질근질근 씹으며 일어나는 이도 있었다. 그도 남아있던 마지막 잔을 비웠다.

빨간 블라우스는 그때까지도 안 나타났다. 비로소 그는 바람맞은 걸 알았다. 급기야 나이트 클럽 입구의 불까지 꺼졌다. 웨이터가 올라와서 입구의 문을 안으로 잠그는 모양이었다.

이제는 빨간 블라우스가 오기는커녕 택시도 끊어졌는지 한 시간이 지나도 안 들어왔다. 낮부터 일기가 찌푸린다 했더니 비까지 떨어지기 시작했다.

빗방울이 점점 굵어졌다. 이때 뷔페가 있는 주차장에서 양쪽 라이트의 불빛이 강하게 밀려왔다.

중형차 한 대가 천천히 앞에 와 멈췄다. 차창이 열리면서 텁석부리 사내가 말을 걸어 왔다.

"비가 꽤 오는데 선생님 댁 방향이 어느 쪽이십니까?"

"목동입니다."

"잘됐군요. 방향이 같은 길이니 기름값만 조금 주십시오."

그는 차 뒷문을 열고 올라탔다. 차는 미끄러지듯 호텔 경내를 빠져나갔다. 거리는 쥐 죽은 듯 조용했다. 영업용 차와 트럭의 행렬이 가끔 지나치곤 했으나 거리는 텅 빈 것 같았다.

"양주를 좀 하신 것 같군요?"

운전석의 사내가 말을 걸었다.

"네, 조금 했습니다."

"어쩐지 그런 것 같습니다. 핫 핫 핫."

"그랬습니까. 헛 헛 헛."

정말 오랜만에 웃어보는 웃음이다. 얼큰한 술기운 때문일게다.

그새 차는 다리를 지났는지 곧 하천을 끼고 배추밭이 나타났다. 배추밭 중간중간에 다세대 주택과 연립주택이 보였다.

두 사내가 연립주택 앞에서 손을 들었다. 한 사내가 차를 막으면서 말했다.

"실례지만 동승 좀 했으면 해서요. 공무상으로 전화국 앞에까지 가는데 빈 택시가 지나가질 않는군요. 이 빗속에 걸어갈 수도 없고요."

"가는 길이니까 타시지요."

운전석의 사내가 말했다.

바바리가 운전석 옆자리에 타고 점퍼가 이팔복의 옆자리에 탔다. 차가 다시 움직였다. 점퍼가 칼라 깃을 올렸다. 연립주택을 지나자 저만치 사거리가 나타났다. 차가 천천히 속력을 줄이자 옆자리의 점퍼가 갑자기 이팔복의 목에 식칼을 들이댔다.

"주머니에 있는 것 다 털어내."

"아니 왜……그……래……요?"

그가 겨우 숨 넘어가는 소리로 말했다.

"시끄러워!"

점퍼가 칼끝을 눌렀다. 목에 아리한 통증이 왔다. 순간 손발이 자꾸 떨려서 진정할 수가 없었다. 혀끝이 제대로 움직이질 않았다. 그는 몸에 있는 전부를 끄집어냈다. 만 원짜리 지폐 한 장과 동전까지도 털어냈다.

차는 사거리에서 비포장도로로 접어들었다.

"이쯤에서 해치워 버려."

운전석의 사내가 두 사내에게 말했다.

"그래 여기서 해치우자"

점퍼가 말을 받았다. 차가 정차하자 이팔복을 차 밖으로 끌어냈다.

"운 나쁘게 빈털털이가 걸렸어. 아무튼 넌 돈이 없어서 운이 좋았다. 지금부터 우리가 사라질 때까지 이마를 땅바닥에 처박고 있어. 혹 차 넘버를 보려고 하거나 고개를 돌렸다간 여기가 네 무덤이 될 줄 알아."

"처치해 버리지. 그러다 시끄러워지면 어쩌려고 그래?"

운전석의 사내 목소리인 것 같았다. 이팔복은 시키는 대로 이마를 땅바닥에 곤추박았다. 두 손을 허리 뒤로 붙이고 엉덩이는 하늘로 쳐들었다. 그런 자세로 한동안 있었다. 아무것도 기억 나는 게 없었다. 단지 살아야 한다는 생각만 났다. 얼마나 시간이 지났는지도 몰랐다. 그들이 언제 사라졌는지도 몰랐다. 그냥 차 소리만 약간 들었을 뿐이었다. 눈을 뜨고 일어나자 저편 어둠의 벌판에서 찬 바람만 불어왔다.

빗줄기가 온몸을 흘러 내린다. 옷이 전부 몸에 착 달라붙거나 물이 배서 늘어졌다. 발걸음을 옮길 때마다 몸이 천근같이 무거웠다. 긴장이 풀리자 뭐든지 뜨거운 것으로 요기를 했으면 좋겠다는 허기가 느껴졌다. 얼큰하게 된장 푼 시래기국이라도 훌훌 마시고 얇은 담요라도 뒤집어 쓰고, 한잠 푹 잘 수만 있다면 그 장소야 거지들이 모여 사는 다리 밑이라도 좋았다. 차라리 그 편이 훨씬 뱃속이 편할지도 모르지. 눈을 뜨면 구멍 뚫린 지붕 위로 해맑은 하늘이 보이고, 배를 채울 수 있는 자유가 있는 곳, 책임도 의식도 욕망도 필요 없고 경쟁도 필요없고, 이래라저래라 간섭하는 자도 없고…… 그러나 지금은 그런 다리 밑도 보이지 않았다. 단지 빗줄기가 땅을 때리는 소리만 세차지고 있었다.

비가 억세게 내리고 사방이 캄캄하여 그런 마음이 더했다. 앞 몇 미터도 안 보였다. 빛이라곤 모두 어디로 숨었는지 모르겠다. 아니 꼭 한쪽으로 보이는 것이 있기는 했다. 붉은빛이었다.

유일하게 살아 있는 그 빛은 교회의 철탑 위에서 숨쉬고 있었다. 그 붉은빛은 어둠 속에서 오직 단 하나 살아 있는 길잡이였다. 거기는 어쩌면 먹을 것과 잠잘 곳이 있는지도 모르겠다. 갈아입을 옷이 있을지도 모르겠다. 그는 무의식중에 그 불빛이 인도하는 곳으로 발걸음을 옮기고 있었다.

예전에 정확히 표현하면 이팔복의 유년 시절의 저 빛은 황금빛이어야 했다. 확실히 어디에도 황금빛이었다. 그 황금빛은 무한한 가능성과 설레임과 꿈을 주었다. 사탕도 주었고 때로는 빵도 주었다.

그가 처음으로 교회에 갔을 때가 추수감사절인가 하는 무슨 명절 때였다. 장로교 계통의 교회였는데, 철길 옆의 블록으로 지어져 있던 교회였다. 근처에 있던 교회 중에서 먹을 것을 제일 많이 준다는 소문이 있던 교회로 동네 친구들이 모두 몰려가는 바람에 그도 따라 갔다. 성도 인도자 포상이었다. 어떤 녀석이 그를 인도했다고 제멋대로 얘기하고 노트 한 권을 탔다. 반사선생은 그를 위해서 기도하자고 했다. 그는 두 손을 모으고 눈을 감았다. 주여, 여기 길 잃은 어린 양을 주님의 품안으로 돌아오게 해주신 것 감사합니다. 하고 반사선생님은 기도했다.

"그러므로 내 사랑하는 형제들아 견고하며 흔들리지 말며 항상 주의 일에 더욱 힘쓰는 자들이 되라. 이는 너희의 수고가 주 안에서 헛되지 않은 줄을 앎이니라."

반사선생이 아멘했다. 그는 눈을 떴다. 반사선생의 인도기도가 끝나자 녀석늘 말대로 떡과 빵이 한 봉지씩 차례대로 돌아갔다. 곧이어 감사 찬송가가 울려 퍼졌다. 감사 찬송을 모두 따라 부르면서 감사 헌금이 시작됐다.

헌금함이 순서대로 돌아갔다. 그 헌금함은 검은 천으로 둘러싸여서 겨우 손 하나 출입할 만큼 입구가 터진 것이었다. 그 헌금함이 이팔복의 옆 사람에게서 그에게로 돌려졌다.

그는 엉겁결에 그 헌금함에 손을 넣었다. 그 순간 그의 손에 황홀한 지폐의 감촉이 금방왔다.

그는 지폐를 손바닥 안에 말았다. 돌돌 말아서 움켜쥐고는 헌금함을 다음 사람에게 돌렸다. 그때까지도 찬송은 계속됐다.

일 절이 끝나고 이 절이 끝나면 계속 삼 절을 불렀다. 헌금함이 그의 앞줄에서 두 번째쯤에서 돌고 있을 때 그는 슬며시 일어섰다. 신발장으로 가서 그의 운동화를 찾아 신었다.

교회 문을 열고 밖으로 나왔다. 나서자마자 손바닥을 펴 보자 고액권이 살짝 보였다. 그는 꼬깃꼬깃한 그 돈을 빳빳이 폈다.

"그 돈은 뭣에 쓰려고 그러니?"

갑자기 등 뒤에서 낯익은 여자 음성이 들려왔다. 그는 반사적으로 돈을 감추고 뒤를 돌아봤다. 반사선생님이 웃고 계셨다.

"꼭 사고 싶은 물건이 있는 게로구나. 있으면 그 돈으로 사렴. 대신 또다시 그런 짓 하면 못쓴다. 그 돈만큼은 내가 네가 훔친 헌금함에 채워 넣어주마. 앞으론 다시 이런 짓 하지 말고 남의 것도 탐내지 말고 땀 흘리며 사는 사람이 되거라. 하나님도 말씀하셨단다.

만일 하루 일곱 번이라도 네게 죄를 얻고 일곱 번 네게 돌아와 내가 회개하노라 하거든 너를 용서하라 하시더라."

그 외 또 뭐라고 더 얘기했는데 기억나는 게 없었다. 그 후부터 그는 다시는 그 교회엔 안 나갔다. 안 나간게 아니라 못 나갔다.

지금 그 교회가 가까이에 있다. 지붕 꼭대기 철탑 위엔 십자가의 불빛이 계속 번쩍거리고 있고, 큰 바위처럼 커다란 교회 건물이 부속품처럼 달려 있었다.

이팔복은 갑자기 걸음을 바삐 옮기기 시작했다. 어쩌면 교회 안에 먹을 것이 있을지도 모르고 재수만 좋으면 이불이 펴 있는 조그만 골방 같은 것이라도 제단 옆에 마련돼 있을지도 모른다는 생각이 들어서였다. 옛날엔 교회 안에 교회 일을 도맡아 살림을 꾸려 주는 집사의 골방이 하나씩 달려 있었다.

그는 바짝 긴장했다. 그러나 교회의 현관문은 손잡이에 손이 닿는 순간 저절로 열렸다, 그 순간 온몸의 힘이 쭉 빠졌다. 그러나 커다란 은촛대의 촛불을 보는 순간 다시 힘이 솟았다.

그 불꽃은 제단 주의로 신비한 황금빛을 뿌리고 있었다. 제단 위 황금빛 비로드 천에 흰 글씨로 '주리고 배고픈 자들아 다 내게로 오라, 내가 너희를 쉬게 하리라' 라는 문구가 무슨 휘장처럼 붙어있었다. 그는 천천히 제단 앞으로 다가갔다.

그는 당장 먹고 잠잘 데가 필요했다. 그러나 아무리 찾아보아도 먹을 것이라곤 한 톨도 없었다. 다행이 설교대 뒷마당이 닿은 벽쪽으로 한 평쯤 되는 골방이 눈에 들어왔다. 담요도 한 장 포개져 있었다. 그것을 확인하게 되자 배고픈 건 어쨌든 간에 일시에 졸음이 엄습해 왔다. 만일을 염려해서 방 안의 고리쇠를 잠갔다. 옷을 전부 벗어서 창문을 열고 물기를 뺀 다음 그 옷을 한쪽 바닥에 깔았다.

내일 아침이면 옷이 전부 말라 있을지도 모른다. 우선 추위라도 가시면 배고픈 건 한결 덜할 것이다.

그는 남요 두 겹으로 몸을 감았다. 그리고 몸을 구부린 채 이내 곯아 떨어졌다. 얼마나 잤는지 모르겠다. 잠결에 문 두드리는 인기척이 났다. 깜짝 놀라서 문쪽으로 귀를 기울였다. 그때까지도 밖에선 문을 계속 두드렸다.

"방 안에 어느 형제인지 말해 보시오."

목사의 목소리 같았다.

"네 사람 있어요. 새벽예배를 드리러 왔다가 그만 깜박 잠이 들었구만요. 곧 나갈게요."

"그렇담 더 주무십시오. 아직 이른 새벽인데요, 뭘."

밝은 목사의 목소리가 들려오고 곧이어 발짝소리가 멀어지더니 조용해졌다. 그는 바지를 꿰고 윗도리를 입었다. 창문을 열자 새벽의 해맑은 기운이 몰려 들어왔다. 창문을 통해 밖을 내다 보자 창문 높이가 어른의 한 키쯤 돼 보였다.

그는 알루미늄 샷시 창문을 뜯어냈다. 갑자기 찬 바람이 한꺼번에 몰려왔다. 옷은 완전히 마르지는 않았으나 그대로 입고 창문을 통해 마당으로 내리 뛰었다. 소나무 두 그루가 시들어 있는 마당 한복판을 지나서 소리없이 대문을 열고 밖으로 나왔다.

아침해가 밝아오고 있어도 지나는 행인들의 발길은 뜸했다. 열려 있는 식당도 눈에 들어오지 않았다. 눈에 들어와 봤자 아침밥을 사먹을 돈도 없었다. 배가 몹시도 고파 왔지만 별 뾰족한 수가 떠오르지 않았다. 손에 들고 있는 것조차 무겁고 귀찮아졌다.

그는 들고 있는 것을 내팽개치려다 말고 손에 쥐고 있는 것이 은 촛대인 것을 그제야 알았다. 교회 골방의 쪽문을 통해서 나올 때 들고나온 은촛대였다. 무게가 제법 묵직했다. 어쩌면 이걸 가지고 몇 끼니는 해결될 지도 모른다. 갑자기 좋은 일이 있을 것 같았다. 시영 아파트 담을 끼고 자동차 부속품상을 지나 길가 옆으로 제사 지낼 때 쓰는 용기나 그릇 등을 파는 데가 생각이 났다.

식품회사의 영업부에 근무할 때 몇 번 찾아갔던 가게였다. 물건을 사려고 찾아간 것이 아니라 수금차 여주인을 몇 번 만난 일이 있었다. 두 번짼가 찾아갔을 때 여주인이 이렇게 말했다.

"이런 말하면 어떻게 생각할지 모르겠지만요, 가게가 이래뵈도 단골 손님이 꽤 많은 편이에요. 그렇다고 오는 손님마다 비싼 유명회사 제품인 주스 사다 대접할 수도 없었잖아요. 그래서 생각다 못해 눈요기로 몇 병은 진열장에 진열해 놓고 실제로는 댁에서 파는 오렌지 분말 가루를 타서 주는 거예요. 그래야 돈을 잡아 보지 언제 한밑천 잡아 보겠어요?"

그녀는 묻지도 않은 말을 덧붙였다. 금촛대, 수발, 수저류, 나무 그릇, 불상이 진열돼 있었다. 그 중 두 병인가는 오렌지가 3분의 2쯤 들어있었고, 나머진 유명 회사 제품이 포장 돼 있었다.

주인이 쌍커풀 수술한 눈을 깜빡이며 웃었다. 웃을 때 금니가 드러나 보였다.

"그래서 이 오렌지 분말 깡통을 사가지고 미리 저 주스병에 타 넣는단 말이군요. 역시 사장님이시라 머리 쓰시는 게 보통이 아니시군요."

그는 맞장구를 쳤다. 이런 여주인이 많아야 그도 봉급을 제대로 타 먹을 수 있는 것이다. 기본 봉급은 이십만 원을 받았지만 매상에 따라서 더하기 알파가 붙었다. 기본 매출 수량보다 더 팔게 되면 한 깡통에 오백 원씩 더 웃돈을 붙여 줬다. 조그만 개인 회사니까 제품이 썩 잘 팔리지 않았지만 입에 풀칠은 할 만했다.

업적금 발생액까지 합치면 한 달에 삼십만 원 정도 수입은 그런대로 유지했다.

그가 속해 있던 영등포지점의 경리계 미스 남과 소장이 지점에 입금돼 있던 수금액을 전부 가지고 잠적하기 전까지 그랬다.

어느 날 아침도 여느 날과 같이 출근했을 때 소장과 미스 남은 오후 한 시가 되어도 출근하지 않았다. 본사에서 영업이사로부터 두 번 호출 전화가 왔는데도 그들은 나타나지 않았다.

이틀이 지나고 삼 일이 지나도 그들이 출근하지 않자 직원들 사이에도 쉬쉬하던 소문이 나돌기 시작했다. 직원이래야 이팔복까지 합쳐서 영업부 직원이 5명이었지만 미스 남과 유부남인 소장이 따로 살림을 차리고 있었다는 소문은 벌써부터 돌고 있던 터였다. 공개 석상에서 말은 내뱉지 않았는데 이제는 노골적으로 둘의 관계가 화제에 올려졌다. 그뿐만 아니라 본사에 송금하려던 입금액도 전부 가지고 잠적했다는 새로운 사실도 알려졌다.

본사에 송금은 지점의 영업부 직원이 판매한 금액을 전부 모아서 10일에 한 번씩 송금했으니 꽤 큰 금액이었다. 곧 본사의 채권과 직원이 지점으로 파견되고 영업부 직원의 카드 검열이 시작됐다.

한 사람씩 영업부 직원이 가지고 있는 카드의 금액을 확인 받고 잔금이 남아 있는 거래선에 직접 방문해서 확인 날인을 받아 갔다. 그런 일이 있은 후 일주일쯤 지나서 그는 대기발령이 났다. 물론 자연 도태하라는 뜻이었다. 그 외에 다른 영업부 직원도 그런 식으로 모두 잘렸다. 모두 소장과 한통속이고 공범이라는 당치도 않은 이유였다. 그 바람에 보증금으로 지점에 예치돼 있던 금액 중 오십만 원은 이유도 없이 삭감됐다.

본사에서 이유 있는 변명은 물론 있었다. 미스 남과 소장이 빼돌린 돈을 우리가 일부나마 묵인하고 있었으니까 부담해야 된다는 거였다. 그 다음부터 그는 당장 실업자 신세가 됐다.

그는 시영 아파트 뒷문 쪽으로 걸어나갔다. 뒷문과 마주한 분식 가게의 손만둣집이라고 썬팅한 분식집 앞 쇠솥에서 김이 무럭무럭 솟아오르고 있었다. 그것을 보자 시장기가 더 진하게 느껴져 걸음을 제촉했다. 제사용기류 파는 가게가 저만치 보였다. 여주인이 손님인 줄 알고 반색을 하다 멋쩍게 웃었다.

"난 또 누구시라구. 그런데 오늘은 웬일이세요?"

"부탁이 좀 있어서요."

그는 머뭇거리며 말문을 열었다.

"부탁이라니요. 뭔지 말씀해 보세요."

"은촛대를 하나 팔까 해서요."

"갑자기 은촛대요? 무슨 사정이 생겼나 보군요. 아무튼 물건이나 봐요."

그는 들고 있던 은촛대를 여주인에게 내밀었다. 그녀는 은촛대를 받아 들더니 갑자기 소리내어 웃기 시작했다.

"이건 은촛대가 아녜요. 쇠에다 도금을 한 것이지. 그런데 이런 건 왜 들고 다니세요. 혹시 출장비가 떨어졌나 보군요. 차비라면 많이는 못 드려도 조금은 제가 꿔 드릴수 있어요."

그녀가 은촛대를 다시 그에게 내밀었다.

"전 이젠 그 촛대가 필요 없어요. 그냥 여기 놓고 갈께요."

그는 얼굴이 화끈 달아올라서 겨우 숨넘어가는 소리를 냈다. 여주인이 그런 이팔복의 몰골을 보고 키득키득 웃었다. 그는 더 이상 지체할 수가 없었다. 미안하다는 인사를 하고 어색한 자리를 뜨려 하자 그녀가 억지로 만 원짜리 지폐 한 장을 주머니에 찔러 주었다.

가게를 나오자 해가 중천에 떠 있었다. 거리는 모두 새 단장을 시작하고, 가게들은 문을 활짝 열어 놓고 손님 맞을 채비를 하고 있었다.

그는 요기부터 할 양으로 식당부터 찾았다. 여주인이 찔러 준 일만 원이면 밥 한 그릇을 사 먹고도 차비와 담배 한 갑, 커피 값은 넉넉히 될성 싶었다. 조금 걸어 나오자 허름한 해장국집이 보였다.

사골 뼈로 우려낸 국물에다 끓인 배춧국인데 얼큰해서 좋았다. 담배도 한 갑 사서 한 개비 피고 무엇보다 배가 부르니 살 것만 같았다. 친구 생각도 났다. 오랜만에 공중전화로 옛 동료에게 전화를 걸었다. 헤어지고 나서 연락을 끊은 지 벌써 여러 달이 지났다. 그 안에 두 번인가 연락이 왔던 모양으로, 아내가 웬 주정뱅이한테서 찾는 전화가 있었다는 말을 듣긴 했으나 직접 당사자와 통화해 본 일은 없었다. 그 전화마저도 생활비 때문에 팔아 치우자는 것을 억지로 붙들어 놓긴 했으나 오는 전화만 받고 절대로 걸 순 없도록 자물쇠로 잠가 논 지가 오래였다. 할 수 없이 외부에 전화걸 일이 있으면 공중전화로 걸곤 했다. 이윽고 상대방에서 수화기 드는 소리가 들려 왔다.

"김칠성 씨 부탁합니다."

그가 말했다.

"누구라고요? 여기는 근로자 합숙손데요."

카랑카랑한 목소리가 들려왔다.

합숙소의 여사무원인 모양이었다.

"김칠성 씨요?"

"있을 런지 모르겠네. 잠깐 기다리세요."

잠시 후 김칠성의 목소리가 들려 왔다.

"이게 누구고? 이팔복 씨 아이가. 정말 반갑데이. 그런데 지금 어찌 지내요?"

"그럭저럭이요."

"말투를 들으니께 어째 실업자인가베. 한가하몬 파딱 이리 오이소. 나도 지금 막 나가려던 참이니까. 합숙소 정문 앞에서 만납시더. 같이 가볼 데가 있어예."

"같이 가볼 데라니요?"

"와보면 알꺼구만"

그는 합숙소 방향으로 가는 시외버스를 탔다. 시장 앞에서 하차해서 근로자 합숙소로 10분쯤 걸어가자 저만치 합숙소의 콘크리트 문 앞에서 김칠성이가 먼저 그를 발견하고 손을 흔들었다. 작업복에 점퍼 차림이었다.

"이 형 이게 얼마만이고!"

김칠성이가 반갑게 손을 잡고 흔들었다.

"김 형 얼굴이 좋아졌어요. 그나저나 뭐 좋은 일이라도 있나요?"

"좋은 일이란 게 생각 고쳐먹기에 따라서 변하는 게 아닌가베. 아무튼 가시지예. 가면서 얘기하지예."

칠성은 합숙소 앞으로 질러가는 길이 있다고 색시골목으로 들어갔다. 한낮인데도 영업을 하는 아가씨들이 그들에게 달려들어 팔짱을 끼었다. 칠성은 자기 팔에 매달린 여드름 많이 난 아가씨에게 한마니했다.

"이봐라, 이 정신 빠진 가시내야. 내사 너랑 사랑할 돈 있으믄 그 돈으로 밥 사 묵고 술 사묵겠다."

여자가 칠성이의 팔장을 풀고 앙칼진 표정으로 말했다.

"어디서 이런 문둥이 같은 게 초장부터 걸려들어, 재수없게스리. 오늘 재수는 보나마나 옴붙었겠다. 더러워서 원, 들어가서 화툿장이나 떼고 낮잠이나 끌리는 게 낫지."

여드름 아가씨가 침을 퉤퉤 뱉으며 골목 안으로 사라졌다.

칠성이가 재미있다는 듯이 낄낄거리고 웃자 그도 따라 웃었다. 그들은 서로 지난 일을 얘기도 하고 돈벌 궁리를 하면서 걸었다.

"혼자 사니까 무척 재미있는 일이 많은 기라. 꿀림방이 합숙소니까 별 사람들이 다 모여서 시간 가는 줄 모르지. 날 새면 인력시장에 나가서 빈둥거리면 금방 팔리니까. 저녁이면 합숙소로 몰려들어서 별 놀음을 다 하는 기라. 우리 같은 하루살이가 살기는 좋은 곳이제. 뼈 빠지게 고된 일은 먹물들이 안 하니까 일은 여기저기 널려 있는 기라. 이 형도 할 일 없으면 내일부터 인력시장에나 나오소. 점심값 주고 간식 주고 술, 담배 주고도 일당으로 삼만 원을 받을 수 있는 기라. 같은 일 심부름하면서 몇 번 하다 보면 기술도 배워지고, 그 다음부터는 기술자입네 하고 하루 육만 원씩은 안 받나. 그렇게 벌어서 고기 사 묵고, 술 사 묵고, 살이 비실비실 오르면 오늘처럼 병원에 피 뽑으러 안 가나."

"피를 뽑다니?"

"피가 사람 몸엔 꼭 있어야 하는 거지만 너무 많으면 그것도 뽑아 주는 게 건강에 좋은 기라. 나도 그래서 가끔 안 뽑나."

"그래서 지금 병원에 피 뽑으러 가는 길이오?"

"하모 저기 저 병원에 안 가나."

칠성이가 가리키는 쪽으로 허연 병원 건물이 보였다. 그들은 출입문을 통해서 이층 대기실로 들어갔다. 벌써 많은 사람들이 한 줄로 늘어서 있었다. 어떤 자는 벙거지를 깔고 천장을 쳐다보고 담배를 피는 자도 있고, 한쪽 귀퉁이 담 아래선 젊은 애들 셋이 둘러앉아 섰다 판을 벌이고 있었다.

칠성이는 그를 끌고 맨 뒷줄로 가서 섰다. 합숙소의 칠성이 패거리들도 몇 명이 끼어 있었다. 칠성이와 인사를 주고 받기도 하고 그전날 밖에서 벌어졌던 일들에 관해서 사건의 전말을 얘기하는 자도 있고 담배를 빌려 가는 자도 있었다. 모두 매혈하려고 찾아온 합숙소의 동료들이라고 했다. 그러는 동안 칠성이가 대기실에서 나가고 얼떨결에 이팔복의 차례가 왔다.

칠성이를 따라서 혈액실로 들어가자 간호사는 왼쪽 팔뚝에서 커다란 플라스틱 통에 가득 차도록 피를 뽑았다. 피 뽑은 부분을 소독수로 적신 솜으로 비비면서 휴게실로 갔다. 모양새가 좋은 초콜릿색 영양제 두 알과 음료수 한 병, 계란 한 개, 빵 두 개가 담긴 비닐 봉투를 간호사가 나누어주었다. 칠성인 영양제 알약 두 개를 입 안에 털어 넣고 음료수를 마시면서 봉투의 돈을 셈했다. 육만오천 원의 새 지폐가 들어 있었다. 그도 따라 돈을 셌다. 똑같은 금액이었다. 그들은 계란을 입 안에 깨 넣고 빵을 입 안에 가득히 우물거리면서 병원 문을 나왔다.

병원 문턱을 나서자마자 현기증이 금세 왔다. 하늘이 노랗게 보였다. 앞이 캄캄했다. 병원 담옆에 그대로 주저앉았다. 칠성이가 옆에 와서 말했다.

"이 형은 매혈이 처음이라 갑자기 빈혈이 온기라. 이제 금방 나질 거그만."

칠성이가 이팔복의 어깨를 자기 목에 두르고 성큼성큼 걸었다. 그러는 사이 현기증이 차차 없어졌다.

"괜찮은가 보네. 이제 우얄까요? 딱히 갈 데가 정해지지 않았으면 나하고 합숙소에나 가서 그림이나 함께 그리지예. 아까 그치들 피 뽑아서 받은 돈 가지고 모두 몰려들 안 오나. 이네 화투판이 크게 벌어지는 기라. 돈 놓고 돈 먹는 기라. 그러다 가진 돈 전부 털리면 내일 새벽 인력시장에 나가서 잡일을 찾는 기라. 그런 일은 일할 사람이 태부족이라 안카나. 우리같은 것들은 거기 가면 금세 일거리가 생기는 기라. 저녁 5시까지만 빌빌거리면 일당 삼만 원에 점심, 새참, 담배, 술이 나오는데 뭘 걱정할 게 있노. 팔다리가 멀쩡한 이상은 걱정할건 하나없는기라예."

칠성이가 그를 근처의 백반집으로 데리고 가면서 말했다. 주인 여자가 엽차 두 잔을 테이블에 놓고 식사와 술을 주문 받았다.

"대낮부터 술은 무슨……"

그가 술 주문을 만류하자 칠성이가 낄낄거리며 웃었다.

"막걸리가 어디 술이라 카노. 만난 지도 몇 달 만인데 딱 한 병만 가지고 목만 축이자 카이."

주인 여자가 어느새 찌개와 밥을 가지고 왔다. 막걸리와 술잔도 가져와서 각기 한 잔씩 따라 주고 갔다. 칠성이가 잔을 들었다.

"참말로 오랜만에 이 형과 술잔 부딪치나 봄네. 이거 한 잔 쭉 들이키고 당분간 다른 생각하지 말고 나랑 같이 있자카이."

그들은 옛날처럼 술잔을 부딪쳤다. 한 잔을 목구멍으로 들이키자 금세 뱃속이 시원해졌다.

막걸리 한 병 가지고 둘이 나누어 마셨다. 이팔복은 술이 모자랐던지 추가 주문을 하려고 말을 꺼내려 하자 칠성이가 자제하고 나섰다. 매혈하고 영양가 있는 음식을 먹고 휴식을 취해야 한다는 제법 그럴 듯한 지론이었다. 하긴 그렇기도 할 것 같았다. 물 같은 막걸리 두 잔이 핑 돌긴 했다.

저녁이 되자 사람들이 꾸역꾸역 모여들었다. 잠자리와 저녁 한 끼를 주고 이천 원을 사무실에서 받았다. 합숙소는 세 동이 있는데 각 동이 어림잡아도 50평 정도는 더 되어 보이는 마루 위의 다다미 방이었다.

이팔복은 한쪽 귀퉁이에 쭈그린 채 담요를 쓰고 한잠 늘어지게 잤다. 누군가 어깨를 흔들어서 깼다. 칠성이었다.

"어데 잠 못 자서 죽은 귀신 있나. 이젠 피로도 풀렸으니까 벌떡 일어나소. 패거리들이 전부 안 왔나. 한 판 돌리자카이."

그는 귀찮은 표정을 지으며 일어났다. 세 명이 둘러앉아 화투패를 돌리고 있다. 장발도 있고, 아래위에 블루진을 걸친, 턱에 칼자국이 난 자도 있고, 얼굴색이 노랗고 양볼이 쏙 빠진 폐결핵 환자같은 사내도 있다. 한쪽에선 바둑판과 장기판이 벌어진 곳도 있었다. 모두 먹기내기를 걸거나 돈내기였다.

칠성이가 이팔복을 깨워 자기 패거리가 있는 곳으로 갔다. 화툿장이 새로 돌려졌다. 그도 얼떨결에 앞의 화툿장을 주워 들었다. 팔 땡이었다. 이게 웬 행운인지 모르겠다. 얼른 표정을 감추고 다른 사람이 돈을 더 얹기를 기다렸다. 마지막까지 남아 있던 장발이 한도액 이만 원을 전부 얹었다. 그도 질세라 따라 얹었다. 장발이 화툿장을 폈다. 칠땡이었다.

이팔복도 화투를 깠다. 장발보다 한 끗발이 위였다. 이팔복은 판 돈을 전부 주머니에 쑤셔 넣었다. 첫판에 삼만 원 이상은 땄다. 돈 벌기가 이렇게 쉽다니. 이럴 줄 알았으면 진작 화투판에 끼어드는 건데, 첫판부터 끗발이 서니까 오늘은 운이 좋은 것 같았다. 두 번째 판은 이만 원을 땄다. 몇 판을 거듭하는 동안 십만 원 이상은 땄다. 담배연기가 자욱해서 목이 칼칼했지만 그는 계속 그림을 그렸다. 아홉 시에 실내 안내 방송으로 저녁 식사를 알렸다.

"우리두 식사들 하구 칩시다."

블루진 차람이 모두에게 동의를 구했다. 모두 고개를 끄덕이고 따라 일어났다. 그도 따라서 식당으로 갔다. 보리와 정부미가 절반씩 섞인 밥이었다. 배춧국과 깍두기가 곁들인 반찬이었다. 출출한지 모두 소리 없이 열심히 숟가락만 입 안에 쑤셔 넣었다. 이팔복 주위에서 같이 식사를 한 패거리들은 이내 식사를 끝내고 제자리로 돌아왔다. 모두 담배 한 개비씩을 입에 꼬나 물고 다시 패를 돌렸다. 이번엔 삼땡이 잡혔다. 폐결핵이 계속 남아 있더니 한도액을 전부 걸었다. 폐결핵은 사땡이었다. 이팔복이 한 끗발 아래였다. 웬일인지 그때부터 계속 한 끗발씩 눌렸다. 돈이 계속 나갔다. 칠성이가 옆에서 봐도 안 됐는지 팔복의 화툿장을 기웃거리며 말했다.

"땡겨, 땡겨."

하며 응원했다. 그럴 땐 힘이 생겨서 그런지 딸 때가 많았다. 적은 돈은 따고 큰돈은 잃었지만.

새벽이 됐을 때는 주머니엔 판돈을 댈 돈도 없었다. 칠성이 편을 보니까 그의 앞에도 겨우 천 원짜리 몇 장이 남아 있었다. 그는 머뭇거리다 자리를 털고 일어났다. 장발이 제일 많이 땄는지 차비는 가지고 있어야 된다면서 3,000원을 개평으로 주었다. 아쉬운 김에 주머니에 받아 넣고 화장실로 뛰어갔다. 몇 시간을 참았더니 방광이 터질 것 같았다. 소변이 한없이 나왔다. 세면대 위의 거울을 보자 하룻밤새 얼굴이 꺼칠해졌다.

얼굴에 비누칠을 잔뜩하고 세수를 했다. 한쪽에 매달려 있는 소금통에서 소금을 꺼내 양치질을 했다.

머리가 가려워 긁자 비듬이 하얗게 떨어졌다. 머리를 감았다. 걸려 있는 타월로 머리의 물기를 말리고 담배 한 개비를 피워 물었다. 담배 맛이 구수했다. 생각해보니 어제 왜 그런 미친 짓을 했는지 모르겠다. 하룻밤새 오만 원 이상이나 날렸다. 배가 고파도 싸다.

주머니에 돈이 떨어졌다는 생각이 드니까 시장끼가 갑자기 들었다. 그는 담배 꽁초를 비벼 끄고 밖으로 나왔다. 어디 구멍가게라도 찾아가서 빵 한 조각과 우유 한 병을 마실 생각을 했다.

구멍가게는 근방에 있었다. 부피가 큰 빵을 골라서 우유 한 병을 마시면서 아침을 먹었다.

주인 아주머니는 그런 이팔복의 모양을 보고 웃었다.

"어제 섰다 해서 밤 샜거든요."

그녀가 묻지도 않은 말을 했다.

"잃으셨군요."

"어떻게 알고 계세요?"

의아스러워서 그가 물었다.

"아ㅆ노 몇 사람이 와서 판돈 애기를 하고 갔거든요. 칠성이 패거리들 말예요. 한 사람당 만오천 원씩 나누어 가집디다. 딴 돈이 조금 더 되는데 아침밥값 하자더군요. 촌닭을 어디서 데려왔는데, 그 돈이 어제 그 촌닭이 매혈한 돈이라면서 좀 안 되긴 했다고 하더군요."

"그 사람들 어디로 갔어요?"

듣고보니 기가 막힐 노릇이었다. 칠성이 이 인간! 회사 다닐 때 그래도 동료라고 친하게 지냈는데 네가 나한테 이럴 수 있어! 아무리 세상이 눈감으면 코 벤다고는 하지만 이 짐승만도 못한 인간 같으니라구.

"글쎄요. 한탕하고선 절대로 한동안은 나타나지 않죠. 오래되면 소소한 일들은 저절로 흐지부지 되는 걸 그 사람들은 누구보다도 잘 알고 있거든요. 웬만큼 큰일 아니고서는 말이죠."

그녀는 혀를 끌끌 찼다.

"얼마나 잃으셨는데요?"

"매혈한 돈 전부요."

그가 풀이 죽어서 말했다.

"쯧쯧……몹쓸 인간들 같으니라구. 그나저나 손님은 그게 어떤 돈이라고 노름을 했어요?"

"나도 모르겠어요. 왜 그랬는지, 잠시 귀신이 쉬었었나봐요. 아무튼 아주머니 뭐 좀 물어볼게요."

"뭘 말인데요?"

"인력시장 가려면 어디로 가야해요?"

"인력시장이요? 인력시장이라면 불광동에도 있구, 회현동 쪽에두 있구, 성남가는 쪽에도 있어요."

그녀는 그 방면엔 도통하게 알고 있는 눈치였다. 하기야 상대하는 손님들이 모두 그런 사람들일테니, 잘 알만도 했다. 이처럼 이른 시간이면 어느 쪽이든 사람들이 모여 있으니까 쉽게 찾을 수 있다고 했다. 그는 빵값과 우유값을 지불하고 인사를 덧붙이고 구멍가게를 나와 시외버스 정류장 쪽으로 향했다.

시외버스의 차창을 통해 밖을 내다보니까 구멍가게 주인이 일러주던 성남시 쪽 인력시장이 얼추 가까이 온 것 같아 버스 운전기사에게 위치를 물어 보고 다음 정류장에서 하차했다.

노무자 차림의 사람들이 서성이고 있는 게 한눈에도 보였다. 빵떡모자를 쓴 사내도 있고, 연장통을 어깨에 메고 길바닥에 주저앉은 사내도 있고, 오토바이를 타고 안절부절못하고 주위를 빙빙 돌고 있는 히피 차림의 젊은이도 있었다.

이팔복은 층계를 올라가서 사무실 문을 노크했다.

"들어오세요."

안에서 굵은 사내의 목소리가 날아왔다.

사내는 책상에 앉아서 기록 카드를 업종별로 분류하고 있다가 그에게 시선을 던졌다.

"잡부일을 좀 할까 해서요."

"거기 앉으셔서 거기 있는 기록 카드에 이름과 할 수 있는 업종을 명기해 주세요."

그는 의자에 앉아서 기록 카드의 공란을 기재했다. 사내가 그의 옆으로 와 기록 카드를 훑어 보고 나서 사무실 밖에서 서성이고 있는 사람들을 가리키며 말했다.

"여기는 처음 오셨나 본네. 우리는 이 기록 카드를 잠조해서 일단 필요한 사람끼리 만나게만 해 드리지요. 그후에는 딩사자끼리 해결합니다. 다시 말하면 업주가 요구하는 일의 종류와 그 일을 찾는 일꾼을 중매해 준다는 표현이 적절하겠지요. 일당 문제와 거기 따르는 문제는 당사자끼리 대개는 타협이 잘 되더군요. 일거리는 많으니까 밖에 나가셔서 기다리시다가 호명하시면 사무실로 오십시오."

이팔복은 사내에게 인사를 하고 밖으로 나왔다. 자주 이곳에 와서 일자리를 찾는 사람들은 서로 아는 얼굴이 있는 모양으로 반갑게 악수를 나누는 측들도 있었다. 그는 줄담배를 피면서 땅에다 침을 퉤퉤 뱉고 떠벌리고 있는 자줏빛 점퍼가 있는 곳으로 갔다. 지루하지 않게 시간 보내려면 얘기꾼이 있는 곳이 좋았다. 뭐가 우스운지 사람들이 빙 둘러서서 낄낄거리고 있었다. 그도 그들 틈에 끼었다. 예비군 모자를 쓴 사내가 얼굴 표정까지 동원해서 말했다.

"이삿짐 센터의 보조로 따라 갔었는데 그게 괜찮더라구요. 이사 가기로한 집은 길가의 3층 집에서 이삿짐을 날라 가지고 몇 킬로 떨어져 있는 단층집인데, 지면에서 층계를 열댓 계단을 올라가야 돼요. 그런데 같이 일하던 오야지가 이삿짐을 3층에서 내리는 노임을 계산해서 6톤 트럭 한 대분에 십만 원씩, 두 대에 이십만 원 받기로 하고 이삿짐을 나르기로 약조가 됐는데, 그 오야지가 한 차분만 이사 가기로한 집에 옮겨 놓고는 다시 흥정을 시작하더라구요. 빼도박도 못하게 해 놓고 말이지요, 한 차에 십오만 원은 줘야 한다는 거예요. 그러니까 합계 삼십만 원을 요구하는 이유란게 이사 갈

집이 평지에서 열댓 계단 올라간다는 게 그 이유예요. 이사 가는 주인 양반은 공무원 같이 보였는데 하도 기가 막히니까 당신이 여기와 살고 자기가 일꾼 노릇을 하겠다는 거예요. 그러면서 하는 말이 운송차량비 두 대분 사만 원 공제하고 이십육만 원이 남는데, 거기서 보조비 이만 원 빼면 이십사만 원이 노임으로 떨어진다는 거예요. 단 몇 시간 아니 하루라도 그렇지. 일당을 그렇게 많이 받는 직업이 대한민국에 어디 있느냐는 거예요. 그러면서 당신은 미국서 왔느냐는 거예요. 내가 아무리 좋게 생각하려고 해도 그 오야지가 너무 못 됐더라구요. 결국엔 오만 원을 깎아서 이십오만 원에 합의가 됐는데 그치 일 끝나고 가면서 막걸리 한 병하고 돼지고기 겨우한 근 사주더라구요. 자기는 그렇게 많이 울겨 먹으면서 말이죠. 그래서 느낀건데 돈 있는 사람이나 먹물 욕하는 사람보다는 그런 송충이가 더 나쁜 사람이더라구요. 확실히 그건 그래요.

"그건 그려. 왜 고기도 먹던 사람이 먹는다는 말 있잖여. 개뿔도 없던 사람이 갑자기 사람 부리면 괜히 까실거려서 더 못써."

앞에 서 있던 대머리가 맞장구를 쳤다. 그때 때맞춰 대머리 뒤에 서 있던 사내가 소리쳤다.

"저건 사무실 김씨 아냐? 호명하려나 보네. 모두 가 봅시다."

모두들 그쪽으로 몰려갔다. 끼리끼리 모여서 음담패설을 늘어놓던 다른 패거리들도 모여들었다. 이팔복도 따라갔다. 예의 아까 그 사내가 호명을 하면서 업주를 알선했다.

맞선을 보게 하는 것이었다. 중간쯤에서 이팔복의 이름도 불려졌다. 그가 만난 사람은 조경업을 주업으로 하는 사내였다. 그 사내가 요구하는 일은 잡일이었다. 나무를 이식시키거나 조경용 바위를 옮겨 놓거나 나무 도매시장에 들려서 업주와 같이 구입한 나무를 운반하는 일이었다. 잔디를 입히는 일도 있었다. 경험이 생판 없어도 사기를 따라 하면 된다고 했다.

사무실에 들러 사내에게 인사를 넌지고 업주를 따라 나섰다. 업주가 저만치 주차해 있던 트럭을 몰고 와서 앞자리에 올라타라는 사인을 보냈다.

그가 업주 옆자리에 앉자 차는 부릉거리며 금세 출발했다. 삼송리 방향이었다.

"나무시장은 누가 뭐래도 삼송리가 제일 싸지라. 일산이나 대화리에서 금방 캐온 과실수도 제법 있지라잉. 아래에서 올라온 것들은 잘못 구입하면 장난질을 친 것을 잘못 살 때도 있지라. 아니면 기후 풍토가 맞지 않아 제대로 자라지 않아서 죽는 나무도 있어라우. 그래서 나무를 선택할 때는 산지도 살펴야 하는디 고것을 옮겨 심고 나서 몇 년은 살아 있어야제 금세 죽어 부리문 조경한 집에서 변상을 요구해 오지라우. 근데 댁은 전에는 주로 어떤 일을 했어라우?"

"전주에서 처음 올라왔을 적엔 유리공장에 다녔고 그후로 세일즈맨 생활을 했구만요."

"고향이 전주람서 말씨는 우째 서울 말씨요잉? 하나도 전라도 말 안쓰는디."

"전주이긴 하지만 서울서 많이 살았거든요. 아는 사람들도 서울에 많이 살고."

"아따 서울 사람이라고 따로 있어라우? 서울서 살면 고것이 서울 사람이제. 고건 고렇담 치고 같은 전라도 사람 만나서 반가워라우.

위째 일이 잘될 것 같은 생각이 드라우. 일당은 아까 말함 시로 삼만 원 주겠어라우. 물론 담배는 주고 점심과 술은 그 집에서 줄 것인디. 고것은 구두로 계약은 안 됐더라도 다 주기로 돼 있는 것 아니겠어라우. 일할 집은 평창동 단독주택의 정원조경인디 지금 삼송리에서 물건을 구입해서 고리로 가는 길 아니것소. 헌디 젊은 사람이 왜 그리 기운이 없어라우. 아침도 안 묵은 사람메양."

"아직 아침 전이구만요."

그가 울상이 돼서 말했다.

"무엇이라우? 아직도 아침을 안 묵었어라우. 고것이 말이나 되는 소리요. 모두 묵자고 하는 일인디. 나무시장에 이제 거의 다왔으니께. 거기 가문 간이 버스 안에서 파는 간이 음식이 있어라우. 우동 한 그릇 후딱 때우시오. 나도 한참 고생 때는 배도 많이 곯았어라우."

업주가 담배연기를 길게 내뿜었다.

"고것이 지금도 맴에 배가지고 언젠가 한 번은 포장마차에 들어가서 오뎅국물에 국수 한 그릇을 후딱 해치우고, 한 그릇을 더 달래서 묵는디 젓가락에 김을 비벼서 푼 것이 묻었어라우. 그 가운데 바퀴벌레가 죽어 있지라우. 당장 금세 먹은 것까지 토해내고 그 후론 다시는 포장마차엔 안 들어갔어라우."

트럭이 시내버스 종점이 있는 뒷길로 꺾어 들었다. 곧이어 비닐하우스의 비닐포장 위로 상호를 표시한 간판이 보였다. 차는 용부상회 앞에서 멈췄다. 업주가 운전석에서 내려 이천 원을 꺼내주며 바로 맞은편 길가 옆에 세워져 있는 폐차 처분된 버스 안의 간이 식당을 가리켰다.

버스의 행선지가 인쇄됐던 부분에서 몸체 중간 부분으로 메뉴 차림표가 붙어 있었다.

"산니 깔 섯하고 유실수 몇 그루 흥정하고 있을 테니 그 사이에 한 그릇 후딱 비울 수 있어라우. 서래 지저분해뵈도 음식은 먹음직스러라우."

말을 하고 업주는 뒤도 안 돌아 보고 화훼단지 비닐 하우스 안으로 사라졌다. 그 사이에도 여기저기서 빵빵거려 댔다. 각 처에서 화원하는 사람들이 물건을 구입하기 위해 길거리에 용달차를 주차해 놓고 흥정하거나 흥정이 끝난 화훼를 차에 싣고 있었다. 일이 끝난 트럭이 계속 차를 빼 달라고 빵빵거려 댔다. 삼송리에서 오던 봉고차는 차들 사이에 끼여서 시동이 걸린 채로 꼼짝을 못하고 있었다.

그는 그곳을 재빨리 건너서 폐차 버스 안의 간이 식당 위로 올라갔다. 귀고리를 요란스럽게 단 중년의 뚱뚱한 부인 두 사람이 안주를 앞에 놓고 소주를 마시고 있었다.

그는 그녀들 뒷자리에 걸터앉았다. 광대뼈가 튀어나온 주인 여자가 주문을 받으러 와 우동을 주문했다. 5분이 채 안 돼서 우동 그릇이 왔다. 트럭에서 업주가 하던 말이 생각나서 젓가락으로 김 비빈 것을 건져냈다. 아무리 배가 고파도 바퀴벌레는 먹을 수 없는 것이었다.

우동을 그릇째 들고 국물을 훌훌 들이마셨다. 보기 보다는 맛이 있었다. 한 그릇을 금방 해치우고 사내가 있는 용부상회로 들어갔다.

주위를 둘러보니 비닐 하우스 뒤편에서 유실수를 흥정하고 있는 업주의 옆얼굴이 보였다. 팔복은 업주 곁으로 다가가자 업주가 다

급한 목소리로 말했다.

"이 나무 차에 좀 실어라우."

흰 꽃이 활짝 피어 있는 라일락 두 그루다. 향기가 은은했다. 벌 두 마리가 라일락꽃 주위를 빙빙 돌다가 날아가 버렸다. 재미있게 그것들을 바라보다가 덩굴장미 여섯 그루를 또 트럭에 실었다. 직경이 5cm쯤 되는 대추나무와 감나무, 배나무도 실었다. 잔디도 20평을 싣자 업주가 운전석으로 올라타서 차의 시동을 걸면서 말했다.

"지금 가는 집은 과부가 파출부와 단 둘이 사는 정원만 50평쯤 되는 집인디 오늘 잔디를 입히기로 했어라잉. 과실수도 몇 그루 심고 하면 한나절은 걸리겠지만 그다지 힘든 일은 아닐게라우. 특별히 당부해 둘 말은 되도록 빈 공터를 많이 만들어 놓으면서 일하는 기라잉. 그리문 틀림없이 집주인이 나무를 더 심자고 주문하게 되지라. 그게 사람이니께. 그 집두 틀림없어라잉. 그리문 일하는 것 봐서 섭하지 않게스리 담배값 더 줄거라우."

이팔복은 공손히 고개를 끄덕거렸다. 업주가 흡족한 표정을 지었다. 차는 어느덧 어떤 석조로 된 2층집 단독주택 앞에서 멎었다.

"다 왔지라우."

업주가 운전석에서 내려 그 집의 벨을 눌렀다. 곧이어 대문이 열렸다. 차는 뒷걸음질해서 그 집의 대문 안으로 엉덩이를 밀었다. 차의 몸체가 대문 안으로 다 들어갔을 때였다.

"나무는 실한 것으로 가져왔겠죠?"

현관 쪽에서 젊은 여자의 목소리가 들려왔다. 음성이 들리는 쪽에서 속살이 훤히 내비치는 핑크빛 홈드레스를 입은 여자가 걸어

나왔다.

피부색이 목련꽃보다 더 희어 보였다. 금발을 쓸어 내리면서 여자가 다가왔다. 업주가 그 질문이 나올 줄 미리 알고 있었다는 듯 태연스럽게 말했다.

"사모님이 전화로 말씀하신 그대로라우. 방금 저의 농장에서 젤 건강한 놈들만 골라서 캐왔지라우. 나무를 보시문 금세 알지라우. 근데 뭣땜시 그짓말 하겠어라우."

"방금 캐왔으니까 죽을 염려는 없겠군요. 나무도 제 놀던 고향 흙을 좋아한다는 말을 들었거든요."

"그러라오 사모님은 아는 것도 많지라우. 일산의 우리 농장에서 가져온 것이니께 이상 없어라오. 여기 토양이나 거기 토양이나 다 같은 한수 이북 아닌고라우?"

"그렇담 고마워요. 돈을 더 받았잖아요. 그리구 잔디두 시골에서 뗏장 떠온 것으로 약속했잖아요."

"그라문요. 여부가 있을 것이여. 그라니께 잔디값이 다른 잔디보다 평당 삼천 원이 더 비싸지 안쓰라우. 물건은 어느 물건이든지 다 제 값어치가 있어라우."

여자는 잔디의 새순을 쓸어 보고 이팔복에게 곁눈질을 하고 현관 안으로 사라졌다.

"우선 잔디부터 깔지라. 행여나 물을 리는 없겠지만, 만일 주인이 묻게 되면 모종을 낸 잔디란 말은 절대로 해선 안 되는 고라우. 산에서 떠온 잔디라 끝까지 우기는 기라잉. 그래야 여기 집주인 여자가 조경을 싸게 했다는 생각이 들어서 주위 사람들을 소개해 줄기라잉. 알았어라우?"

업주는 팔복에게 작은 목소리로 속삭이고 트럭에서 나무들을 끄집어 내렸다.

"이씨는 삽으로 흙을 파서 뒤집으시요잉. 그런 다음 삽날을 세워서 덩어리진 흙을 부숴야 쓰겄어."

그는 업주가 일러준 대로 마당을 일구었다. 흙을 평평히 고른 다음 잔디를 덮고 잔디 위에 굵은 왕사를 뿌렸다. 업주가 북쪽 담벽에 라일락 묘목을 이식하고 물을 주고 나서 말했다.

"이때 쓰는 왕사는 아무거나 쓰는 게 아니라 강왕사를 써야 하는 거라잉. 잔디는 번식력이 강하다고는 하지만 해사를 덮어 주면 짠물로 저린 것이 돼 나서 고것이 죽기 십상이지라. 고런 이유로 잔디를 띠 입히자마자 잔디가 죽어부리문 전부 변상해야 되는디. 말이 변상이지 한번 끝난 공사를 또 불려가서 아무 소득이 없이 일한다고 생각해 보시요잉. 잔디띠 마당에 입히고 살 정도 가정이면 중상층인디 그만한 뒷처리야 다 하고 살턴디 요리조리 뺄 수도 없고잉. 해서 불려 다니면서 더럽고 손해나는 일 안하려면, 조경공사 계약서상에 확실하게 손해배상이 명기됐어도 조경을 요구한 집에서 잘못해서 죽은 것으로 무조건 미루는기요잉. 이를테면 뭐든지 물어싸면 우리 농장에서 어제 오후에 캐 온 것이라던지, 젤 좋은 품종이라던지, 되도록 젤 좋은 것으로 둘러대고 관리를 잘해야 한다고 까다롭게 알려두는 것이여잉. 저 사람들이 뭘 알아라? 그라문 그렇거니 하는 거지라. 요것도 생소한 분얀데."

업주가 어느새 옆집과 경계선 담 옆에서 묘목의 구덩이를 파면서 이팔복을 불렀다.

"앗따 뭐하고 있어라잉. 저기 감나무를 갖다가 이 구덩이에 넣어야 쓰것오. 그런 다음 묘목에 흙이 3분의 1쯤 차게 덮고 물을 질척거리게 준 다음 삽으로 자꾸 찔러 줘서 공기를 빼 줘야 쓰것오. 그라야 뿌리가 빨리 내리지잉. 그렇고럼 한담시 흙으로 완전히 묘목을 덮어 주고 발로 밟지는 말지라잉. 다른 묘목은 저쪽 표시한 위치에 식목하요잉. 일이 다 끝나문 정원을 한번 쓸어 주고 호수로 물을 한번 듬뿍 뿌려야 쓰것어라우. 여기 오늘 일당하고 담배값 더 얹혔어라우. 나는 다른 일 때문에 먼저 갈지라잉. 이씨는 일 다 끝나거든 집주인에게 알리고 가야 쓰것소. 오늘 욕봤으라우."

업주가 돈을 계산해 주고 갔다. 처음 만날 때 하곤 냉정하기가 이를 데 없었다. 그는 입을 다시면서 담배를 빼어 물었다. 점심을 먹을 때 파출부가 준 양주가 이제야 취기가 올랐다. 졸음이 오고 노곤해진다.

그늘이 진 관상용 사과나무 아래 눕는다. 덩굴장미가 자태를 자랑하며 붉은 꽃을 피우고 있다. 길게 목을 내밀고 몸을 흔들어대는 것도 있다. 그 끝 가지에 아이보리빛 장미 두 송이가 환하게 웃고 있다. 햇빛을 받아서 최고조의 우아함을 과시하고 있었다. 북한산 자락이 흔들릴 때마다 그 장미 덩굴도 따라 힘차게 혹은 조용하게 춤을 추었다.

그새 깜박 졸았나 보다. 누군가 몸을 흔들어 깨우는 바람에 눈을 떴다. 여자의 커다란 눈망울이 팔복을 내려다보고 웃고 있었다.

"피곤하셨나 보군요, 주무시게 그냥 놔둘 걸 그랬나봐요."

"죄송합니다."

그가 몸을 일으켰다.

"죄송하긴요, 이곳에서 주무시면 몸에 나쁠 것 같아서 깨웠어요.

일은 다 끝나셨나보죠?"

"네. 배나무 한 그루만 심으면 돼요."

"그랬군요. 배나무마저 심으면 좀 들어오셔요, 차나 한 잔 하게요. 상의드릴 말씀두 있구."

여자가 슬리퍼를 끌고 집 안으로 사라졌다. 그는 배나무를 서둘러 심은 다음 정원을 대충 빗질했다. 파출부에게 나무 절단 가위를 달래서 정원 구석구석 썩은 나뭇가지들도 눈에 보이는 대로 잘라냈다. 또 한번 호스로 잔디에 물을 질퍽하게 뿌려주고 수도꼭지에서 호스를 빼고 세수를 하고 손을 씻었다.

현관으로 가서 주인 여자를 찾았다. 화사하게 벚꽃이 만발한 원피스를 입고 그녀가 안방에서 나왔다. 그녀와 팔복은 쇼파에 마주 앉았다.

"이런 것 물으면 실례가 안 되나 모르겠네요. 조경업을 하는 사람이 일당 품을 샀다고 하는 것 같던데."

여자가 조심스럽게 물었다.

"네, 일당을 받기로 하구."

"얼마나? 실례했다면 이해하세요."

"괜찮습니다. 일당 사만 원 받기로 하구 따라 왔어요."

그의 몰골이 부끄럽기도 하고 자존심도 있어서 일당을 올려서 말했는데, 말하고 나니 아차 싶었다. 네 주제에 사만 원이나 하고 비웃을 것 같았다. 여자가 웃음 띤 얼굴로 물었다.

"내일은 어디서 일하세요?"

"아직은 정해지지 않았는데요."

"그럼 잘 됐네요. 내가 일당 오만 원씩 계산해서 드릴게요. 내일은 우리집에 와서 일좀 해 주세요. 변기가 고장이 났는데 갈아끼우기만 하면 된다고 재료를 전부 우리 기사가 사다놓고는 피치 못할 일 때문에 며칠 다녀온다고 고향에 내려갔어요. 변기 수리는 급한 일인데 그렇다고 기사가 올 때까지 기다릴 수도 없는 처지고, 기사 말이 기술이 그다지 필요하진 않다고 하던데."

여자가 그의 눈치를 살폈다. 그는 고개를 끄덕였다. 이 여자의 운전기사가 처음하는 일인데도 할 수 있다고 했다면 그도 못할 것도 없을 것 같은 생각이 들었다. 어려우면 변기 파는 가게에 가서 물어보고 오면 될 일이었다. 뭣보다 배고픈 것보다야 낫겠지.

"내일 뵐게요."

말을 하고 여자가 이층으로 올라갔다. 파출부가 눈치를 보더니 인삼차 한 잔을 들고왔다.

그는 그제야 긴장이 풀려서 집 안을 둘러보았다. 식당과 거실은 붉은 벽돌이었다. 실내 계단은 경사도가 완만했다.벽은 유리 블록으로 설치됐고 난간은 목재로 돼 있었다. 고가구와 등나무 의자, 원목식탁이 조화가 잘돼 보였다. 오른쪽 벽면에는 동양화 두 폭이 걸려 있는데 자기 같은 문외한이 봐도 그림이 좋았다. 그림 제목이 설중방우라고 파출부가 설명했다. 눈이 오는 산중에 두 사람이 옛친구를 찾아가는 그림이었다. 또한 액자에는 가을 산중에 오곡이 무르익고 산과 들이 채색된 전형적인 시골 가을 풍경이었다. 가만히 감상하고 있으면 고향 생각이 절로 나게 하는 절경이었다.

그 그림 아래 고가구 위에는 청자에 학 천 마리를 손으로 그려서 만들었다는 항아리가 은은하게 푸르스름한 빛을 발산하고 있었다. 정신없이 바라보고 있으니까 파출부가 부언했다.

"저 그림이 천만 원이 더 나간다나 봐유."

"아무렴 그렇게 비쌀라구요."

"사모님이 친구분들과 하는 말을 엿들었어유."

느린 충청도 말씨였다.

"이젠 가셔야지유. 내일 또 일하러 오신다면서유."

그는 신발을 신고 밖으로 나왔다. 파출부가 뒷덜미에 대고 길게 목소리를 끌었다.

"안녕히 가세유."

해는 아직 많이 남아 있었다.

이팔복은 품삯을 판 집을 걸어나오다 언덕 바위 옆 잔디에 엉덩이를 걸쳤다. 동네가 한눈에 내려다보였다.

산 밑으로 넓은 정원이 달린 큰 저택들을 바로 곁에 두고 재개발 단지의 판자촌도 보였다. 재개발 단지 아래 이 차선 차도에는 질주하는 차량의 물결이 장난감 차를 일렬로 정렬해 논 것처럼 정차돼 있었다. 택시도 있고 봉고도 있고 시내버스도 있었다.

그 차의 행렬이 지금 서서히 움직이기 시작했다. 급기야는 빠르게 지나갔다. 그는 엉덩이를 털고 일어났다. 갑자기 애들이 보고 싶었다.

그는 발길을 집으로 오랜만에 옮기면서 자꾸 아내의 얼굴이 떠오르는 것을 지울 수가 없었다. 틀림없이 그녀는 그를 보자마자 경멸하는 눈초리로 내뱉을 것이었다. '에이구 등신아, 혼자 몸도 간수 못해서 또 기어 들어와, 누가 반겨 준다고 다시 들어와. 얼른 나가. 꼴도 보기 싫으니까 서로 안 보면 애들도 편하고 나도 편한데. 얼른 다시 나가. 집에 있어 봐야 밥만 축나지. 어서 도로 못 나가.' 어쩌고 하면서 이만저만 속을 뒤집어 놓질 않을 게다. 그러나 아내는 설사 그렇더라도 아이들의 얼굴은 보고 싶었다.

그는 슈퍼에 들러서 애들에게 줄 과자를 샀다. 아이들이 잘 먹는 것을 골랐다. 땅콩강정, 쌀강정, 들깨강정, 콩강정을 집에 있을 때는 늘상 그걸 사 주었다. 맛보다는 부피와 양 때문이었다. 부피가 커야 저희끼리 싸우지 않고 나눠 먹을 수 있기 때문이었다. 그 강정을 세 봉지나 사고 돈을 천 원짜리로 교환했다.

세 녀석에게 골고루 천 원짜리 다섯 장씩 나누어 줄 생각이었다.

예의 집으로 가는 골목길의 구멍가게를 지나서 그의 집 담 안을 기웃거려 보았다. 마루 밑에 아이들의 신발이 어지러이 널려있었다. 한참 텔레비전에 만화가 나오는지 전혀 인기척이 없었다. 이번엔 대문을 두드렸다. 연거푸 두드리자 아들놈이 방문을 열고 밖을 내다보았다. 아빠와 눈이 마주치자 방문이 다시 닫히더니 아내가 방문을 걷어차고 나왔다.

"누가 왔다구? 여긴 뭐하러 또 기어 들어와."

집을 떠나 있던 남편이 오랜만에 집에 들어오려고 문 밖에서 기다리고 있는데도 곧바로 열지 않고 수도 있는 데로 가서 바가지에 물 한 바가지 받아 들고 대문 쪽으로 왔다.

담 밖의 그를 쏘아보는 눈이 심상치 않게 보인다 했더니 그의 머리 위로 물을 쏟아 붓는다.

"어느 년하구 허구헌 날 어디서 자빠져 자다가 배가 고프니까 다시 기어들어와! 다시는 이 집엔 얼씬두 말어 이 등신같은 인간아."

욕설이 너무 심했다. 심한 건 둘째 치고 뒤도 안 돌아보고 방으로 들어가 문을 닫아 건다.

처음부터 돈 없인 다시 오는게 아니었다. 아닌 줄 알면서도 자꾸 담 안을 쳐다보았다. 아이들이라도 내다보면 서글픈 생각이 눈 녹듯 사라지련만 한 녀석도 내다보는 녀석이 없었다. 제 엄마가 닦달은 했겠지만 그래도 그렇지 한 아이도 아무 반응이 없을 순 없는 것이었다. 생각하니 순간적으로 서글픔이 빙그르르 눈시울을 적셨다. 그녀는 그렇다 해도 저 애들만큼은 그를 반길 줄 알았는데 돈이 뭔지. 정말 돈이란 것이 뭔지 무서웠다.

이젠 다시는 돌아오지 않을 것이다. 그는 온 길로 다시 되돌아 나왔다. 물바가지를 뒤집어 썼더니 옷이 젖어 발길이 더 무거웠다. 주위가 벌써 컴컴했다. 밤길을 또 혼자 걷게 되나 보다. 언제나 혼자라는 생각이 들면서 가슴이 저려 왔다. 그래도 과자 봉지라도 마당 안으로 던지고 오길 잘했다. 녀석들이 그걸 먹으면서 이 애빌 조금은 생각해 주겠지. 그래도 그렇지 한 녀석도 나와 보지 않다니. 정말 미처 생각지 못한 일이었다. 온갖 잡동사니 같은 신세타령을 혼자 읊조리면서 그새 작은 다리를 건넜다.

저만치 붉은 간판에 요란하게 조명들이 반짝이고 있었다. 꼬치구이집 간판이었다. 그새 상호도 바뀌고 여러 집이 업종도 바뀐 것 같았다. 꼬치구이집도 그 중의 한 집이었다.

그 집에 가까이 올수록 배에 긴장감이 왔다. 이럴 때일수록 뭔가 먹어야 한다. 뱃가죽이 볼록해야 슬픔 같은 것도, 외롬 같은 것도 희석되게 마련이다. 그 반대로 배가 쪼그라들면 별스런 것도 다 슬픔을 제공해 주는 요인으로 변질되는 것이다.

우동 한 그릇과 소주 한 병을 주문했다. 담배 연기가 자욱했다. 안주 굽는 냄새가 가게 안에 진동해서 공기가 말할 수 없이 탁했다.

그래도 젊은이들로 만원이었다.

주문한 우동과 소주 한 병이 왔다. 그는 먼저 소주 한 잔을 입 안에 털어 넣었다. 금방 반응이 왔다. 온몸이 순환이 되니까 식욕이 당겼다. 우동 한 그릇을 게눈 감추듯 비우고 닭똥집과 소주잔을 계속 비웠다. 위장이 포만감이 오니까 마음이 조금 편안해졌다.

창 밖에는 벌써 어둠이 오고 있었다. 그는 자리에서 일어나 밖으로 나왔다. 쇼윈도우는 어느새 불빛이 살아났고 밤하늘에는 별들이 천천히 가고 있었다.

어떤 별은 자기처럼 혼자인 별도 있었다. 자신도 외톨이란 생각이 드니까 가슴이 갑자기 저리고 아파왔다.

그도 한때는 누구와 같이 있던 때도 있었다. 그러나 그 짧은 순간은 언제나 바람처럼 지나가 버리고 혼자되곤 했다. 그때마다 술이 같이 있어주곤 했다. 아니 그가 먼저 술을 찾았다. 벌써 그는 여러 술집을 전전했다. 마지막은 포장집 같은 데서 마셨는데 거기가 어딘지 생각이 안났다.

그는 또 걸었다. 불빛이 희미했다. 칙칙한 콘크리트 담벽같은 것이 가도가도 끝이 없어 보였다. 이번엔 모서리를 돌았다. 또 한 번 모서리를 돌아야 했다. 한 번만 더 돌아가면 고향이 보일 것이다.

눈을 뜨자 눈이 부셨다. 이제 막 떠오르는 햇살이 쓰레기처리장의 이곳저곳을 들쑤시고 있었다. 그는 눈을 비비고 옷의 흙먼지를 툭툭 털어냈다. 잠자리엔 종이 박스가 깔려 있었다.

주위에는 종이 박스만 쌓여 있는 것이 아니었다. 비닐봉지, 플라스틱 폐품들, 헌 옷가지, 빈병, 빈깡통 그외 돈이 될 만한 다른 폐품은 전부 수집돼 있었다. 쾌쾌한 냄새가 코를 찔렀다.

파리가 윙윙 소리를 내며 주위를 돌고 있었다. 이팔복은 침을 뱉었다. 다시 옷을 털고 머리의 먼지도 털어냈다. 속이 느글거렸다.

몇 발짝 걸어 나와 나직한 블록 담을 넘었다. 곧 이어 아파트의 벽돌 담벽이 나타났다. 그 담벽을 끼고 정문이 있는 곳으로 걸어갔다.

머리가 쑤시고 속이 쓰렸다. 어제 너무 과음을 했다. 어디가서 해장을 했으면 좋으련만 시간이 없었다. 어제 정원의 조경을 마무리할 때 그 집 여주인과 약속한 일거리가 생각났기 때문이었다.

아침에 오라고 했는데 술김에 늦잠을 잤다. 그는 서둘러 아파트 단지 안의 상가를 찾았다. 화장실의 남성 표시판이 보였다. 화장실 문을 열고 소변기에 배설을 했다.

세면대 위에 거울을 보았다. 얼굴이 부시시했다. 내친 김에 세면을 했다. 머리도 감았다. 삐쭉이 솟아오른 머리칼을 잠재웠다. 수돗물을 받아 구린내가 나는 입을 헹구고 상가를 나서자 버스가 저만치 사라지는 게 보였다. 버스를 타야 했다.

그는 버스가 주차했던 곳으로 바삐 걸었다. 아파트 정원의 빨간 덩굴장미가 탐스럽게 어울어졌다. 한참 후에야 다른 버스가 왔다.

화려한 유혹

　조경했던 집 철대문의 인터폰 벨을 누르자 안에서 파출부의 목소리가 들려왔다. 이윽고 대문 옆의 쪽문이 열렸다.

　"사모님은 아직 안 일어나셨어요."

　정원을 지날 때 뒤따라오며 파출부가 일러주었다.

　"그냥 목욕탕에 들어가셔서 일하시면 될 거예요. 연장통은 제가 거기다 가져다 놨어요."

　파출부가 목욕탕 문을 열어 주고 주방으로 갔다. 그는 목욕탕으로 들어가서 변기를 들여다보았다. 그나저나 목욕탕을 보니 살 것 같았다.

　욕조에 물을 가득 채우고 옷을 훌훌 벗어 던졌다. 그동안 목욕을 못한 탓에 몸이 가려워 죽을 지경인데 잘됐다. 몸을 깊숙이 욕조에 담그고 땀을 뺐다.

　머리에 비누칠을 잔뜩하고 두피에 때를 벗겨냈다. 이게 정말 몇 달 만인지 모르겠다. 온몸을 비누로 닦아 냈다. 욕조의 물이 부옇다. 물을 모두 빼 버리고 샤워를 했다.

타월로 물기를 닦고 옷을 주워 입었다. 세면대 위의 스킨로션을 얼굴에 발라 보았다. 향기가 좋았다. 마음이 편안해졌다. 비로소 변기 옆에 쭈그리고 앉아 변기 밑의 플라스틱 나사를 풀어 보았다. 조작이 쉬웠다. 볼탑을 뜯어낸 다음 계량기를 잠그고 시트 밑의 볼트를 뺐다.

새 변기를 올려놓고 나사를 조여보았다. 규격이 일정해 잘들어맞았다. 다시 새 변기를 내려 놓고 헌 변기를 올려 놓았다.

이팔복은 화장실 문을 안에서 잠그고 헌 변기 위에 엉덩이를 붙였다. 저절로 눈이 감겼다. 비몽사몽 헤매다 밖에서 화장실 문을 두드리는 소리에 정신이 들었다. 황급히 헌 변기를 바닥에 내려놓고 태연하게 화장실 문을 열어주었다.

"뭘하고 계셨어요? 문을 서너 번이나 노크했는데……"

"변기를 뜯는데 정신이 팔려서 그만."

"그랬군요."

여자가 헌 변기를 뜯어낸 것을 보고 웃었다. 입술이 앵두보다 더 빨갰다. 속살이 전부 비치는 엷은 홈드레스 차림이었다.

"목욕을 했으면 해서요. 게을러서 며칠 못했더니 이상하게 몸이 근질거리는군요."

이팔복은 갑작스런 말에 욕실 밖으로 나가려 하자 여자가 그를 붙잡고 말했다.

"하시던 일 그냥 계속하셔도 돼요. 급한 거라서 빨리 고쳐야 하잖아요. 나는 그냥 드레스 차림으로 욕조 안에 있을 테니까 개의치 않으셔도 돼요."

그는 다시 그 자리에 주저앉았다. 헌 변기가 있던 자리에 새 변기를 갖다 놓았다. 나사를 소이고 볼탑을 얹고 맞춰 보고 시트를 끼우고 플라스틱 나사를 조였다. 신경이 쓰여서 곁눈질로 여자를 보니 그녀는 욕조에 물을 가득 채우고 허벅지에 비누칠을 하고 있었다. 치렁치렁하고 윤기가 나는 긴 머리에 비누거품이 고무풍선처럼 달려 있다. 온몸이 비누거품이었다.

빨간 입술이 말했다.

"더워 보이시는데 찬물로 세수를 좀 하고 일하시지 그러세요. 제 등도 좀 밀어 주시구요."

그는 잠시 망설이다 할 수 없이 그녀에게 다가갔다. 부자연스럽게 그녀의 등에 손을 얹었다. 드레스가 미끈거려서 때가 안 밀렸다.

"순진두 하셔라. 어깨의 지퍼를 내리시구 어깨끈을 벗기셔야요."

그녀가 두 눈을 반짝거리며 속삭였다. 팔복은 그녀가 시키는 대로 드레스의 지퍼를 허리께로 내렸다. 우유빛 곡선이 드러났다.

브래지어 안으로 젖무덤이 보였다. 그는 어깨의 브래지어 끈을 내리며 더는 어쩌지 못하고 손을 바르르 떨었다. 비눗방울이 그녀의 몸에서 부풀어 올랐다가 꺼지곤 했다.

온몸에서 전율이 흘렀다. 숨을 몇 번 몰아쉬고 나서 나서 다시 그녀의 등에 손을 얹었다. 그녀의 등에 손이 닿은 순간 그녀는 안개가 가득히 피어 있는 속에서 선녀처럼 천천히 일어섰다.

아카시아 비누 냄새가 코끝으로 자극돼 왔다. 그는 갑자기 성난 사자처럼 여자의 등을 밀기 시작했다.

"아파요. 살살 좀 해줘요."

그녀가 부드러운 목소리로 속삭이면서 그의 양손을 끌어다 자신의 젖무덤에 얹었다.

"이제 보니 숙맥이신가 봐. 여자는 가볍게 천천히 만져야 하는 거예요."

팔복의 가슴 안으로 그녀의 등이 안기어 왔다. 그는 자기도 모르게 여자의 탄력 있는 젖무덤을 힘껏 안았다.

"살살 안아야죠."

그녀가 뒤로 돌아서서 그의 귓밥을 살며시 물었다. 동시에 오른손을 끌어다 욕실 타일 위에 있던 오렌지 주스 컵을 들어 한 모금 마시고는 젖가슴을 그에게 밀착시켜 왔다.

"이걸 마셔봐요. 기가 막혀요. 오렌지 주스에 흰색 분말로 된 연양제를 탄 것이에요."

그녀가 또 한 모금 마시고는 그의 입술에 주스 컵을 갖다 댔다.

"마셔보세요."

그녀의 더운 입김이 달콤했다. 그는 아까부터 갈증을 참아오던 터였다. 그녀가 주스 컵을 다시 권하자 체면이고 뭐고 생각할 여유도 없이 주스를 단숨에 마셨다.

여자가 뚫어지게 사내를 지켜봤다. 장난기 서린 웃음소리를 냈다. 그 바람에 문 밖에서 두드리는 노크 소리를 사내는 미처 알아듣지 못했다.

그녀가 몸을 곧추세우며 손가락을 자기 입술에 갖다 댔다. 다시 노크 소리가 들렸다.

"사모님 저예요."

파출부의 목소리였다. 그녀가 다소 안심한 표정으로 문 쪽을 향해 물었다.

"뭐예요?"

"손님이 찾아 오셨는데요."

"손님이 왔다니요? 오늘은 약속한 사람이 없는데."

"안 계신다고 했지요 그런데도 집에 계신 걸 알고 왔다면서."

"알았어요. 잠시 응접실에서 기다리라고 하세요."

그녀가 문 쪽을 향해 말하고 나서 타월을 집어서 그를 주었다. 그는 그녀가 준 수건으로 그녀의 몸 구석구석의 물기를 닦아 냈다. 젖가슴을 닦을 때 그녀가 그의 두 손을 젖가슴에 묻고 몸을 떨더니 두 손을 풀고 커다란 엉덩이를 홈드레스로 감쌌다. 대충 머리의 물기를 털어내고 욕실 문을 열었다.

그 순간 문 밖에서 기다리고 있던 두 사내가 목욕탕 문을 밀고 안으로 들어섰다.

"실례합니다. 경찰입니다."

흰 점퍼 차림의 사내가 신분증을 내보였다.

하늘색 싱글 차림이 뒤따라 들어왔다.

"돈푼이나 있으면 고이 먹고 살 일이지. 먹지 말라는 밀가루는 왜 퍼먹어?"

"밀가루를 퍼 먹다니요?"

자라의 목처럼 움츠러들면서 그녀가 쏘아붙였다.

"시치미를 떼두 이미 늦었어."

흰 점퍼 차림이 그녀의 손에 수갑을 채웠다. 하늘색 싱글이 이팔복 손에도 수갑을 채우며 말했다.

"당신은 의외의 수확인데, 당신에 대한 정보는 없었거든."

"정보라니요? 그리고 왜 이러세요.?"

그가 겁먹은 소리로 물었다.

"몰라서 묻는 거야. 왜 그러는진 당신이 더 잘 알 텐데."

"알다니요, 뭘 말입니까?"

"당신 자꾸 업무방해할 거야."

하늘색 싱글이 이팔복의 등을 밀었다. 그녀는 체념한 듯이 현관으로 흰 잠바에게 떠밀리어 나갔다. 파출부가 두 눈을 커다랗게 뜨고 몸을 떨며 안절부절못하고 있었다. 갑자기 당한 일이라 말문이 막혔다.

그녀와 이팔복은 두 사내에게 이끌려 대문 밖으로 나왔다.

그때까지 몸을 떨며 서 있던 파출부가 다급하게 외치며 달려나오자 흰 잠바가 재빨리 그들이 타고 온 승용차에 시동을 걸었다.

그녀와 이팔복을 하늘색 싱글이 뒷자석으로 밀어 넣고 올라타자 차는 곧 움직였다.

차는 잠시 후 경찰서에 도착했다. 흰 잠바가 이팔복과 그녀를 따로 분리해서 조사계로 데리고 들어갔다. 책상 앞 의자에 앉기를 권하고 자신도 앉아서 수동식 타이프 라이터에 손을 올려놓고 점퍼가 팔복을 향해 말했다.

"나는 당신이 말 안 해도 상습범이 아니란 걸 알고 있어요. 수사 생활의 오랜 관찰력 때문이지요. 그러나 당신은 법으로 금하고 있는 마약을 복용했어요. 마약은 당신도 알다시피 개인과 가정을 망칠 뿐만 아니라 사회와 나라의 기초를 파멸시켜요. 더 나아가서는 사회 기강을 뒤흔들어 놓는 부정과 파괴의 무정부주의를 배양합니다. 마약은 당신과 같이 있던 그런 여자와 같은 부유층으로부터 시작해서 궁극에서는 빈민층과 청소년층으로까지 확산됩니다. 마약은 살인과 강도, 성폭행과 약탈 등 범죄의 주된 원인으로 작용하고, 그래서 사회를 극도의 불안한 상태로 몰고 갑니다. 물론 우리 사회에서 마약사건이 발생한 것이 어제 오늘의 문제는 아니지만 그래도 비교적 건전한 편이었지요. 문제는 그 건전성이 문제예요. 요즘은 바로 그 건전성이 무너져 가고 있어요. 히로뽕을 쾌락의 도구로 상용하고 있다는 정보가 며칠 전에도 들어왔지요. 우리는 그 명단을 입수해서 하나하나 뒷조사를 했습니다. 당신이 포함되어 있진 않았습니다. 한눈에도 당신이 그런 걸 즐길 만한 돈이 없다는 것도 압니다. 그러나 당신이 복용한 것은 어쨌거나 마약입니다."

흰 잠바가 타자기의 자음과 모음을 두드리다 말고 이팔복을 건너보았다.

"나는 그게 마약인지 몰랐어요. 정말입니다. 그 여자가 변기 수리를 의뢰해서 변기를 고치고 있는데, 먹어 보면 몸에 좋다고 하면서 자꾸 권하길래 한 모금 삼켰을 뿐인데……."

그는 말을 더듬거리면서 말했다.

"나도 당신이 상습복용자가 아니라는 건 압니다. 문제는 당신이 그 현장에서 같이 복용하고 있었기 때문이에요. 그 여자는 지금 중독된 환각상태예요. 당신도 여러 번 신문이나 텔레비전을 통해서 본 기억이 있을 거예요. 약물의 포로상태에서, 다시 말해 환각상태에서 저질러지는 범죄가 큰 사건으로 보도되고 있는 것을 말입니다. 우리는 이것을 우선 순위에 둡니다. 이런 사회문제 처리에는 인력및 장비 정책적 배려 때문에 그렇게 됩니다. 이처럼 마약 퇴치는 빨리 해야 할 중요한 문제입니다. 바로 지금 손을 써야 돼요. 그 때문에 당신은 우리에게 협조해야 합니다."

"어떻게 협조해야 하는데요? 나는 마약이 뭔지도 모르는데."

그는 흰 점퍼를 똑바로 쳐다보지도 못하고 말했다.

"당신과 같이 있던 그 여자는 영등포 구치소로 바로 송치됐어요. 우리가 가지고 있는 정보는 틀림없습니다. 당신은 단지 그런 점엔 개의치 마시고 묻는 질문에 명확하게 답변 해 주면 됩니다. 경찰은 멀쩡한 사람을 범죄자로 몰지는 않으니까 긴장은 푸십시오."

흰 점퍼가 담배에 불을 붙여 주었다. 아닌 밤중에 홍두깨라더니 이게 무슨 꼴인지 모르겠다. 돈 몇 푼 벌어먹으려다 유치장 신세를 지게 될지도 모르겠다. 안되는 놈은 모로 자빠져도 코가 깨진다고 했다. 자신이 지금 그 꼴이 됐다.

그는 길게 담배 한 모금을 내뿜었다. 점퍼가 일어나서 이런 그의 모양을 보더니 밖으로 나갔다. 그는 흰 점퍼가 치다 만 타자기의 타자 종이를 건너다보았다. 진술서라는 표제 아래 주소 성명이 기재 되 있고, 직업은 무직으로 되 있었다. 한 줄 아래 진술란에는 상기 자는 직업 없이 배회해 오다 아무 일이나 단순노동이 있으면 그 일을 해온 자로서…… 그 아래 자막은 읽지도 않았다. 거기까지만 해도 그는 이미 사람이 아니었다. 어쩌다 내가 이 지경이 됐을까?

하나님도 너무 하시다. 왜 하나님은 모든 사람을 하나같이 공평하게 태어나게 하지 않았을까? 금전도 골고루 갖게 하고, 교육도 골고루 받게 하고 귀함도 공평하게 대우받게 해야 했을 것이었다.

세상에 태어날 때는 누구나 귀한 것이다. 그의 어머니도 그를 낳았을 적에는 집 대문에 고추 달아놓고 미역국을 끓여 드시고 동네

잔치도 벌였다. 어머니도 그가 유년 시절에 다가공원에 같이 놀러 갔을 때 자랑스럽게 일러준 말이 있었다.

그를 잉태했을 때라고 했다. 태몽을 꾸었는데, 커다란 용 한 마리가 하늘로 승천하는 것을 보고 깼다는 것이다. 안개가 자욱히 퍼져 있었는데 하늘로부터 무지개처럼 광명의 줄기가 연못으로 이어지자 연못에서 갑자기 이무기가 나타나서 용으로 변하더니 천천히 사라졌다는 것이다. 그 얼마 후에 그를 낳았다. 분명히 용꿈을 꾸고 그를 낳았으니 큰 인물이 될 거라고 몇 번이고 강조하시곤 했다.

그러나 용도 출신성분 나름이다. 수심이 깊고 맑은 호수에서도 자라기가 힘든 일인데, 하물며 자갈밭 같은 텃밭에서야 제 아무리 용 새끼라한들 제대로 성장할 리가 없다. 부모도 어느 만큼 배움이 있어야 좋은 텃밭이다. 좋은 텃밭의 열매가 실하고 알차게 열리라는 것은 당연한 이치다. 요즘 신문을 봐도 그러했다. 일류 대학에 수석으로 합격한 기사를 보면 하나같이 판검사 자식이거나 의사가 아니면 고관의 자식들이다. 어쩌다 하나쯤은 가뭄에 콩 나듯이 가난한 집 아이도 섞여 있긴 했다. 하지만 가난이란 많은 비율에 비유해보면, 따져봐야 할 가치도 없는 일이다.

흰 점퍼는 한 시간쯤 지난 것 같아도 돌아오지 않았다. 초조하고 지루했다. 타자기 옆의 신문을 집어들었다. 평상시는 별로 눈 여겨 본 일이 없지만 그것이라도 봐야 가슴이 조금 진정이 될 것 같았다.

신문을 대충 보고 넘긴다. 그래도 사회면 기사가 제일 관심이 가고 재미도 있다. 제일 큰 활자부터 읽었다. 환각파티란 커다란 활자가 눈에 들어왔다.

의사, 제벌2세, 학원이사 등 상류층 인사들이 폭력배와 어울려 히로뽕을 장기 복용하여 환각파티를 열어 온 사실이 경찰 수사로 드러나 충격을 주고 있다. 경찰은 인기 연예인, 저명인사, 내연의 처, 재산 상속을 많이 받은 미망인이 함께 히로뽕을 구입하기 위해 돈을 아끼지 않았으며, 친척 친구 혹은 내연의 처로 대상자를 한정했고, 처음 몇 차례는 술집을 피해 각자의 집을 돌며 상용하는 등 나름대로 보안에 신경을 써 왔다.

경찰은 현재 이들을 수배 중이며, 중간공급책으로 지목되고 있는 민 모 씨가 지난 80년부터 고향 친구, 고교동창생, 심지어는 친척들까지 규합해 국내 최대 히로뽕 밀매책으로 알려진 이 모 씨에게 정기적으로 히로뽕을 구입, 한 달에 2, 3차례 토요일 오후에 집단 투입해 온 것으로 밝혀졌다.

서울 M 대학을 졸업한 민 모 씨는 충북 청주의 대표적 기업인 경성목재 창업주의 2세로 스포츠 센터 운영으로 막대한 수입을 올려온 것으로 알려졌다. 21일 낮 환각성 주사액인 바라움을 투입, 환각상태에 빠져 있었다가 자신의 집에서 검거된 김소영 씨는 민 모 씨의 매형으로 의학계에서는 지명도가 높은 전문의다. 특히 의사인 김소영 씨는 85년부터 일 년 가까이 히로뽕을 중단하기도 했으나 민 씨의 권유로 다시 손을 대 중독상태에서 환자 진료를 해 온 사실이 밝혀져 수사 관계자들을 놀라게 했다. 이들은 이따금 평일에도 미 8군 연내 골프장을 드나든 뒤 히로뽕을 복용해 온 것으로 드러났다.

이들은 또 히로뽕 구입이 어려울 때는 바리움 및 신경안정제용 한약재를 대체품으로 대용해 오기도 했다.

수배중인 민 모 씨와 내연의 관계를 맺고 있는 가정주부 성미란

(종로구 평창동)은 히로뽕 관계를 극구 부인해서 일단 집으로 돌려보냈으나 경찰은 그동안 뒷조사를 해 온 것으로 알려졌다.

그는 신분을 책상에 내려놓았다. 성미란이란 이름이 눈에 들어왔기 때문이었다. 변기를 수리하러 갔을 때 그 문패의 이름이 분명히 성미란이었고 번지수도 종로구 평창동으로 기억이 났다.

문 쪽에서 인기척이 났다. 흰 점퍼가 담배를 꼬나문 채 들어왔다.

"그 기사를 읽었나 보군. 이제야 당신이 여기 잡혀 온 이유를 알게 되겠군. 우리는 성미란 씨에 관해서는 거의 세세한 것까지 알고 있어요. 당신과의 관계만은 예외로 하고 말이오. 물론 그 점에 대해서 지금 조사중이오. 몇 가지는 방금 보고가 올라와서 당신 말을 믿는 부분도 있소. 그러나 문제는 어떻게 해서 처음 만난 사람끼리 대낮에 벌거벗은 채로 아무리 그 장소가 목욕탕이라지만 서로 부둥켜안고 애무를 즐기고 있었나 하는 점이오. 다시 말해서 두 사람이 오래전부터 알고 있었지 않았나 하는 의문점 말이오. 이 점은 우리에게 당신이 마약 문제와 어떤 관련이 있지 않나 하는 점을 심각하게 연관짓게 하는 점이란 말이오."

흰 점퍼가 조사실 안을 서성이면서 말하더니 그의 앞으로 와서 한쪽 의자에 엉덩이를 반쯤 걸치고 그를 뚫어지게 노려봤다. 다시 일어나서 조금 전의 행위를 반복했다.

"이 의문점에 대해서 당신은 보다 자세히 우리에게 협조하지 않으면 안됩니다."

"나는 무슨 말씀을 하시는지 도저히 형사님의 말씀을 못 알아듣겠습니다. 나는 그저……."

더운 날씨에 왜 몸은 자꾸 움츠러드는지. 어떻게 하면 이 사람에게 자신은 무죄라는 것을, 그 여자와는 아무 연관이 없다는 것을 알릴 수 있을까? 생각만 앞섰지 말이 떨려서 밖으로 전달이 되질 않았다.

"그저 성미란 씨가 유혹하니까 안았다 이 말을 하고 싶겠지요? 그러나 입장을 바꾸어서 생각해 봅시다. 당신 같으면 다른 사람이 그렇게 말하면 믿겠소? 바로 그 점이 우리가 당신의 연관성을 툭툭 털어 버리지 못하는 점이오. 당신 말대로라면 성미란 씨가 아무것도 모르는 당신을 까막눈으로 보고 이용했는지, 아니면 당신이 지능적으로 그 여자를 이용했는지 그걸 알 수 없단 말입니다. 범죄조직 중에서도 마약조직은 새로운 얼굴이 경찰에 알려지지 않은 전혀 의외의 얼굴이 언제나 필요하단 말이오. 헌데 당신은 어느 쪽의 얼굴이 확실한지 그 판단을 우린 지금 찾고 있는 중이오. 어때요. 우리 이쯤에서 털어놓고 휴전하는 것이. 그렇게 해 준다면 나도 최대한 당신에게 협조해 주겠소. 내 권한에 속해 있는 것들은 뭐든지 전부 말이오. 솔직히 내 심정을 털어놓으면, 나는 이런 식으로 입씨름할 때가 제일 괴롭소…… 다시 솔직히 말해 보시오. 성미란 씨는 언제부터 알았소?"

점퍼가 다시 책상 위에 엉덩이를 걸쳤다. 그와 눈이 마주치자 가슴이 섬뜩했다. 그래도 이럴 때는 뭔가 말을 해야 했다.

"알다니오, 단지 나는 그 집주인 여자가 화장실의 변기를 고쳐 달라고 하기에 일하러 갔을 뿐이에요."

"당신은 어떤 면에선 더 지능적인지도 모르겠소. 거 왜 있잖소? 가장 순진해 보이는 인상이 가장 악역을 맡을 수도 있다는 논리 말이오. 어쨌거나 당신은 굉장히 나를 불편하게 합니다. 아주 피곤하게 하고 있어요. 정 그렇다면 우리도 달리 방법이 없습니다. 다른 범죄인들과 똑같이 당신을 다룰 수밖에는."

말 끝머리에 힘을 수면서 흰 점퍼가 문을 열고 나갔다. 닫히는 문소리가 유난히 크게 들렸나. 그는 몸을 움찔했다. 시멘트 바닥의 칙칙하고 희미한 잿빛이 더욱 몸을 움츠리게 했다. 천장에 달려 있는 30촉짜리 전등이 희미해서 더욱 그랬다. 창문이라곤 한 군데도 없고 흰 점퍼가 문을 여닫고 나가버린 그 철문이 유일한 출구였다. 조사실 안에 덩그러니 혼자 남게 되자 두려움까지 엄습해 왔다.

이젠 어찌해야 할지 좋은 생각이 떠오르지 않았다. 그렇다고 가만히 앉아서 당해야 한다는 생각이 드니까 가슴이 답답하고 숨이 막혔다. 조바심도 났다. 그는 철문 쪽으로 걸어가서 팔에 힘을 주고 문을 밀어 보았다. 그래도 철문은 열리지 않았다. 필시 흰 점퍼가 나가면서 밖에서 문고리 쇠를 잠근 게 틀림없었다. 그는 몇 번 더 문을 열려고 시도하다가 바닥에 주저앉았다. 나는 이제 여기서 죽게 될지도 몰랐다. 골병도 들게 될 것이다. 제기랄 무슨 놈의 팔자가 세상에 태어나서 제대로 한 번 피어 보지 못하고 시들게 되는가 말이다. 남들처럼 번쩍거리는 자가용은 못 탈망정. 나는 왜 이 모양일까? 궂은 날이 있으면 갠 날도 있다는데. 떡잎이 떨어지면 새순이 돋는 날도 돌아온다는데, 한 번도 나에겐 떡잎이 낙하한 때도 새순이 파랗게 피어난 때도 없었다. 스산한 겨울 들판에 나가 봐도 그렇다. 몸을 움츠리고 냉기에 얼어붙은 나목들이며, 얼어붙은 대지, 싸늘하게 느껴지는 기운, 멀리 가 버린 푸른 잎새, 윙윙거리는 바람소리만 들려오는 겨울 벌판에도 절기가 바뀌면 다 썩은 고목에서도 새순이 움트고 말라비틀어진 잎새에도, 새로운 채색이 감지되는 법이다. 헌데 내 인생의 구름 낀 날은 왜 개이지를 않을까? 이런저런 처량한 생각들로 울먹이다 그는 그대로 잠이 들었다.

몇 시간이나 지났을까, 꿈결에 문 소리가 나는 것 같았다. 처음 보는 사내가 그를 깨워서 문 밖으로 끌고 나갔다. 갑자기 쏟아지는 햇빛에 눈을 뜰 수가 없었다. 눈을 깜박이면서 사내가 끄는 대로 지하실로 끌려 내려갔다. 층계를 내려가자 가운데 복도 양 옆으로 한 평쯤 되는 골방이 연이어 있었다. 사내는 그를 끌고 복도 끝으로 갔다. 형광등이 층계를 내려오는 입구에 하나가 달려 있어서 희미한 불빛이 겨우 복도 쪽만 가늘게 비추고 있었다. 사내가 복도 끝 골방에 그를 처넣고 밖으로 빗장을 걸고 다시 되돌아 나갔다.

골방 안은 사위가 칙칙하고 어두컴컴했다. 삼면이 콘크리트 벽이고, 단지 방금 등 떠밀리어 처박혀진 문 쪽만 쇠창슬로 막혀서 유일하게 복도 끝 모서리가 약간 보일 뿐이었다.

삼면은 아무것도 안 보였다. 거무튀튀한 벽에는 거미줄도 쳐 있고 집게벌레도 기어 다녔다. 그는 질겁을 하고 몸을 꼿꼿이 세웠지만 곧 포기하고 쇠창살 쪽에 등을 기댔다. 그 편이 조금 편했다.

옷 속으로 스멀거리며 파고드는 벌레의 꿈틀거림도 덜 느껴졌다. 그렇게 얼마나 버텼는지 모르겠다. 얼마쯤 시간이 흐르자 머리가 아파왔고, 온통 혼란스러웠다. 더 이상 그런 자세로 지탱하고 있기가 힘이 들었다.

단지 눕고만 싶었다. 두 다리를 쭉 펴고 그 자리에 털썩 주저앉았다. 고향 생각이 났다.

먹을 것이 귀하긴 했어도 다가동에 살았을 때가 그래도 좋았다. 옆집에는 경수하고 눈맞아 도망간 영순이네 집도 있었다. 영순이 그 애하곤 동갑내기였다. 얼굴이 둥글고 순하게 생긴 계집애였다. 아마도 6학년 봄방학때인가 싶었다. 영순인 나이보다 몸이 성숙했었다. 그닐도 어느 내와 같이 술래삼기를 했었다.

팔복이 술레기 됐고 다른 애들과 영순이도 숨있다. 술래잡기는 늦게까지 계속됐다. 집집마다 굴뚝에선 연기가 피어올랐다. 그 연기는 팔복이 집과 영순네만 제외하고는 모두 피어 오르고 있었다.

팔복의 집은 쌀이 떨어졌고 영순네는 홀아버지와 같이 살았는데, 영순이 아버지는 일터에서 늦게야 귀가했다. 날이 저물어 가고 끼니때가되자 집집마다 어른들이 찾으러 나왔다.

어른들의 목소리는 과수원 쪽에서도 들려 오고, 논두렁 뒤 양지바른 쪽에서도 들려 오고, 느티나무가 있는 쪽에서도 들려왔다. 애들은 제각기 숨어 있던 곳에서 뛰어나와 귀에 익은 목소리가 나는 쪽으로 달려갔다. 그와 영순인 아무도 찾지 않았다. 다른 애들은 모두 집으로 갔는데도 영순인 그때까지도 나타나지 않았다. 영순인 아무도 찾아낼 수 없는 곳에 꼭꼭 숨어 있는 것 같았다. 방죽 아래 냇가에도 가보고 옥수수밭에도 가 보았다. 영순인 거기도 없었다. 마지막으로 영순네 집 앞에 높다랗게 쌓여 있는 소먹이용 풀이 있는 헛간을 뒤졌다.

영순인 그 풀숲 속에 길게 댓자로 누워 앞가슴을 풀어헤친 채 자고 있었다. 숨을 쉴 때마다 젖무덤이 따라 움직였다. 그는 가만히 영순이 젖꼭지를 만져 보았다. 따뜻하고 부드러웠다. 어머니의 그것과는 감촉마저 달랐는데 영순이의 젖꼭지를 만지자 얼굴이 달아오르고 가슴이 뛰었다. 영순이가 한참만에 눈을 떴다.

"이 바보야."

황당한 표정으로 소리치더니 헛간 밖으로 재빨리 내달렸다.

"영순아, 그게 아니야."

팔복이가 변명하며 영순이 뒤를 따랐다.

"그게 아니래두."

눈을 떴을 때는 온몸에 맥이 하나도 없었다. 팔다리가 쑤시고 온몸이 저렸다. 목덜미도 뻐근했다. 팔을 당겨봤다.

"가만히 계세요"

캡을 쓴 간호사가 이팔복 곁으로 다가와서 말했다.

"선생님은 일주일만에 의식을 되찾으신 거예요. 이제 겨우 원기가 회복돼 가니까 몸을 움직이지 마세요. 아미노산 고단위 수액을 벌써 오늘까지 몇 병째 맞고 있는 중이에요. 250cc니까 조금만 참고 맞으시면 돼요."

그는 그제야 자기가 병원에 누워 있는 것을 알았다. 수액셋트에 매달린 수액병에서 노란 액체가 한 방울씩 주사 바늘을 통해 그의 몸으로 들어왔다.

병실 문이 열리면서 그를 연행했던 흰 점퍼가 들어왔다.

"빨리 깨어나지 않아서 걱정했어요. 지하실에서 3일 후에 당신은 의식을 잃었지요. 보통 일반인들은 일주일 정도 버티는 경우가 있습니다. 물 한 모금 먹지 않을 경우입니다. 물론 경우에 따라선 열흘씩 견뎌 내는 사람도 있긴 합니다. 그러나 기도원에서 금식할 때하곤 다릅니다. 거기는 같이 금식하는 동료가 옆에 있어서 마음의 긴장감도 없고 생수도 마음놓고 마실 수도 있지 않습니까? 무엇보다 옆에 동료가 있다는 것이 중요하지요. 그런 점 때문에 우리도 가끔 독방에서 사람을 관찰하는 고문을 하게 됩니다. 그러나 개인의 본의가 아님은 이해해 주시기 바랍니다. 그동안 협조해 주셔서 감사합니다. 우리가 좀 지나쳤다고 생각합니다만 대신 당신의 누명은 전부 벗게 돼서 다행입니다. 이제야 선생께서 확실히 일 때문에 그 장소에 있었다는 것을 알게 됐습니다. 성미란 씨는 마약중독 상태가 의외로 심하더군요. 그 감정이 어제야 관계기관에서 데이터가 나왔습니다. 그 여자의 병적인 상태에서는 처음 보는 남자라도 남자라는 이유 하나만으로 충분히 안아 달라고 얘기할 수 있다는 겁니다. 하기야 요즘은 멀쩡한 여자들도 택시를 타고 기사들에게 안아 달라고 한다는 소리도 듣긴 했습니다만, 여기 입원비는 우리가 계산합니다. 되도록 빨리 완쾌되기를 바랍니다.”

흰 점퍼는 그렇게 말하고 돌아갔다. 간호사는 다른 병실로 갔는지 보이지 않았다. 그는 수액셋트를 자기 쪽으로 잡아 당겨서 오른손을 밑으로 내렸다. 팔목이 저리던 것이 한결 시원했다.

간호사가 열어 놓았는지 반쯤 열린 창문을 통해 시원한 바람이 흠뻑 침대 옆으로 몰려왔다.

찬연한 슬픔

"보세가 아닙니다. 보세가 아니예요. 의심이 가시면 만져서 질감을 확인하세요. 품질을 확인하세요. 이런 기회는 언제나 오는 게 아닙니다. 아무 때나 파는 물건이 아니예요. 정부가 품질을 보증하는 동남아 수출용 가방이 단돈 오천원, 질 좋은 가죽으로 만든 가방이 단돈 오천 원입니다.

골라들 보세요. 골라들 봐요. 앞배 나온 사장님이 들고 다니는 007가방이 단돈 오천 원, 엉덩이 큰 애엄마가 메고 다니는 기저귀 가방이 단돈 오천 원, 등산용 가방도 골라서 오천 원입니다. 자, 골라들 보세요. 골라들 봐요."

구레나룻의 사내가 계속 떠들어댔다. 설명하는 여러 종류의 가방이 그 사내의 허리만큼 쌓여져 있었다. 어깨를 낮추거나 퍼질러 않아 버리면 푹 파묻힐 것 같았다. 전철을 타기 위해 내려가던 승객들이 한번쯤 고개를 주었다간 바삐 내려갔다. 그 옆으로 잠시 걸음을 멈추고 가는 승객들도 있었다. 전철 매표소까지 내려가기 전 중간 계단의 평평한 위치다. 그들 점포마냥 상품들이 보기 좋게 진열돼 있있다.

이팔복은 병원에서 퇴원을 하고 어슬렁거리며 전철 매표소 쪽으로 내려오다 발길을 멈췄다. 딱히 급한 일도 없고 앞으로 어떻게 해야 할지, 무엇을 해야 할지 망설이는 중에 우연히 좋은 구경거리를 만난 것이다.

사내가 간이 영업장으로 차린 가게는 의외로 손님이 붐볐다. 그처럼 하릴없는 백수도 기웃거리고 빵떡모자를 쓴 노인도 기웃거렸다. 제법 장사가 괜찮아 보였다. 사내의 오른쪽 발목 옆에 놓여 있는 아이보리색 플라스틱 돈 통에도 제법 많은 돈이 쌓여 있었다. 만 원짜리가 여러 장이 반쯤 접힌 채 놓여 있었고 그 옆에 천 원짜리는 수북히 쌓여 있었다. 진열해 놓은 가방들 앞에서 가정주부로 보이는 중년의 여성들이 가방을 한 개씩 들고 고르고 있었다.

그 중의 오른쪽에서 서서 고르는 여자는 튜립꽃 무늬의 원피스 차림이고, 그 옆의 여자는 청바지 차림이었다. 그녀의 오른쪽 끝에는 넥타이 정장 차림의 30대 후반으로 보이는 사내도 가방을 고르고 있었다. 그 사내는 가끔씩 구레나룻이 떠드는 소리를 듣고 미소를 짓곤했다. 주위에 서서 가방을 고르고 있는 사람들에게도 시선을 주길 게을리하지 않았다.

구레나룻은 말솜씨 하나는 끝내 줬다. 한 마디로 청산유수였다. 어떻게 하면 막히지 않고 저런 말이 입에서 술술 거침없이 흘러나올까? 넋나간 듯이 구레나룻을 쳐다보고 있는데 넥타이 차림의 정장이 옆에 와서 말을 걸었다. 하늘색 싱글이 썩 잘어울리는 옷차림이었다.

"혹시 실례가 안 된다면 선생님 기분 한번 알아 맞혀 볼까요? 저 사람처럼 나도 말솜씨가 기차서 가방 한번 팔아 봤으면 하고 생각하시고 계시던 중 아닙니까?"

그는 움찔했다. 사내의 질문이 그의 정곡을 찌른 것이었다. 그가 놀라자 사내가 웃었다.

"제가 바로 맞혔군요."

"그렇긴 하지만 나는 가방을 팔아 본 경험이 없어요."

"가방을 팔아 보았느냐고 묻진 않았지요. 그럴 생각을 갖고 계시지 않느냐고 물어 보았을 뿐이에요. 그러나 팔아 보고 안 팔아 보고 그런 결론은 그다지 중요하지 않지요. 중요한 것은 닥치면 누구나 무엇이든 다할 수 있다는 것이 중요하지요. 저 사람이 저리 청산유수같이 말을 잘해도 처음엔 나한테 와서 두 달이나 강습을 받았지요."

넥타이가 구레나룻을 가리켰다.

"강습을 받다니요?"

"하하, 이상하게 들리시나 보군요. 우리는 동업자예요. 물론 처음부터 아는 사이는 아니고 남남으로 만난 동업자지요. 저 사람은 처음엔 내 손님이었지요."

넥타이가 작은 소리로 주위 사람들이 안 들리게 말했다.

"손님이라니요?"

넥타이가 팔복의 물음엔 대답도 않고 그의 옷소매를 잡아끌고 한 계단 더 내려가서 복권 파는 가판대 뒤로 데리고 갔다.

"아까 나처럼 진열해 놓은 물건들 앞에서 물건을 고르는 척하고 바람잡는 사람을 손님이라고 불러요. 진열상품 앞에는 항상 사람들이 빙 둘러서서 구경을 하거나 물건을 만지작거리면서 고르는 사람들이 많아야 제법 팔리거든요. 사람들이 오다가다 기웃거리기도 하고요. 사람 심리를 이를테면 이용하는거죠. 서기 여자 손님 중에 튤립꽃 원피스와 청바지 차림은 진짜 우리 손님이지요. 나머지 사람들은 가짜 손님들이구. 저런 식으로 물건을 고르는 척하고 서성이면 한 시간당 삼천 원을 받게 돼요. 왜 내가 선생에게 이런 말을 하냐 하면 이것도 사업니이까 마스크가 중요하거든요. 첫인상이 제비족 같다거나 날라리같이 보이면 물건도 그런 줄 아니까. 그래서 선생처럼 순진해 보여야 제격이죠."

넥타이가 담배를 권했다.

"그러면 하루에 대충 얼마나 벌이가 되는데요?"

"시간당 삼천 원씩 계산해 보면 알 수 있지요. 그 외에 보너스도 있지요. 바람을 제법 그럴싸하게 잡아서 옆 사람까지 사게 되면 개당 오백 원씩 더 계산해 줘요. 오후만 나와서 영업하게 되니까 낮 시간은 자기 시간으로 활용할 수가 있지요. 어때요. 구미가 당기지 않습니까?"

넥타이가 정색을 하고 물었다. 그의 속을 꿰뚫어 보고 있는 것이 기분 상하긴 했으나 일부로 그의 의향을 말할 필요가 없어져서 그 점은 솔직히 편하기는 했다. 그는 주머니 속에 돈이 얼마나 있나 만져 보았다. 그 점이 그에겐 제일 중요했다.

오늘밤부터가 당장 문제였다. 어디에서든 새우잠을 자게 될지도 모르는데 주머니에 돈푼은 들어 있어야지 한 푼도 없다면 마음의 추위가 먼저 올것이다. 일이 이렇게 될 줄 알았으면 성미란의 집에서 일할 때 웃돈을 먼저 요구하는 건데 한 푼도 받아낼 기회가 없었으니 일이 왜 이 지경으로 꼬였는지 모르겠다. 주머니에는 몇 푼 남아 있지 않다. 저녁을 때우고 나면 그나마도 안 남을 것 같았다.

그는 잠시 망설이다 고개를 끄덕였다. 넥타이가 안심했다는 듯이 그의 손을 잡고 흔들었다.

"이왕 말이 나왔으니 지금 당장 시작하시지요. 시작이 반이라는 속담도 있잖습니까? 아까도 말씀드렸지만 선생은 인상이 좋아 이런 일은 아주 제격입니다."

"그렇게 생각해 주셔서 고맙습니다."

넥타이는 자기가 있던 처음 자리로 올라갔다. 그도 그 뒤를 따랐다. 넥타이는 이팔복이 있을 위치를 눈짓하고 사라졌다. 구레나룻은 상품 설명을 하면서 그에게 한 눈을 찡긋했다.

한 패가 돼서 환영한다는 표시이리라. 하늘색 투피스를 입은 젊은 여자는 그가 들고 있는 똑같은 가방을 들고 살펴보았다. 주머니도 있고 물통도 담을 수 있는 어깨에 메는 가방이었다. 한참을 살펴더니 곁눈질로 이팔복의 얼굴 생김새를 살펴보고 나서 그에게 말을 걸었다.

"아빠의 취미가 수석이라서요. 남자분들 생각으론 이 디자인이 어떤지요?"

"좋은데요. 저번에 저도 여기서 하나 사다 쓰고 있는 중인데, 제 것을 보고 회사 동료가 사다 달라고 부탁을 해서 한 개 더 사려고 일부러 왔어요."

기다리고 있었다는 듯이 그는 능청스럽게 받아 넘겼다. 넥타이가 이팔복을 지켜보다가 손으로 브이자를 그려 보였다.

"그래요. 그럼 나도 애 아빠한테 한 개 사다 줘야겠네, 고1짜리 큰애도 사내아인데 그 애 취향에도 괜찮겠지요?"

"괜찮나마다요. 우리집 큰애도 야외 갈 때는 이것을 가지고 가는데요."

하늘색 원피스가 일만 원을 주고 가방 두 개를 구레나룻에게 받아 가지고 이팔복에게 인사를 하고 갔다. 넥타이가 그에게 와서 작은 소리로 말했다.

"잘하던데요. 그만하면 프로급입니다."

넥타이 차림이 천 원짜리 한 장을 그의 호주머니에 넣고 자기가 있던 위치로 갔다. 그는 당연히 받을 걸 받으면서도 뭔가가 미심쩍었다. 그러면서도 이 세상에는 별 희한한 방법으로 먹고 사는 법도 있다는 걸 처음 알았다.

그는 벌써 넥타이한테 보너스를 오천 원이나 받았다. 자주 되풀이되는 사이에 일솜씨도 능숙해지고, 누가 봐도 가방을 사는 손님처럼 태연히 바람을 잡았다.

넥타이가 누구보다 좋아했다. 그도 기분이 좋긴 마찬가지였다. 우린 이제 한패니까 기쁨도 같이 해야 한다는 생각도 들었다. 슬픔도 이제는 같이 해야 할 것이다. 이제 점점 같이 있는 시간이 많아지면 이 사람들이 정말로 형제같이 느껴지고 정도 들게 될 것이다. 그렇게 하지 않으면 안 될 것이다. 이제는 내 형제들을 위해서 유능한 일꾼이 되기 위해서 더 노력해야 할 것이다.

세상일이란게 생각하기에 따라서는 손쉽게 사는 방법도 있는 건데 괜히 일마다 힘겹게 생각하고 지레 겁을 먹었나 보다.

그는 다시 가방을 집어들고 지퍼도 열어 보고 가방 안도 살펴보았다. 한 떼의 사람들이 그의 옆을 지나갔다. 이제 방금 도착한 전동차에서 내린 사람들이 개찰구를 통해 물밀 듯이 몰려 나왔다.

휴게실 벽 위에 걸려 있는 가전제품 선전용 시계는 10시를 가리키며 종을 쳐댔다. 그새 시간이 꽤 지났다. 조금 있으면 전철 승객은 끊길 것이고 그는 넥타이에게 시간에 비례한 일당을 받고 의기양양하게 내일 출근하기로 약속을 하게 될 것이다. 일당 받은 것으로 저녁을 사 먹고 따뜻한 잠자리도 알아봐야겠다. 정말로 세상을 좁은 것 같았다.

어느 유명 기업인은 텔레비전에 나와서 세상엔 할 일이 많다고 말했다. 그 말이 실감났다. 정말 세상은 바다같이 넓고 할 일도 그렇게 많은가 보다. 그가 알지 못하는 일거리가 세상엔 많은 것이다. 단지 그것을 찾아내지 못할 뿐이다.

오늘 오전까지만 해도 그렇다. 병원에서 퇴원해 나오기 전까지만 해도 앞날이 막막했다. 자신같은 사람이 곧바로 할 수 있는 일거리가 있는 줄은 상상도 못했다. 이제는 일하는 동료가 생겼다. 그들과 같이 있으면 일거리도 자연적으로 생길 것이고 걱정거리도 덜게 될 것이다. 잠자리도 생길지 모른다. 이제 그도 일하는 즐거움을 가질 수 있을 것이다. 이들과 같이 있으면 기쁨도 배가 될 것이었다.

개찰구를 빠져나온 승객들이 또 모여들었다. 가방을 쳐다보고 그냥 가는 이도 있고, 멈춰 서서 가방을 고르는 이도 있었다. 승객들이 빠져나가면 한산해질 것이다. 승객이 눈에 띄게 줄었으므로 넥타이가 말은 안 했어도 어쩌면 오늘 일은 이 손님들이 마지막이 될지도 모른다고 그는 생각했다.

그는 신이 나서 가방을 만지작거리며 바람을 잡았다. 가방끈도 조여 보고 어깨에 메어 보기도 하고 손에 들어도 보았다. 틈틈이 구경꾼들이 친구와 주고 받는 대화도 엿들었다. 월급쟁이로 보이는 젊은이가 뒤에 서 있는 대머리에게 말하는 소리가 들렸다.

"저런 덤핑 물건을 몇 개 가지고 나가셨다가 입국하실 때 거기서 현지 제품으로 바꿔치기 해서 갖고 오시면 괜찮겠어요."

대머리가 웃으면서 말했다.

"그래도 체면이 있지. 출국 때 공항에서 보는 눈이 있는데."

"그렇지만요 부장님, 겉치장 번지르한 건 저런 물건 따라갈 제품이 없어요."

"그건 그렇긴 해."

부장이란 대머리가 멋쩍게 웃었다. 이팔복은 이때를 놓치지 않고 재빨리 대머리가 듣게끔 구레나룻에게 그가 들고 있는 가방을 보이며 말을 건넸다.

"이봐요, 주인 양반. 이와 똑같은 가방 3개만 줘요."

"네네, 손님은 물건 볼 줄 아시는군요."

구레나룻이 천연덕스럽게 받아 넘겼다. 옆에 있던 대머리가 물었다.

"손님은 뭐하려고 똑같은 가방을 3개씩이나 사십니까?"

"쓸 데가 좀 있어서요. 혹시 경찰은 아니시지요? 뭐 잘했다는 생각은 안 들지만요. 한 푼이라도 경비를 아끼려니 어쩔 수가 없더군요. 우리같은 사람들이 외국 나들이가 어디 쉬워야 지요. 저번에 유럽 갔다 올 땐 저 가방 들고 나가서 바꿔치기 해 가지고 짭잘하게 재미를 봤거든요."

이팔복이 멋쩍어하자 대머리가 정색을 하고 말했다.

"설령 경찰이라도 그렇지 합법적인 걸 어쩌겠소."

구레나룻이 가방 3개를 일회용 검은 비닐로 포장해서 이팔복에게 주었다. 그는 안주머니에서 만오천 원을 꺼내 대머리가 잘 보도록 그 앞에서 지불했다. 대머리에게 목례를 하고 그 자리를 떴다. 일단 그 자리를 떠나야 그들이 믿고 가방을 살 것이다. 그들이 가방을 사 가지고 간 다음에 다시 이 자리로 돌아오면 만사 오케이였다. 대머리가 가방을 사고 싶어하는 눈치가 엿보이자 직원인 듯한 젊은이가 자기 주머니에서 재빠르게 이만 원을 구레나룻에게 꺼내주었다. 그는 구레나룻이 돈 받는 것을 확인하고 성급히 전철 출입구 밖으로 가방을 싼 검은 비닐을 들고 나갔다. 먹자 골목이 있는 쪽으로 갔다. 우측으로 진열되어 있는 구두가게의 진열품을 밖에서 구경했다. 가장 최신형 디자인이란 붉은 문구가 들어 있는 휘장을 어깨에서 허리까지 휘감은 팔등신 미인이 허벅지에 손을 얹고 웃고 있었다.

"내 다리가 구두 보다 낫죠."

여자가 말하는 것 같았다.

그는 정신나간 사람처럼 그녀의 가는 허리와 풍만한 젖가슴과 금발머리를 탐스럽게 바라보았다. 얼마 동안 그러고 있었는지 모르겠다. 한쪽 구석에서 신문을 보고 있던 가게 주인이 마네킹이 걸려 있는 가게 안 쪽에서 유리벽을 툭툭 두들겼다. 사내가 안으로 들어오라는 손짓을 했다. 그가 반쯤 문을 열고 안을 들여다보자 가게 주인이 말했다.

"구경하시려거든 안에서 구경하세요."

구두가게 주인이 아까부터 그를 지켜본 모양이었다. 그는 멋쩍어서 머리를 긁적였다. 그제야 거기서 너무 오래 지체했다는 생각이 들었다. 그는 급히 서둘러서 가방을 파는 동료들이 있는 계단 쪽으로 걸어갔다. 이제는 대머리도 그의 부하직원도 그 자리엔 없을 것이다. 이젠 내려가도 아무 거리낌이 없었다. 조금 전까지만 해도 마음 한쪽이 개운치가 않았는데 지금은 홀가분했다. 그는 휘파람을 불면서 걸어가는 행인들이 쳐다보는 것도 아랑곳없이 지하철 계단을 내려갔다. 정말 신이 났다. 보너스도 몇 천 원 더 받을 수 있다. 넥타이는 기분 좋은 말만 골라서 하면서 그의 주머니에 보너스를 찔러 줄 것이다. 그는 자기가 있던 자리로 뛰다시피 걸어갔다.

그러나 이팔복이 있던 자리로 다시 돌아왔을 땐 구레나룻도 넥타이도 보이지 않았다. 단지 일회용 검은 비닐 몇 장이 이리저리 나뒹굴고 있었다. 구레나룻이 깔고 앉았던 헌 신문조각만이 바람에 너덜거리고 있었다.

그는 멍하니 서 있다가 그 자리에 주저앉고 말았다. 가슴이 답답하고 숨쉬기도 거북했다. 뒷덜미가 자꾸 땡겼다. 정신이 몽롱하고 아무 생각도 안 났다.

머리를 뒤로 젖히고 콘크리트 벽에 기댄 채 멍하니 있었다. 사람들이 힐끔거리고 이상한 눈빛으로 그를 바라보았다. 어떤 여고생은 백 원짜리 동전 두 개를 그의 앞에 가만히 놓고 갔다. 그는 눈을 감았다. 산다는 게 뭔지 모르겠다. 아무것도 모를 때 살기 위해서 먹거나 먹기 위해서 산다는 말도 수없이 하고 다닌 때도 있긴 있었다. 그땐 그저 생각없이 말했을 뿐이었다.

술이 취해서 취중에도 그랬고, 직장에서 동료들과 히히덕거릴 때도 그랬다. 모든 것이 순수하게 보였을 때였다.

사람들이 전부 친절해 보이고 다정하게만 보였을 때였다. 사람들이 적어도, 작은 인연으로 맺어진 사람들은 그래서 인사라도 나눌 수 있는 정도라고 생각되는 사람들은 모두 하나같이 그렇게 보였다. 이팔복은 그가 할 수 있는 따뜻함을 전부 내보인 게 사실이었다. 다른 사람들도 자기에게 그렇게 하리라고 그는 믿었다.

유년 시절에 주일학교 선생님도 그런 말씀을 하셨다.

내가 남에게 베푼 만큼 남도 나에게 베풉니다. 준 만큼 받게 되는 것이지요. 그러나 이때 필요한 마음 가짐은 받는다는 것을 전제로 삼고 주어서는 안됩니다. 단지 우리는 서로에게 얼마나 필요한 존재인가를 느끼면서 주십시오. 그것이 우리를 큰 사람으로 만들어주는 의미를 부여해 줍니다. 왜냐하면 주는 마음이나 받는 마음이나 서로에게 편안함을 주기 때문이지요.

앵두 같은 빨간 입술이 움직일 때마다 그는 그 여선생님의 입술은 쳐다보고 예쁘다고 생각했었다. 그러나 그때 선생님의 말은 살아오면서 생각하니까 수학공식에 불과했었다. 수식으론 확실한 것이었다. 오랫동안 한 가지 정설이 수정되면서 정립되어 왔으니까 그 정확성이야 틀림없겠지만 그 공식에 세태변화는 첨가하지 않았었다.

지금은 사람의 심정도 변하고 돈의 모양도 변하고, 계산 방법도 크게 변했다. 적어도 변질될 수 있는 가능성에 대해서도 언급했어야 했는데 살아오면서 생각해보니 그 여선생님도 그 나이에 무슨 엄청난 사회 경험이 있어 뜻 깊은 의미가 부여된 말을 했으랴 싶기도 했다. 그가 그 나이가 들어도 알 수 없는 세상 일이 많은데 겨우 이십오 세 전후였을 그 나이에 뭘 알 수가 있었겠는가? 나이가 들어도 알 수 없는 일이 세상에는 얼마든지 산적해 있는 것이다. 좀 전의 일만 해도 그랬다. 그는 성실히 몇 시간을 일했다.

자본주가 시키는 대로 고용주가 의도하는 대로 수족과 같이 움직였다. 그러나 그가 지금 받은 것은 그의 마음속에 커다랗게 뚫린 아픔이란 구멍과 주머니에 있던 돈 중에서 얼마를 더 보태어 그들의 물건을 사준 것밖에는 그가 얻은 것은 아무것도 없었다. 차라리 애초부터 그들의 물건을 사주었더라면 이토록 가슴이 아프진 않았을 것이다. 그 넥타이 말대로 그는 그저 그의 손님이 되고 만 것이다. 처음부터 그들의 시나리오 대본에 그의 역할이 이런 식으로 정해져 있었을 것이다. 에이구 병신, 에이구 등신, 이 세상에 나 같은 바보는 또 없을 것이다.

머리를 양 무릎팍 안에 처박고 몇 시간을 그런 자세로 있었는지 모르겠다. 누군가 흔들어 깨우는 바람에 눈을 떴다. 길다란 빗자루를 든 중년의 사내가 그를 내려다보고 있었다.

"어디서 잠을 자는 거예요? 지하철 구내에서 잠자다 걸리면 잡혀가는 줄 몰라요? 보아 하니 얼굴 생김이 부랑아같이 보이진 않는데 잡혀 가서 무슨 망신을 당하려고 그래요? 정말 잘 데가 없어서 이러구 있는 거예요?"

"그럴 만한 사정이 있어서요."

얼떨결에 대답했다. 빗자루를 든 청소부가 그의 모습이 측은해 보였는지 목소리를 낮추어 말했다.

"댁두 딱도 하슈. 그렇다고 이러고 있으면 어떡해요. 내가 잠잘 데를 안내할 테니 따라 와요."

청소부가 몇 발짝 가다 말고 그에게 빗자루와 쓰레받기를 내 주면서 말했다.

"저쪽 구석으로 가서 내 유니폼을 입어요. 나는 역구내 사람들이 얼굴을 알아 보니까 상관없어요. 혹 지하철공사 직원이 묻거든 어제 임시직으로 새로 온 사람이라고 하세요. 그러면 더 묻진 않을 겁니다. 물을 사람도 없을 테지만 말이죠. 빗자루로 바닥을 쓰는 척하면서 지하철 승차하는 곳으로 내려 가세요. 거기서 보면 승차선 오른쪽 끝으로 통행을 못하게 철책으로 막아논 데가 있어요. 거기라면 새벽까지도 안심하고 잘 수 있을 거예요. 그럼 내일 새벽에 이 자리에서 만나요."

청소부가 자기가 입던 유니폼을 벗어 주었다. 모자까지 받아 쓰자 그는 영락없는 청소부였다. 청소부가 가버리자 그는 빗자루를 들고 매표소 쪽으로 걸어가 승차선 안으로 들어갔다.

승객들이 이미 끊어진 상태였다. 텅빈 역 구내는 썰렁하고 적막했다. 한적한 지하 공간에 혼자 내던져 졌다고 생각하자 가슴이 저려 왔다. 울적한 기분을 달래려고 담배 한 대를 피워 물었다.

담배 맛이 좋았다. 처량해질 땐 담배 맛이 늘상 좋았다. 그 맛이 느글거리고 껄끄러워야 그의 생활도 펴지는 법인데 언제나 그러지를 못했다.

청소부가 가르쳐 준 장소는 쉽게 찾았다. 정말로 오른쪽 끝으로 철책이 있었다. 그 안쪽으로 누워 있으면 어느 누구의 눈에도 금방 발견되진 않을 것 같았다. 청소부가 고마웠다.

그런데 그 사람은 대체 무엇 때문에 이런 곳까지 기억해 두었을까? 혹시 그 사람도 여기서 몇 번 신세를 진 것은 아닐까?

그는 엉뚱한 생각을 하며 철책이 있는 곳으로 갔다.

전철이 지나가는 소리에 잠을 깼다. 쓰레받기와 빗자루를 들고 철책을 넘어 승차선이 있는 곳으로 나왔다. 전철을 타는 승객들이 벌써부터 나와 의자에 앉아 신문을 보거나 자판기에서 커피를 빼어 마시고 있었나. 그는 주머니를 뒤져 보았다. 동전이 몇 개 잡혔다.

자판기에서 빼낸 우유액이 속으로 들어가자 뱃속이 금세 화끈거린다. 꿀맛 같았다. 어제 저녁을 빈속으로 잤더니 금세 몸이 더워졌다. 동전 두 개로도 이런 좋은 기분을 맛볼 수 있으니 그 돈맛은 이래서 좋았다. 어제 그 인간들도 이 돈맛 때문에 그 짓을 했을 것이다.

청소부와 만나기로 한 장소에서 앉아 기다렸다.

"벌써 나왔군요."

청소부가 전철 입구에서 내려오며 먼저 보고 인사를 하자 그도 따라서 인사를 했다.

"어젠 잠자리가 불편했지요?"

"그런대로 견딜 만했어요."

"그랬다니 다행입니다. 이거 도시락인데 지금 드세요. 아직 도시락이 따뜻할 겁니다. 엊저녁에 형씨가 측은해 뵈던 생각이 들어서 도시락 싸는 김에 마누라 보고 한 개 더 싸달라고 했지요."

"이런 고마울 때가요."

그가 몸둘 바를 몰라 하자 청소부가 껄껄거리고 웃었다.

"아무튼 잘 먹겠습니다."

그는 진정으로 고마움을 표시했다. 청소부가 환하게 웃고 승차선 안으로 내려갔다. 그는 주위를 두리번거리다가 복권 매표소 옆의 나무로 된 간이 휴게소로 걸어가 사람들 쪽과 등을 돌린 채 앉았다.

도시락은 아직도 온기가 따뜻하게 남아 있었다. 어제부터 따져 보니까 그새 두 끼를 굶었다. 재빨리 도시락을 열자 반찬이 푸짐했다. 입맛이 저절로 당겼다. 계란부침을 한 젓가락 입에 넣었다. 우물거리지 않아도 저절로 입 안에서 녹았다. 오이지도 있고 게맛살, 참치 조린 것도 있었다. 한참 정신없이 퍼먹었다. 순식간에 도시락 한 개를 해치우자 금세 포만감이 왔다. 간이 휴게실 앞의 분식 가게로 가서 보리차 물을 얻어 마셨다. 이제야 살 것 같았다.

"도시락은 맛있었어요?"

언제 왔는지 청소부가 다가와 말했다.

"좋은 소식이 있어요. 우리 조의 동료 한 사람이 병원에 입원을 했어요. 그 사람에겐 안 됐지만 누군가는 그 자리에서 청소를 해야 하니까요. 아침부터 수소문을 해봤더니 고혈압이 도진 게 쉽게 날 것 같지가 않다는군요. 전에도 그만 둬야겠다고 입버릇처럼 말하긴 했지요. 한때는 이 자리도 백만 원 정도 써야 들어올 수가 있었거든요. 나도 그때 들어왔지요. 지금은 사람들이 힘든 일을 기피하는 바람에 남아도는 실정이긴 하지만요. 지금 일하고 있는 동료들도 그만둬야겠다는 사람이 여럿 돼요. 배부른 사람들이지요. 부럽기도 하구요. 어쨌든 우리 일이 봉급이 적긴 해도 먹구 살만은 해요."

"언제쯤이 그때가 되는데요?"

이팔복은 정신이 번쩍 들었다. 드디어 쥐구멍에도 볕들 날이 온 것이다.

"글쎄, 잘은 모르지만 빨리 될 거예요. 지금은 지망자가 없는 편이니까. 그래서 빨리 발령을 받을 수 있을 거예요. 조장한테 말해 놨으니까."

청소부는 대충 그렇게 일러 주고 돌아갔다. 그도 바지를 털고 일어났다. 당장이라도 조장인가 한 사람을 만나 보려면 몇 푼이라도 주머니에 돈이 있어야 했다. 하다못해 커피값이라도 주머니에 있어야 사내의 체면이 서는 법이다.

그는 서둘러 전철 구내를 빠져나왔다. 무엇인가 일거리를 찾아봐야 했다. 찾아보면 막일거리라도 있을지 모른다. 여기저기 기웃거리며 거리를 걸었다. 식당 유리창에 종업원 구인광고 안내문이 붙어 있었다.

구인광고는 했지만 찾아 들어가면 하나같이 아주머니들이나 젊은 학생들을 원할 뿐이었다. 한나절을 그렇게 해맸다. 주머니 속에 담배를 꺼내 물고 불을 붙이려 하자 불현듯 건축 경기는 아직까지 일손이 달린다는 것을 알아냈다. 생각이 거기까지 미치자 인력시장 사무실로 전화를 했다.

사무장은 지금 아침 시간이 지나서 안 되고 주위 건축 공사판을 알아보면 잡부일은 많을 거라고 일러주었다.

길거리를 돌아다니는 동안 두 군데를 거쳤다. 한 군데는 공사중단 상태고 한 군데는 노임은 15일 후에 한 번씩 지불한다고 했다.

젠장, 그렇게 되면 구태여 잡일을 할 필요가 없지 않은가. 그는 이번엔 대학가 쪽으로 올라갔다. 대학 건물 쪽을 바라봤더니 다세대주택을 짓고 있는 4층 건축 공사현장이 눈에 들어왔다.

대학 건물 뒷길로 해서 공사현장으로 가까이 다가가자 밀짚모자를 눌러쓴 사내가 벽돌을 지다 말고 그를 보고 물었다.

"잡일 하러 오셨소?"

그는 고개를 끄덕거렸다.

"저쪽에 가서 곰보를 만나 보세요. 그 사람이 십장이니까. 잡부일이 모자라 당장 일하라고 할 거요. 일당도 그날그날 쳐줄 거요."

밀짚모자는 곰보가 일하고 있는 쪽을 턱으로 가리켰다.

"고맙습니다."

그는 밀짚모자에게 인사를 하고 일층의 내장이 안 된 현장의 시멘트 포대 위에 앉아 있는 곰보에게로 갔다.

"저어, 일을 좀 할까 해서요."

그는 더듬거리며 말을 했다.

"등짐은 지어 봤소?"

곰보가 무뚝뚝하게 묻고 그의 아래위를 훑었다.

"네 해봤습니다."

"일당은 아침부터 나오면 아침 점심 주고 오만 원이오. 일급이오."

"지금부터 일하면요?"

"한나절이 지났으니까 저녁때까지 일하면 삼만 원을 드리리다. 일하는 도중에 배가 고프면 빵은 있으니까 그거라도 먹고 싶으면 드시오."

곰보가 담배 한 갑을 던져 주었다.

"아까 당신이 만났던 그 사람하고 같은 일을 하시오."

그가 다시 밀짚모자한테로 가자 그 사내가 먼저 물었다.

"곰보가 뭐랍니까?"

"형씨와 같은 일을 하라더군요."

"그래요, 잘됐군요. 당분간은 3층까지 등짐을 지면 돼요."

사내가 담배를 권하면서 물었다.

"형씨는 전에 뭘 하셨소? 어떤 일이 그중 그래도 재미있었어요."

"재미있기는 오렌지 주스 분말 깡통을 팔러 다닐 때가 그중 재미있었어요."

"오렌지 분말 깡통이라니요?"

"주스 타 먹는 분말 말이오."

"어떻게 재미있었는데요?"

밀짚모자가 호기심이 동하는가 보았다.

"큰 가방에 오렌지 주스 분말 깡통을 넣고서 역 앞의 아가씨 방마다 방문하는 거예요. 걔네들이 주전부리가 세거든요. 항상 우물거리거나 마시며 사는 애들이니까요."

"자꾸 배설하니까 그렇겠지."

밀짚모자가 낄낄거리며 웃었다.

"그래서 어떻게 했는데요?"

"돈이 없으니까 깡통 분말 몇 통하고 자기하고 바꾸재요."

"그래서 바꿔본 일 있어요?"

"바꾸긴요."

"이 양반 보기는 순진해 보이는데 속은 엉큼한 분이구만."

이번엔 사내가 큰소리로 웃었다.

"어이, 거기 뭐하고 있어. 빨리 벽돌 안 날라주고."

곰보가 웃음소리를 듣고 소릴 질렀다. 밀짚모자는 그래도 웃음이 터져 나오는지 벽돌을 지게에 쌓아 등짐을 지고 3층 사다리를 올라가면서도 웃었다. ㄱ도 밀짚모자에 뒤지지 않고 지게에 벽돌을 지고 날랐다. 등짐은 처음이라 요령이 없어서 힘에 부치긴 했으나 악으로 견뎌냈다. 저녁때까지 버텼다. 7시쯤 돼서 곰보가 일당을 주고 갔다.

곰보에게 일당을 받아 가지고 나올 때 밀짚모자가 막소주나 한 잔 하자며 꼬드기는 것을 마다 하고 전철역 구내로 돌아왔다.

"안오시나 했어요."

청소부가 오래 기다렸나 보았다.

"안오긴요, 일이 좀 있어서요. 빨리 온다는 게 이제야 오게 됐어요. 많이 기다리셨어요?"

"반 시간쯤 기다렸나 그래요."

"미안합니다. 마음을 써 주시는데."

이팔복이 어찌할 바를 몰라 하자 청소부가 재미있다는 듯 웃는 표정을 지었다.

"좀 전에 조장을 만났었지요. 그렇지 않아도 후임자를 물색하려던 중이었다더군요. 당장 내일부터 나와서 일을 하래요. 우리는 지하철공사 소속이 아니고 용역회사 소속이니까 장시간 일자리를 비울 순 없지요. 하루 이틀은 또 몰라도, 그 이상은 빠지면 자동적으로 해고되지요. 그래도 건강만 하면야 그게 무슨 상관이에요. 아무튼 잘 됐어요. 내일부터 당장 일하게 됐으니, 그나저나 잠자리는 마련됐어요?"

"어제처럼 당분간은 거기서 자면 돼요. 아무도 귀찮게 안하니까 편하던데요, 뭐."

"설마 편할 리야 있겠어요. 괜찮으시다면 제가 우리 동네 노인정 회장을 소개해 드릴게요. 밤에 잠만 자고 새벽에 일 나가니까 담배나 한 보루 사주면 왠만하면 이해할 거예요. 어떠세요?"

"그렇게만 해주면 이런 고마울 데가 또 어디 있겠어요. 제가 워낙 염치가 없어놔서."

"염치랄 거야 뭐 있겠어요. 서로 외롭고 없는 사람들끼리 돕고 사는 거지요. 수도도 있으니까 간단한 빨래나 라면 같은 것은 끓여 먹을 수도 있어요. 냄비하고 수저는 우리집에서 가져나 쓰세요. 같이 가십시다. 가는 길에 노인정에 들려서 내가 잘 말해드릴게요. 우리 종친회에 할아버지뻘 되는 분이니까 보나마나 허락해 주실 거예요. 그분은 거기서 주무시니까 언제든지 찾아가도 만날 수가 있지요."

그들은 지하철 구내를 빠져나왔다. 청소부에게 말했다.

"괜찮으시다면 어디 포장마차라도 가서 소주나 한 잔 대접해 드리고 싶군요."

"그것 괜찮지요. 취직 축하주는 한 잔 있어야 제격이니까."

그와 이팔복은 근처의 포장마차를 찾아 들어갔다. 주인은 읽고 있던 만화책을 덮고 일어나서 친절히 안내했다.

"여기 소주 한 병하고 오뎅 국물좀 줘요."

이팔복이 자리에 앉으면서 주인에게 말했다. 청소부가 자리에 따라 앉아서 주모가 읽던 만화책의 제목을 훑어봤다. '찬연한 슬픔'이란 제목이었다

찬연한 슬픔이라, 우릴두고 한 소리같네…….

재회

"담배를 맛있게 피는군요. 나도 한 대만 주세요."

그는 깜짝 놀라 돌아보았다.

"놀라셨어요?"

여자는 깔깔거리며 옆에 와 섰다. 가죽 미니스커트가 팽팽히 엉덩이를 가린 여자였다.

"여긴 노인들만 사는 별천지인 줄 알았는데 젊은 사람이 있다는 건 뜻밖인데요? 여기서 뭘하고 계세요?"

숨돌릴 틈도 주지 않고 여자가 말을 계속했다. 앞 이마는 단발머리로 짧게 쳐 올려서 나이를 알아보기가 힘들었다. 권 회장에게 대충은 들은 바에 의하면 그녀는 일주일에 한 번씩 와서 사교춤을 가르치는 춤선생이었다. 대단한 미인이란 소리는 들어서 알고 있었지만 뜻밖이었다.

그녀는 노인정으로 금요일에 한 번씩 교습하러 왔다. 각 가정의 젊은 사람들과 봉급 생활자들까지 포함해서 일주일 중 금요일이 제일 많이 술을 마시러 나가거나 외식을 한다니까……, 곽 회장은 사회통계학상에 나타나는 수치까지 제시하며, 그날만은 노인들이 집에서 눈치 안 보고 지낼 수도 있으니까 노인정에 나오지 말고 대신 춤교습장으로 쓰게끔 묵계가 이루어진 모양이었다.

춤선생하곤 전에부터 아는 관계인 것같이 보였는데, 교습장을 대여해 주고 대여료를 받는 건지, 강사료를 주는 건지 그것도 아는 사람이 없었다. 단지 권 회장과 가까운 이 부장이 그 내용을 잘 알고 있는 눈치 같았으나 누가 물어보면 권 회장이 어디 푼돈 받아서 혼자 챙길 사람이 아니오. 라고 오히려 이쪽을 훈계한다는 것이다.

어쨌거나 금요일이면 노인정엔 음악 소리가 들렸다. 소리가 밖으로 크게 들리진 않았으나 교습이 있는 날은 초저녁부터 어디서들 오는지 남녀가 모여 들끓었다. 40대에서 50대의 사람들이 주류를 이루었는데, 간혹 60대도 끼어 있었고 모두가 좋은 옷들을 걸치고 나타났다. 그 중에는 미니 차림의 여자도 있어 소 다리 같은 허벅지를 내보였다. 번쩍거리는 귀고리와 흑갈색으로 염색된 머리, 진주, 다이아몬드가 대자연의 시원 속에서 처음 발견된 이슬처럼 반짝거리는 손가락도 보였다. 그 손가락의 임자는 그녀가 단골로 다니는 미장원 미용사가 최고조로 미의 찬사를 보내면서 손봐준 머리를 매만지며 수시로 손놀림을 바쁘게 움직였다. 그 귀부인들은 서로들 눈인사를 나누기도 하고 두 손을 마주잡고 그동안의 안부와 서로의 자랑으로 수다를 떨기도 했다. 한 시간 혹은 그 이상도 이런 인사말이 오고 가기도 하는데 시간이 되어 노인정을 찾는 사람들의 발길이 뜸해 지면 곽 회장이 최종적으로 노인정 주위를 한 바퀴 순찰을 돌았다. 순찰 후면 으레 비품 창고로 와서 이팔복에게 밖을 잘 살펴 보라거나, 서로 좋으라고 하는 일인데 누군가가 모함까지 한다고 혀를 찬다.

늘 듣는 말도 아니고 그가 비번일 때 듣는 말이었다. 비번이라고 주기적으로 있는 건 아니었다. 어쩌다 근무교대자가 집 안에 혹은 개인적으로 특별한 일이 발생하거나 몸이 갑자기 불편하든가 피치 못할 사정으로 근무시간을 바꿀 때 일어나곤 했지만 흔히 있지는 않았다. 동료인 박씨는 자신보다 나이도 한 살 아래인 데다 기골이 장대해서 여간해선 병치레 할 사람이 아니었다. 한데도 사람의 일 이란 알 수 없는 일이었다. 그럴 때는 근무교대가 시간 바꿈이 될 수밖에 없었다. 아침 교대시간을 오후 시간으로 바꾸든지 오후 교 대시간을 아침 시간으로 교대해야 했다. 한데도 그의 근무시간은 오후 시간으로 아예 배정을 받았으므로 곽 회장을 오후 시간에 만 나게 되는 일은 별반 없었다.

그가 특별히 노인정에 대해서 알고 싶은 특별한 사유가 있는 것 도 아니어서 곽 회장의 친척되는 곽노복 형한테서 들은 것 말고는 아는 게 별로 없었다. 노인정의 운영상태라든지 정부 보조금, 회비 관리 등도 곽노복 형이 그저 지나는 말로 하는 것을 들은 것뿐이었 다. 그러나 깊이 새겨듣지도 않았고 대개는 그냥 흘려 버렸지만 노 인정에서 금요일마다 춤을 가르치거나 춤을 추러 오는 사람들이 있 다는 말은 호기심을 유발하는 일이어서 금방 사람들의 귀에 들어왔 었다. 특히 춤을 강의하는 여선생에 관해서는 곽 형도 본인이 알지 도 못하고 있는 부분까지 재미로 덧붙여서 말하는 것 같아서 퍽 흥 미를 가지고 들었었다. 마지막으로 곽노복 형은 자기도 관심이 많다는 표정으로 말했다.

"춤선생이 기가막혀. 꼭 두 번 봤는데, 한 번은 몸에 꼭 끼는 바지를 입었고 한 번은 정장 차림이었어. 옷을 바꾸어 입을 때마다 사람이 달라 보여서 혼자 감탄을 했어."

춤선생한테 라일락 향기가 풍겨왔다. 빨간 입술이 말했다.

"초면에 너무 경솔하지 않았나 모르겠어요. 그렇게 느꼈담 이해해 주세요."

빨갛게 상기된 얼굴해서 땀방울이 흘러 내렸다. 운동 중 15분 간 휴식시간이라 했다. 그는 손을 털고 일어나 담배와 라이터를 그녀에게 주었다.

"언제부터 여기서 사셨어요?"

여자가 담배 한 모금을 맛있게 빨고 물었다.

"벌써 오래 됐어요."

"그랬군요. 그런데도 한 번도 뵌 일이 없었군요?"

"저녁에는 일을 나가니까요."

그렇게 말하는 이팔복도 그녀를 처음 보긴 마찬가지였다. 춤선생이란 직업이 실내에서 하는 일이라 그녀는 마당으로 나올 일이 없었을 것이다. 그런데 유심히 살펴보니 낯이 익은 얼굴이었다. 도도한 듯이 보이는 말씨도 그렇고 오똑하게 솟아오른 콧날이며, 딱히 어디 사투리라고 말할 수는 없어도 억양도 그랬다. 윤곽이 큰 얼굴모습도 그랬다.

어디서 이 여자를 보았을까? 머리 모양은 단발머리인데, 앳되게 화장을 했다. 얼굴 전체에서 흐르는 윤곽만은 분명히 한 번은 본 듯도 했다. 목 부위에 점도 그렇고 눈 부위에 까뭇까뭇한 주근깨도 그랬다. 그렇더라도 어디서 봤는지 갑자기 생각이 떠오르지 않았다. 그녀도 낯이 익은 듯 기억의 저편들을 추스리는지 한동안 그를 응시했다. 그러다가 커다란 눈망울을 몇 번 껌벅거리더니 안으로 급히 가면서 인사를 잊지 않았다.

"담배 고마웠어요."

이팔복은 삽을 제자리에 갖다 놓고 세숫대야에 수돗물을 받아 손을 씻으면서 먼 기억을 더듬어 보았다. 그녀는 분명 어디에선가 만난 일이 있었다. 그저 스쳐 지나간 여자도 있을 것이다. 그러나 적어도 만났으리라는 정도로 기억에 남을 수 있다면 분명 어떤 계기가 있었을 것이다. 그 계기가 어떤 것일까? 그에게 크든 적든 어떤 면을 근거로 해서 거쳐간 여자라면 손가락으로 꼽을 정도인데, 그러고 보면 금방 생각날 것도 같았다.

모래알같이 많은 여자를 알고 있어서 수많은 사연을 지니고 살고 있다면 모를까. 이제는 피차 서로 남남이란 생각이 들 터이지만 그 마누라였던 아내를 제하고 나면 생각은 금방 정리될 것이다.

그는 기억을 더듬다 갑자기 그녀가 누구였는지를 알아냈다. 그렇다. 갈비집에서 그에게 갈비값을 씌우고 노르웨이호텔 나이트 클럽에서 기다리게 해놓고 바람맞힌 여자, 빨간 블라우스를 입었던 그 여자다. 분명히 그녀가 틀림없었다. 여기 이런 곳에서 빨간 블라우스를 만나게 될 줄이야 꿈에도 생각 못한 일이었다.

이번엔 그 붉은 블라우스를 벗어 던지고 다른 옷을 걸치고 유유히 아주 당당하게 나타난 것이다. 그는 서둘러 세수를 하고 바지를 꿰차고 점퍼를 걸쳤다.

밖으로 한달음에 달려나와 노인정 주위를 아무리 둘러 보아도 그녀는 아무 데도 없었다. 노인정 안을 엿보았으나 임시로 채용된 그녀의 조수가 맨 앞에서 사람들을 바라보고 있을 뿐이었다. 사람들은 연습중인 부르스가 끝났는지 대낮같이 환한 전등불빛에 각기 흩어진 상태에서 제 자리를 찾아가고 있었다.

한순간 허탈감이 오고 온몸에 힘이 쭉 빠졌다. 혹시나 그녀가 그를 알아보고 일부로 피하고 있지 않았나 하는 생각도 들었다. 그날 그녀들이 그에게 행한 행위는 몹시 기분이 나빴지만 살아 오면서 그때 일을 가끔 회상해 보면 우습기도 하고 전혀 이해가 안가는 것도 아니어서 언젠가 다시 만날 수 있다면 그때 일을 상가하면서 그 순간 만큼은 섭섭했다는 말을 덧붙이고 싶었다.

다음 주는 만날 수 있을 것이다. 아니면 그녀의 주소지를 곽 회장에게 물어서 찾아가면 된다. 문제는 그녀가 그를 알아봤을까 하는 점이었다. 이런저런 생각을 하면서도 그녀에게 갑작스럽게 피치 못할 어떤 일이 벌어지지 않았을까 하는 생각도 들었다. 그러나 출근은 해야 했고, 분주히 일하는 새에 그 일도 잊혀지고 가끔씩 퇴근시간에 곽노복 형을 만나서 멸치나 오징어 다리로 소주잔을 기울이는 것도 그 일을 희석시키는 데 도움을 주었다. 일에 열중할 때는 생각할 틈이 없었다.

전철역 구내는 워낙 넓기도 했지만 청소를 해도 표가 안 났다. 한 차례 쓸고 지나가면 금세 담배꽁초, 껌껍데기, 과자봉지, 신문지 조각, 즉석복권 벗긴 것, 스넥류 포장지가 여기저기 나 뒹굴었다. 아무리 열심히 쓸어도 끝이 없는 게 미화원 일이었다. 부수입도 없었다. 그런 것이라도 틈틈이 있어서 숨통이라도 터지면 일할 의욕이 솟아날 것이다. 미화원이라고 다 수입이 없는 건 아니다.

구청 청소과 소속이나 시청 청소과 미화원들은 월급 외에 쓰레기의 쓸 만한 폐품도 수집해서 짭짤히 수입도 있다고 했다. 어떤 데는 떡값도 명절 때면 받아낸다고 들었다. 특히 애연가들이 버리고 간 담배꽁초는 여기저기 널려있어 담배는 사 피지 않아도 되었다. 무슨 담배를 그 따위로 피는지 앞대가리만 조금 타 들어가면 그냥 버리는 꽁초가 하루에도 손가방에 한 통씩 모였다.

말보르, 쎌렘, 켄트, 윈스턴, 팔팔, 럭키스트라이크, 카멜, 쿨, 버지니아슬림 등 이루 헤아릴 수 없이 여러 종류 이름의 담배꽁초가 다 있었다. 국산 담배 찾아내기가 더 어려울 정도다. 그것들을 모아서 까 가지고 종이에 말아 피우거나 긴 꽁초는 필터를 잘라버리고 담배 빨부리에 끼워 피웠다. 그 꽁초들이 그의 유일한 부수입이었다. 물론 분실된 물건을 어쩌다 줍는 일도 있었다.

그가 손목에 차고 다니는 싸구려 전자시계도 주운 것이다. 그런 몇 천 원짜리 시계를 부수입이라고 부를 수는 없다. 그나마 그 값어치도 구입할 때의 가격이지, 판다고 가정한다면 불과 몇 백 원도 안 줄 것이다. 그 외에 지갑을 한 개 주운 일이 있다. 그 지갑을 열어보니 겨우 이만이천 원밖에 아무것도 안 들어 있었다. 재수 없다 싶어 돈만 빼고 빈 지갑은 얼른 쓰레기통에 집어넣어 버렸다. 가죽으로 된 것이긴 하지만 자기와 같은 빈털터리에겐 오히려 부담이 되는 물건이기도 하기 때문이다. 지갑 주인은 안 됐지만 덕분에 곽노복 형과 돼지갈비를 배불리 뜯고 소주도 맘껏 마셨다.

오래간만에 팔자 걸음도 걸어 보고 유행가도 읊조렸다. 곽노복 형도 사는데 한이 많은지 계속해서 유행가를 불러대다가 나중에는 악까지 썼다. 길 지나는 사람들이 이상한 눈으로 쳐다보고 갔지만 그는 아랑곳하지 않고 전봇대에 오줌을 누면서 뇌까렸다.

"썩어질 놈의 팔자가, 다 같은 미화원 팔자인데 누구는 부수입이 생기고, 누구는 땡전 한 푼 안 생기고, 왜 이렇게 세상살이가 불공평한지 모르겠어."

그는 세상살이가 힘들다고 말하며 흐느끼기 시작했다. 그가 심하게 흐느끼자 이팔복은 집안에 무슨 일이 생기지 않았나 하고 물었다.

"생기긴 뭐가 생겨. 사는게 힘드니까 그렇지."

그는 아예 땅바닥에 주저앉아서 한동안 울었다. 말려도 듣지 않음으로 이팔복도 땅바닥에 퍼질러 앉았다. 하늘에는 별들만 반짝였다. 어떤 것은 크고 어떤 것은 작고 어떤 별은 많이 반짝이고 어떤 별은 아예 반짝거리지도 않고, 그것들도 모두 일정하진 않다. 토정비결이 얼마나 맞을 확률이 크냐고 따지기 전에 사람 팔자는 자궁 속에서부터 정해 가지고 나왔다는 말에 수긍이 갈 때가 많다. 아무리 노력해도 여간해선 그 정해진 울타리를 넘어서기가 힘들다. 그 울타리가 곽노복 형이나 그나 평생 미화원으로 생을 마감하라면 차라리 일찍 목숨을 포기하는 게 낫겠다. 아무리 발버둥쳐도 곽 형은 미화원을 벗어 나지 못하고 산다. 기껏 그의 술주정대로 큰 희망은 구청청소과 직원으로 갈 수 있다면 하는 바람이었다. 자기가 먼저 가서 자리 잡으면 이팔복도 데려간다고 했다. 그 말이 곽 형의 위대한 꿈이다. 그게 그 사람의 꿈이고 그에 대한 최상의 호의다. 그 말이 빈말이라도 좋다. 그 자리에 쭈그리고 앉아 있는 곽 형의 손을 잡았다. 그의 손이 습기가 차서 끈적거린다. 이 끈적거리는 끈끈함 때문에 내일 또다시 똑같은 일을 반복하게 된다. 그 손아귀 안에 아내도 있고 애들도 주렁주렁 달려 있다. 그것이 일할 수 있는 원동력이 되는 것이다. 사실 희망도 없고 앞날의 설계도 없는 자기네 같은 사람들이 하는 일은 마음의 통증이 더 크게 작용했다. 그래도 먹기 위해 일을 해야 했다. 이제는 시멘트 바닥에 껌을 뜯어내는 일은 지겨울 때도 있었다. 시민의식도 문제였다. 껌의 겉포장에는 '씹으신 껌을 버리실 때는 이 포장지에 싸서 버려주십시오' 라는 안내문구까지 삽입돼 있는데도 불구하고, 무슨 심술인지 대부분 그냥 뱉어 버리는 것이다. 그렇게 버려진 껌이 시멘트 바닥에 그대로 있으면야 청소하기가 오죽 좋으련만 이 남자가 밟고 저 아가씨가 밟고 지나가면 강력본드로 접착시킨 것 보다 더 단단하게 접착이 되어 떼어내기가 여간 힘들지 않다. 정말 한심한 건 가슴에 배지 단 여학생들이 더한데 문제가 있다. 나이 든 사람들은 염소나 소처럼 우물거리는 사람은 없었다. 외관상 좋지 않을 뿐더러, 껌씹을 시간도 없이 바삐 살아온 사람들이기 때문이다. 게다가 식당에서까지 손님들이 식사를 끝내면 계산대에서 껌을 한 사람 앞에 한 개씩 주니 그 수많은 사람들이 씹던 껌이 모두 어디로 가겠는가? 물론 그 중에는 길거리에 적당한 간격을 두고 매달려 있는 철제 간이 쓰레기통에 버리는 사람이 더 많은 줄은 안다. 그러나 인구는 해마다 증가하는데 열 명 중 한 명만 그냥 뱉어 버려도 그 양은 어마어마한 숫자가 된다. 모든 미화원이 자기들 구역에서 그것을 치워야 한다.

앞 날이 삼각형 모양으로 끝이 뾰족하게 만든 철조각 칼로 시멘트 바닥에 붙은 껌을 벗기고 다녀야 했다.

사람들은 무표정하게 그가 일하는 모습을 바라보았다. 그 중에는 재미있어 하는 사람도 간혹 있다. 몇 시간을 시멘트 바닥만을 맴돌며 긁다 보면 손바닥이 벗겨져 콘크리트 바닥의 온기를 느낄 때도 있었다.

급히 뛰어오는 발짝소리에 고개를 들었다. 감색 싱글 신사복 차림의 사내가 서두르며 뛰어오고 있었다. 그 뒤를 경찰관 두 명이 급히 쫓아오고, 그 뒤로 여러 사람들이 쫓아오고 있었다. 모는 승객들의 시선이 뛰어오는 사람들을 따라왔다. 어느덧 앞서 오던 감색 싱글이 이팔복 앞으로 달려왔다. 그는 긴 빗자루를 들고 엉거주춤 서 있던 상태에서 어깨에는 힘을 바짝 주고 빗자루를 휘둘렀다. 그 순간 감색 싱글이 가슴을 끌어안고 나가 떨어졌다. 뒤따라 오던 경찰관이 사내를 덮치고 그의 손에 수갑을 채웠다. 주위에 모여든 사람들이 길을 터주자 경찰관은 이팔복에게 고맙다고 인사를 던지고 사내를 앞세워 전철 밖으로 나갔다. 모여들었던 사람들이 뿔뿔이 흩어졌다.

방금 도착한 전철에서 하차한 사람들이 무슨 일인가 하고 기웃거리다 얼굴을 돌렸다.

그는 바지의 먼지를 털고 일어나서 쓰레받기와 대비를 들었다. 그때였다. 난데없이 구둣발이 그의 복부를 난타했다. 꽃무늬 넥타이를 맨 사내였다. 피부색이 희고 윤곽이 뚜렷한 사내였다.

"죽일 놈의 새끼."

그 사내 뒤로 이마에 칼자국이 난 사내가 발길질을 하며 내뱉었다. 또 다른 사내가 이팔복의 이마를 구둣발로 밟았다. 그는 얼굴을 감싸쥐었다. 발길질이 소나기같이 쏟아졌다.

"끌고 가자."

누군가 그렇게 말하는 소리가 희미하게 들렸다. 정신이 점점 몽롱해져 갔다. 그러면서도 자꾸 한 사내의 얼굴은 뚜렷이 떠올랐다.

이마가 넓고 눈망울이 큰 경상도 말씨의 사내.

　그 사내는 분명 김칠성이었다. 그에게 매혈을 하게 유도해 놓고 합법적인 양 가장해서 그 돈을 뜯어간 사내, 죽일 놈의 인간, 의리도 인정도 없는 인간, 그는 분명 김칠성이었다.

악연의 과거

　김칠성은 부산 초량동이 고향이다. 그의 어머니는 부산역 근처 초량동에서 하숙집을 운영했다. 그녀의 남편은 칠성이가 어릴 적에 외항선을 탔는데 열악한 환경개선을 요구하며 선상난동을 부리다 갑판 위에서 매맞아 죽었다. 어떤 선원은 갑판 위에서 실족사했다는 이도 있었다.

　그러나 그것은 말도 안 되는 소문이었다. 들려오는 얘기들에 의하면 그랬다. 어짜피 죽은 것은 사실이긴 하나 아무도 그때 상황을 바르게 말해 주는 사람이 없다는 것이 그것을 증명했다.

　처음에는 사무실에서 하는 소리를 그대로 믿기로 작정했었다. 하나같이 그 외항선에 승선했던 선원들이 돌아와서 하는 말이 실족사가 틀림없다고 증언했기 때문이었다. 그러나 그녀의 남편과 친하게 자냈다는 애꾸눈 선원은 실족사가 아닌 것만은 자신있게 말할 수 있다고 증언했다.

선장이 뒤탈이 두려워 돈으로 선원들의 입을 틀어막아서 승선했던 선원들의 말이 다 일치한 것이다. 그 애꾸눈은 술냄새를 풍풍 풍기고 침을 튀기면서 말했다. 어떤 말이 사실인지 도저히 걷잡을 수가 없었다. 그러는 동안 시간은 자꾸 흘러갔다. 그녀는 어디에 이 사실을 하소연해야 하는지, 보상은 얼마를 어떤 경로로 요구해야 하는지 아무것도 모른 채 눈물만 흘렸다. 네 살짜리였던 칠성이는 엄마의 어깨를 흔들면서 보채기만 했다. 그게 더 서러워서 그녀는 더 슬피 울었다.

그러나 운다고 해결될 일은 아무것도 없었다. 싱가포르 국적이었던 그 배는 후에 업주가 다른 사람으로 바뀌었다는 말도 들려왔다. 들리는 말은 그녀에게 더 나쁜 소식뿐이었다.

설상가상으로 실족사로 처리된 남편의 적은 보상금으로 시작한 전세 하숙집마저 잘 안됐다. 규모도 적고 경험도 부족했으므로 수입도 뻔했다. 해서 생각해 낸 것이 몇 번 망설이다 접대부를 두었다. 잘은 안 됐어도 손님은 간간이 있었다.

주머니가 빈털터리인 그리스, 터키 국적의 녀석들이 주변의 텍사스 바에서 견뎌내지 못하고 달러 몇 푼 호주머니에 챙겨 가지고 하숙집으로 들어 와 색시를 찾았다. 그들은 내국인보다도 수입이 나았다.

부두에 외항선은 수시로 드나들었다. 1,000톤짜리 정도가 들어오는 날이면 그녀의 하숙집에도 즐거운 비명소리가 들렸다. 그런 날은 손님들이 수시로 몰려왔다. 어떤 날은 혁대도 받고 바지, 셔츠도 술값 접대비값으로 대신 받았다.

돈이 될 만한 것은 무엇이든지 챙겼다. 외제는 무엇이든지 내국인이 좋아하니까 외항선원들이 술값으로 벗어 논 것은 모두 돈이 됐다. 이제는 아가씨가 부족했다.

인력시장에서 비싼 돈을 치르고 몇 명을 데려왔다. 그런데 처음 외국인과 관계를 가진 아가씨들은 며칠을 꼼짝 못하고 소변도 제대로 못 보았다. 허리가 끊어지도록 아프다고 통증을 하소연 하기도 하고 자궁 파열이 돼서 출혈이 멎지 않는다는 얘기도 들려왔다. 똑바로 누워서 옆으로 눕지도 못하는 아가씨도 있었다. 그런 아가씨들에게 그녀는 미음을 끓여다 날라 주는 게 일과 였다. 골초들에겐 담뱃불도 댕겨서 열심히 날랐다. 소주도 빨대로 빨아먹게 했다. 그러는 동안에 접대부들도 많이 바뀌었다. 그때쯤엔 그녀 자신도 어느덧 변하고 있었다. 일절 못하던 술, 담배도 늘었고 아들 또한 망나니로 변하는 것을 목격해야 했다. 짓궂은 접대부들은 그녀 모르게 아들의 성기를 가지고 장난질도 가르쳤다. 그런 날은 칠성은 자기 방에서 꼼짝을 안했다. 아들이 철들어 가는 줄만 알았었는데 그 사실을 처음 그녀에게 일러바친 영자는 그 바닥에서만 10년 이상을 보낸 접대부였다.

그녀는 접대부들의 동태를 살펴서 일일이 포주에게 알려주는 것이 주임무였다. 영자는 그 방면엔 도사였다. 어떻게 관리해야 하는지도 잘 알았다. 영자에겐 이 사업을 그만둘 때 양도해 준다는 조건과 애가 고등학교 졸업하기 전까지만 일할 거라는 단서도 붙여서였다.

어느 날 영자의 고자질로 그 현장을 확인했을 때 칠성은 반듯이 담요 위에 누워 있었고, 접대부는 열심히 아들의 성기를 애무해 주고 있는 모습에 아연실색했다.

그녀는 그 순간 어떻게 하지 못하고 거칠게 숨만 몰아 쉬었다. 그러나 그렇다고 접대부를 골방에 가둬 놓고 발가벗겨 회초리로 무한정 때린다고 해결될 일이 아니란 것이었다.

그 일이 결정적 계기가 되어 그녀는 그곳을 떠나기로 결심했다. 이왕이면 아들 교육을 위해서도 서울로 가기로 작정을 했다. 그동안 돈도 수월찮게 모았으므로 당분간은 서울 가서 차분히 쉬면서 다시 할 일을 생각하기로 했다.

처음 영등포에 왔을 때만 해도 다시는 색시업은 안 한다고 굳게 마음먹었었다. 그 짓을 다시 하게 될 때는 성을 갈 거라고 자신에게 맹세했었는데 다른 장사를 하거나 여러 직업을 전전하는 동안 처음 생각은 점점 엷어지기 시작했다. 어떤 일도 접대부를 고용할 때처럼 돈이 모이질 않았고, 오히려 있는 돈도 거의 써버려서 불안해지기 시작했다. 급기야 그녀는 자기가 알고 있는 가장 손쉬운 사업을 다시 벌이기로 마음을 고쳐먹고 영등포역 앞에 하숙집을 한 채 독채로 임대했다.

그 방면에 그녀는 남다른 수완이 있었다. 부산 초량동에서 터득한 경험이 밑바탕이 됐다. 사업은 날로 번창했고, 아가씨들도 손님이 많은 그녀의 집으로 몰려들었다.

어느덧 몇 년이 흘러갔다.

아들 칠성이도 고등학교를 간신히 졸업했다. 툭하면 싸움질이여서 두 번인가 정학처분을 받고도 졸업장을 받을 수 있었던 것은 순전히 그녀가 교장을 찾아가서 손이 닳도록 빈 덕분이었다.

칠성이에게 여자를 가르친 건 접대부 이정주였다. 그녀는 어느 날 평상시에 술을 많이 안 하는 편인데, 그날은 술이 곤드레가 되어서 자기 옆방인 칠성이 방으로 찾아 들어갔다. 잘못 찾아 들어갔는지 일부러 그랬는지는 칠성이도 그 후에 의문을 제시했지만, 밤 두 시가 지난 시간에 그녀는 곤히 자는 칠성이의 팬티를 벗겼다. 드러난 칠성이의 성기를 본 그녀는 이 물건 때문에 자신의 신세가 이 모양이 됐다고 칠성의 성기를 물어 뜯어 버렸다.

밤 두 시에 들려오는 남자의 비명소리는 주위를 모두 잠에서 깨워 놓았다. 각 방에서 곤히 자던 손님들이 팬티만 걸친 채 밖으로 뛰어 나왔다.

하숙집 포주인 칠성의 어머니도 어느 틈에 뛰쳐 나와서 자기 아들이 방바닥에 뒹굴고 있는 것을 보고는 사색이 되어 병원으로 후송했다. 그 길로 입원을 시켜놓고 하숙집으로 돌아온 그녀는 이정주의 손발을 묶고 발가벗긴 후 몽둥이로 사정없이 매질을 해댔다.

병원에 입원해 있던 칠성이는 이틀 후 퇴원을 했다. 성기는 상처만 약간 났으므로 빨리 아물었다. 통원치료를 하기로 하고 그가 집으로 돌아왔을 때 목격한 정주의 몰골은 참으로 비참했다.

그동안 손님도 받지 못했으므로 밥값, 화장품값, 옷값이 누적돼서 외상값이 늘어났다. 제달에 갚지 못하면 가산금도 붙었다.

칠성이는 정주의 외상값부터 갚는 것이 급선무라고 생각했다. 그는 학교에 낼 돈이라고 속이고 책값, 실험실습비, 학원비 등의 명목으로 되도록 많은 돈을 포주인 어머니에게서 타냈다.

그 돈으로 정주의 외상값부터 지불했다. 약도 사다 날랐다. 차츰 정주는 그 전처럼 원기가 회복됐다. 단골도 골라서 하루에 두서너 명 받았다. 그 이상은 절대 받지 않았다. 그 대신에 자정이 넘어선 칠성이가 그녀의 긴 밤 손님이 됐다. 한동안은 정주의 동료도 모르고 집주인인 포주도 몰랐다.

며칠이 지난 어느 날 그 사실을 알게 한 건 밀정 때문이었다. 이곳으로 이사 온 후 칠성이 어머니는 밀정을 정해 놓고 그녀에게는 따로 밥값을 받지 않았다. 그 대가로 동료들의 일거수일투족을 일러달라고 요구한 것이었다.

졸업식을 이틀 앞둔 날 칠성이가 학교에서 돌아왔을 때 옆방에서 정주의 슬프고도 애절한 울음소리가 들려왔다. 칠성이가 방문을 열어 보았을때 그녀는 팬티 바람으로 엎드린 채 어깨를 들먹이며 울고 있었다. 어깨, 허벅지, 다리까지 온몸이 전부 피멍투성이었다.

그 일이 있은 후 그 집엔 칠성이도 정주도 보이질 않았다. 둘은 그 길로 인천으로 가서 살림을 차렸다. 생활비는 칠성이가 조금 가지고 갔으나 오래 지탱할 수는 없었다. 몇 가지 훔친 어머니의 패물도 팔아서 충당했으나 수중에 몇 푼 안 남게 되자 그도 부두로 막일을 하러 나갔다.

이정주는 인천에 온 후 건강한 듯해 보였으나 기침을 심하게 했다. 다음날 칠성이는 근무 중에 시간을 내어 그녀를 데리고 내과의원을 찾아갔다. 30분쯤 기다린 후 필름이 나왔을 때 얼굴이 창백해 보이는 의사는 필름을 광선에 비쳐 보면서 태연하게 말했다.

"결핵이긴 하지만 이 병은 대단한 병은 아닙니다. 요즘은 완벽하게 완치되는 병이지요. 단지 약을 좀 오래 먹고 공기가 좋은 곳에서 쉬셔야 하긴 합니다만……."

의사의 결핵약 처방을 받아들고 밖으로 나왔을 때 그녀는 어지럽고 구토가 난다고 그 자리에 주저앉았다. 내과의원 문 앞에 칙칙한 콘크리트 담벽에 길게 뻗어내려 간 단풍나무 줄기의 잎새가 채색된 채 정주의 발아래 떨어졌다.

그녀를 사글셋방에 데려다 눕혀놓고 작업장으로 향하면서 칠성이는 성주를 병원에 입원시키는 게 가장 시급한 문제란 걸 깨달았다. 당장 어떻게 입원비를 마련해야 할 지를 그는 알지 못했다. 그러나 돈을 벌기 위해서 무슨 일이든 일을 해야 했다. 그래서 그가 찾아간 것이 동네 선배인 째보였다. 째보는 한때 영등포역 앞에서 아가씨들을 데리고 영업을 하던 포주였다. 그 즈음 각구의 경찰서에는 검찰청으로부터 조직 폭력배를 모두 잡아들이라는 특별지시가 있었다.

그 다음날 여러 방송사의 텔레비전 화면에는 경찰이 폭력배를 검거하는 장면을 매 뉴스 시간마다 클로즈업해서 방영했다. 그 화면을 보고 어린이, 어른, 노인 할 것없이 박수를 치고 환성을 질렀다. 그 누구나 가슴이 후련해진다고 했다. 그야말로 국민 누구나 바라는 바였다. 어떤 정권도 해내지 못한 것을 현정권은 해냈다고 모두들 칭송했다. 그 바람에 몸에 문신이 있는 껄렁껄렁한 불량배들은 모두 잡혀가거나 몸을 피했다. 그런 까닭에 거리는 조용해졌고 시민들은 안심하고 생업에 종사할 수 있었다.

이때 째보도 걸려 들었다.

저녁 늦은 시간에 째보는 데리고 있는 아가씨와 그녀 방문 문턱에서 소주를 기울이고 있는데 갑자기 검은 점퍼 차림의 사내 두 명이 나타나서 그를 연행해 갔다. 그렇게 날쌘 째보도 저항 한 번 제대로 해보지도 못하고 속수무책 땅바닥을 서너 번 뒹굴더니 붙잡혀 갔다고 그 현장에 있었던 아가씨들은 뒤늦게 뛰어온 동료들에게 핏대를 세우며 말했다.

누가 정보를 흘렸는지 하는 의문은 그 후에 있었다. 앙심을 품은 어느 똘마니 하나가 삼청교육대 선별위원회에 정보를 제보했다는 말도 있었고, 아가씨 중 한 사람이 집창촌에 잡혀오게 된 동기를 구구절절이 고발형식으로 적어서 진정서를 보냈다는 말도 돌았다. 어느 말이 신빙성이 있는 것인지는 모르겠으나 주위 포주들에게 눈총을 받게 된 그 아가씨는 강원도산 촌닭이었다. 시골에서 같이 자란 서울 친구를 따라 서울 구경 온 것이 화근이었다.

친구가 갑자기 구토가 심하다고 약을 사러 약국에 간 사이 째보에게 유인돼 온 아가씨다. 사실은 그녀 친구가 약국에 간 게 아니고 바람잡이로 그녀를 꼬여내고, 째보에게 인계하고 일부러 피하느라 둘러댔다는 말도 들렸다.

아가씨는 그 소문이 난 며칠 후 유리 조각으로 자기 몸을 자해해서 자살소동까지 벌였다. 게다가 찾아온 손님의 혓바닥을 깨물어서 손님이 기겁을 하고 뛰쳐 나오는 바람에 째보가 치료비 전부를 물어준 일도 있었다.

그로부터 째보도 그녀를 혹독하게 다스렸다. 골방에 처박아두고 매일 두들겨 팼다. 결국엔 그녀도 순순히 그후부턴 손님을 받긴 했는데, 그녀의 눈이 어쩌다 째보와 마주치게 되는 날이면 섬뜩섬뜩해진다고 독사로 소문난 째보가 말했었다.

째보가 삼청교육대에 끌려간 후로 역 앞에는 똘마니들이 얼씬도 안 했다. 며칠 후 째보도 영등포를 떠났다.

그가 인천의 부둣가 하역장에서 일한다는 것과 이제는 전혀 딴사람이 됐다는 소문이 들려왔다. 그 후 칠성이도 째보의 소식을 사람들의 입을 통해 전해 들었다.

어느 날 째보는 진정 근심어린 표정으로 자기를 갑자기 찾아온 후배 칠성이를 타일렀다.

"그래도 집이 몇 배 낫다. 괜히 사서 고생말고 집으로 돌아가 어머니에게 잘 밀씀드려 봐. 경솔했던 것 용서를 빌구. 그러면 누가 아냐, 마음이 돌아설지. 그래서 지금은 눈 딱 감고 공부만 하고, 나중에 그 여자와 결혼해도 늦진 않아."

"이제 와서 다시 되돌아갈 순 없는 기라예. 오랫동안 생각하고 결심한 일이라예. 우선 아무 일이나 일을 할 수 있게 주선 좀 해 주소. 일하면서 차차 제가 할 일을 찾아 볼께예."

"글쎄, 그건 어렵진 않다만……."

째보도 처음엔 많이 타일렀다. 그래도 칠성이는 돌아갈 생각은 커녕 다른 곳으로 갈 눈치였다. 째보도 할 수 없었던지 그를 상가 짓는 공사판에 막일을 하도록 주선을 해 주었다. 소개받은 십장은 애숭이지만 농땡이 피지 말고 열심히 하라고 지시하고 다른 작업장으로 사라졌다. 째보는 칠성이에게 십장은 그날그날 지시해 준 작업량만 해치우면 군말이 없는 사람이라고 덧붙였다.

칠성이는 작업복으로 갈아입고 당장 그 시간부터 일했다. 막일이 처음이라 고되긴 했지만 열심히 일했다.

공사현장은 일층은 상가이고 오층까진 사무실을 지었다. 일층 상가의 한쪽 귀퉁이엔 베니어판으로 칸막이를 하고 현장사무실과 한쪽은 작업실로 사용했다. 작업실에는 직원들이나 막일꾼들이 출퇴근시에 옷을 갈아입든지, 샤워를 하든지, 가벼운 부상을 입었을때 치료할 수 있는 간단한 구급약도 준비되 있었다. 여가 시간엔 잠시 일꾼들의 휴식장소가 되기도 했다. 그러다가도 작업 시간이 되면 거기에 남아 있는 사람은 한 사람도 없었다. 사람들은 모두들 자기들이 담당하고 있는 현장으로 갔다.

그날도 작업실은 텅 비어서 김칠성이만 혼자 남아 있었다. 그는 사방을 두리번거리다가 구급약함에서 머큐로크롬을 꺼내 뚜껑을 열고 자기 오른발 뒤꿈치에 발랐다. 그 위에 붕대로 동여맸는데 붕대가 금방 발갛게 물이 들었다. 머큐로크롬이 흥건히 고여서 상처 부위가 더 커 보였다. 그 위에 또 한 번 더 넓은 붕대로 감으면서 옆 방의 동태를 살폈다.

지금 시간이면 십장까지도 일꾼들을 격려도 하고 감독하느라 현장에 있을 것이다. 소장은 며칠 전에 본사에 올라갔다. 칸막이가 베니어판이라 소곤대는 목소리 외엔 전부 들렸다.

그날 소장이 아침에 출근했다 나갈 때 경리인 미스 리가 "안녕히 다녀오세요" 하고 인사를 했었다. 소장은 나가다 말고 다시 들어와서 "거래처에서 전화 오거든 본사에서 며칠 지체할 거라고 전해" 하고 다시 나갔다. 일부러 엿듣지 않아도 소장 목소리는 크게 들려왔다. 지금 경리계인 미스 리는 손님과 상가임대 계약에 관해서 상담을 나누고 있었다. 상가래야 일층이 점포가 10개밖에 안 되니까 그것들을 임대하고 계약하는 일은 미스 리가 했다. 현장사무실엔 시도 때도 없이 손님들이 찾아왔다.

지금 옆방에선 분식점을 하고 싶다는 여자가 계약을 하고 있는 중인 것 같았다. 중도금은 좀 늦어도 괜찮겠느냐고 굵은 중년의 여자 목소리가 들려왔다. 잠시 뒤에 "맞지요" 하는 확인을 다짐하는 소리가 들리고 "안녕히 가세요" 하고 미스 리의 인사말이 들려왔다. 발소리가 문 밖으로 향하는 것 같더니 작아졌다. 김칠성은 소리

안 나게 일어나서 창가로 다가가 밖을 내다봤다.

바지 차림의 뚱뚱한 여자가 손가방을 흔들며 시내 쪽으로 걸어가고 있었다. 김칠성은 좀 전에 앉아 있던 자리로 돌아와 그 자리에 앉아서 반창고를 붕대로 동여맨 부분에 붙이는 행위를 반복하면서 옆방의 동태만 살피고 있다가 바짝 긴장을 했다. 그는 가슴을 두근거리면서 큰 숨을 몇 번 들이마셨다. 문 소리가 들리더니 발짝소리가 화장실 쪽으로 이어졌기 때문이었다. 화장실은 사무실에서 백 미터쯤 떨어져 있었다. 그는 발뒤축을 들고 살금살금 문 쪽으로 걸어가서 밖을 내다 봤다. 미스 리는 소변이 몹시 급한 듯 화장실 쪽으로 뛰다시피 걸음을 옮기고 있었다.

김칠성은 작업실 문을 소리 안 나게 닫고 옆방 사무실로 들어갔다. 미스 리가 소변을 보든 대변을 보든 그 시간 안에 해치워야 했다. 빠른 시간 안에 분식점의 계약금으로 받은 돈을 찾아내야 했다. 그는 급한 김에 미스 리의 핸드백을 먼저 열었다. 만 원짜리 두 장과 천 원짜리 몇 장이 잡혔다. 그 돈을 주머니에 쑤셔넣고 주위를 둘러보았다. 금고는 보이지 않고 철제로 된 서류함이 반쯤 열린 채로 있었다. 미스 리가 급하게 화장실로 뛰어 가느라고 서류함 잠그는 것을 깜빡 잊어버리고 간 것 같았다.

그는 서류함을 뒤졌으나 돈은 없었다. 돈이라곤 동전 한잎 없었다. 돈을 못 찾아내면 큰일이었다. 결핵은 긴 시간 요양을 필요로 하는 질병이라고 의사는 말했었다. 돈을 못 찾아내면 입원이고, 약물치료고 아무것도 없었다. 정주는 죽는 것이다.

그는 잠시 두리번거리다 미스 리가 늘 앉아 있는 자리의 책상의 서랍을 열었다. 서랍 속엔 만 원짜리 지폐가 다발로 쌓여 있었다.

그 지폐 다발 아래에 고액권 수표도 몇 장 있었다. 그는 서둘러 현금과 수표를 품 속에 감추고 화장실 쪽을 힐끔 바라보았다. 미스 리는 아직도 보이지 않았다. 김칠성은 급히 사무실을 나와 작업실로 돌아왔다. 길게 숨을 내쉬었다. 이제는 태연히 작업실을 빠져 나가서 현장으로 가야 했다. 그곳까지 거리상으로 500m쯤 되었다. 현장은 사무실에 가려 있어서 화장실에서는 볼 수 없는게 다행이었다.

그는 작업실에서 현장 쪽으로 조심스럽게 뛰기 시작했다. 이윽고 자기가 일하던 자리로 돌아온 그는 태연히 시멘트와 모래를 섞기 시작했다. 덤프트럭 소리가 가늘게 들려왔다. 그는 시멘트가 골고루 섞였는지 정신없이 삽질을 해댔다.

덤프트럭의 운전석에서 얼굴이 시커멓게 탄 사내가 욕설을 퍼부으면서 차체를 탁탁 치는 바람에 깜짝 놀라 트럭의 운전석을 바라보았다. 운전기사가 손가락질을 하면서 화난 얼굴로 뭐라고 지껄이고 있었다. 그 차는 20m쯤 더 후진해서 차를 멈추었다. 3층에서 철구조물에 철사줄을 감던 사내가 아래를 내려다보며 담배꽁초를 튕겼다. 이때 점심을 알리는 싸이렌 소리가 들려오자 그 사내는 저쪽 층계가 있는 쪽으로 사라졌다. 막일을 하는 품팔이꾼에겐 이 시간이 가장 기다려지는 시간이다. 힘으로 지탱하는 일들은 전부 그렇다. 다행인지 아직 미스 리가 돈 잊어버린걸 알아채지 못했는지 사무실에선 아무 반응이 나타나지 않았다. 그게 더 궁금했다. 시간이 흐를수록 정신이 온통 사무실쪽의 반응감지에 예민해졌다. 일꾼들이 여기저기서 일층 한 구석에 있는 간이식당으로 몰려들었다.

바람이 약간 이는 듯하더니 따가운 햇살이 어둠침침한 곳까지 스며들어 어느 곳이나 습기라곤 찾아 볼 수가 없었다. 김칠성이도 바지에 묻은 시멘트 먼지를 털어내고 식당으로 갔다.

오늘 메뉴는 장국밥이었다. 그는 식판을 들고 장국밥을 분배받아 수저를 집어 들고 빈자리를 찾았다. 6인용으로 된 여러 개의 식탁에 빈자리가 금세 없어졌다. 식당 안은 금세 시끌벅적해지고 구수한 냄새로 가득찼다.

김칠성이도 한쪽 구석에 앉아서 부지런히 입 속으로 국밥을 날랐다. 휴식시간을 이용해서 100만 원짜리와 10만 원권 자기앞 수표를 현금으로 바꿔야 하는 것이다. 그 돈으로 정주를 입원시키고 적당한 곳에다 현금을 감추어 놓아야 했다. 그는 급하게 점심을 먹고 택시를 잡아타고 수표에 기재된 은행지점이 있는 곳으로 향했다. 칠성은 은행에서 일을 끝내고 재빨리 집으로 향했다.

여인숙 옥상에 블록을 쌓아 만든 골방에서 쓸쓸히 누워 있던 정주는 칠성일 보자 눈물부터 흘렸다.

"울긴 와 우노. 이제 살았다카이, 지금 빨리 병원으로 가자. 아니 요양원으로 곧장 가는 게 날 거구마. 가서 육 개월이고 일 년이고 치료될 때까지 요양하는 기라."

그는 서둘러 그녀를 택시에 태우고 요양원으로 향했다.

그녀는 택시 안에서 돈을 어디서 구했느냐고 여러 번 반복해서 물었다. 같이 일하고 있는 동네 선배에게 나중에 갚아주기로 하고 변통했다고 하자 그녀도 더는 묻지 않았다.

차는 송도쪽으로 달렸다. 열어놓은 차창으로 정주의 검은 머리칼이 바람에 날렸다. 그러나 바람이 차창으로 스며들자 그녀가 갑자기 숨을 몰아 쉬었음으로 차창을 닫아 버렸다. 거칠던 숨소리가 다시 조용해졌다.

멀리 한 폭의 산수화 같은 낮은 산들이 보이고 바다에는 몇 척의 무역선들이 한가로이 떠 있었다.

정주는 밖을 내다보며 입가에 엷은 미소를 지었다. 살이 빠져서 움푹들어가 보이는 눈가장자리의 깊은 음영과 핏기 없는 혈색이 병자인 줄 금방 느끼게는 했으나 눈은 여전히 해맑고 머리결과 입술은 여전히 윤기가 나서 더 청순해 보였다.

그는 애처로운 표정으로 그녀를 바라보았다. 그녀는 살포시 눈을 감고 칠성이에게 머리를 기댔다.

"좀 빨리 갑시다. 요금은 더 얹어 드릴게예."

김칠성은 조급하게 택시기사에게 말했다.

"기도원까지 가신다면서요?"

기사가 실내 백미러로 뒷자리의 그를 쳐다봤다.

"기도원에 갔다가 다시 일하러 가야 하니까예."

"염려 마십쇼. 왕복 40분이면 충분합니다."

기사는 기분 좋게 말하고 속력을 높였다. 차는 소통이 원활하여 잠시 후 요양원에 닿을 수 있었다. 정문에서 정주를 기다리게 하고 사무실로 들어가 입원수속을 끝냈다.

간호사가 정주를 안내해서 요양원의 제일 끝에 있는 병동으로 데리고 올라갔다. 칠성이도 그녀의 뒤를 따라 올라갔다. 그곳은 3층 끝 방이었는데 창문을 열자 바다가 보였다. 양 옆 수목들 사이를 비집고 해풍이 밀려왔다. 정주는 이곳이 마음에 들었는지 밝은 표정이었다. 간호사는 방바닥과 담요를 정돈하여 그들을 향해 웃음을 지어 보였다.

"이 요양원에서 제일 전경이 좋은 곳이에요. 이곳에서 몇 개월 요양하시면 금방 좋아지는 걸 본인도 느낄 수 있을 거예요. 오시느라 피곤하실 테니 한잠 푹 주무시고 종소리가 들리시면 저녁을 먹으러 식당으로 오세요."

그녀는 식당 위치를 가르쳐 주었다. 왼쪽 언덕을 내려가서 단층으로 보이는 흰 페인트칠한 건물이 식당이었다. 능선 아래로는 녹청색의 무성한 나무들과 갈대 사이로 잿빛으로 드러나 보이는 차도가 해안 저편으로 연결되어 있었다. 그 해안에서 새빨간 스포츠카 한 대가 빠른 속도로 서쪽으로 달려가고 있었다.

"경치가 너무 너무 좋네요."

그녀가 감탄을 했다.

"정말 좋네. 이런 곳이라면 결핵도 금세 날기라. 그 병은 공기만 좋으면 저절로도 난다 안카나."

그녀의 어깨가 칠성의 가슴으로 살며시 기대여 왔다. 그녀의 머리 내음이 코를 자극하며 코밑에서 흩날렸다. 아침에 살구향이 가미된 비누를 사용한 듯 살구 냄새가 났다.

그는 그녀의 어깨를 감쌌다. 그러자 정주는 칠성이의 가슴으로 안기어 들었다. 그 핏기 없던 그녀의 얼굴이 연분홍빛으로 채색이 되었다. 자줏빛 입술이 더운 입김을 토해 냈다.

"고마워요."

그 소리는 달콤하게 입 안에서 감지되는 것 같았다. 억제하고 절제했던 색정도 그 음성에 묻어 왔다. 그때 요양원 쪽에서 택시의 클랙슨 소리가 들려왔다.

"이제 가야 해."

김칠성은 얼굴이 상기된 채 급히 서둘렀다.

"그래두 조금만 더 있다 가요."

"가야 된대두. 일 끝나면 금방 다시 올 거구마."

"꼭 가야 돼요?"

"그렇대두……."

"보내기 싫은 거 알지요?"

정주는 아쉬운 표정으로 그를 바라보았다. 칠성은 고개를 끄덕이고 웃음을 보여주었다.

"빨리 와야 해요?"

그녀가 다시 확인을 했다.

"그렇게 할꺼구마."

그는 택시 있는 쪽으로 달려 가면서 말했다. 그가 올라타자 택시는 속도를 내며 요양원을 빠져 나가 사라졌다.

그녀는 능선 위에서 계속 손을 흔들고 있었다. 바람결에 치맛자락이 바람결에 그녀의 백설 같은 흰 다리가 드러났다 감추어지곤 했다.

"애인을 안아 보는 기분이 어땠습니까?"

싱글거리며 택시기사가 짓궂게 물었다.

"기다리시느라 지루하셨나 보네에?"

"나야 뭐 급할 게 있습니까. 요금은 이미 선불로 받았겠다. 그 시간에 일 안하고 쉬고 있으면 더 편치요."

기사는 해안선을 달리며 말했다.

"두 분은 앞으로 결혼할 사인가요?"

"그래야지예. 언제 될지는 모르지만……."

"언제라니요?"

"병이 들었는 기라예."

"무슨 병인데요? 혹시 못 고칠 병인가요?"

"결핵이라예."

"닌 또 무슨 근병이라구. 요즘은 워낙 약이 좋고, 세상이 좋아져서 결핵 같은 것은 병 축에도 안 들어요. 모르긴 몰라도 이런 공기 좋은 곳이라면 그 병은 금세 날 걸요. 아가씨가 병이 완쾌되고 결혼식 올릴 때가 되거든 기억했다 나한테도 청첩장 보내십시오."

"그러문예."

차는 어느덧 인천시내로 진입했다. 그는 차가 현장 입구에서 정차하자 뛰다시피 자기 자리로 돌아왔다.

일꾼들은 같은 조의 사람끼리 모여 담배를 피고 있는 사람도 있고 신문지를 깔고 잠을 자는 이도 있었다. 김칠성은 다른 사람이 눈치 채지 않게 시멘트 배합하던 곳에 퍼질러 앉아 담배 한 대를 피워 물었다.

현장사무실에서는 아직 아무런 반응이 없었는지 사람들의 눈빛도 조금 전처럼 달라져 보이지 않았다. 온 신경이 사무실 쪽으로 쏠려 있었지만 이제는 태연한 척하는 도리밖엔 별 뾰족한 수가 없었다. 그는 한숨을 쉬듯 담배 연기를 내뿜었다. 연기가 사라지는 곳으로 구름 한 점이 마냥 흘러가고 있었다.

저녁놀이 끝날 때까지도 사무실에선 이렇다 할 동요의 빛이 없었다. 아니면 일부러 내색을 하지 않고 있는 것인지도 모를 일이었다. 평상시 미스 리는 오후 4시가 되면 손가방에 입금할 돈을 넣어 가지고 그곳에서 가까운 은행지점으로 가곤 했다. 어떤 날은 현장소장 차를 타고 가기도 하고 걸어 가기도 했다. 걸어 갈 때는 현금 송금이 많지 않아서 위험 부담이 덜할 때가 그런 경우 같은데, 현장의 3층에서 보면 그녀의 뒷모습이 선명히 보였다. 그녀의 치렁치렁한 머리와 움직이는 다리가 팽팽한 둔부를 떠받치고 걸을 때 묘하게 사내들에게 성적인 자극을 주었다. 어떤 짓궂은 일꾼들은 이층에서도 미스 리를 향해 휘파람을 불었다. 그때마다 소장은 뛰어 올라와서 숨을 가쁘게 몰아 쉬면서 일꾼들을 향해 욕설을 퍼부었다. 그 다음날이면 또 그럴 일이 벌어졌다. 아무리 소장이 말려도 쇠귀에 경 읽기였다. 나중엔 소장도 제풀에 꺾여 한 마디도 안했다. 그러자 그들은 흥미가 없어졌는지 한 사람도 휘파람을 불거나 성적인 야유를 퍼붓지 않았다. 물론 시간이 흐르는 사이 서로 얼굴을 알게 되자 자연히 사라진 이유도 있을 것이다.

칠성은 일이 끝나자 곧바로 그녀가 있는 요양원으로 전화를 걸었다. 정주의 즐거워 하는 음성이 금방 들려왔다.

"지금 올 수 있다고 했나요? 제가 잘못 들은 것 아니죠?"

몇 번이고 확인을 받았다. 김칠성은 샤워를 간단히 끝내고 평상복으로 갈아 입었다. 옷을 입으면서도 현장사무실로 신경을 곤두세웠지만 그곳은 별다른 낌새가 나타나질 않았다.

동료들이 떠들어 대고 부산을 떨면서 하나 둘씩 퇴근을 했다. 김칠성이도 그들 틈에 섞여 자연스러워지려고 애쓰면서 택시를 타고 송도로 향했다.

방문을 두드리자 정주는 기다리고 있었다는 듯이 방문을 열었다.

"왔군요. 정말 와주었어요."

그녀는 칠성이의 목을 감고 가슴에 푹 파묻혔다. 그녀의 가슴에서 심하게 요동치는 소리가 들렸다.

그리고 온몸에선 은은한 향수 냄새가 그를 자극했다. 그는 단번에 흥분이 되어 그녀를 으스러지도록 안았다. 쾌감 같은 전율이 온몸으로 퍼졌다. 그는 더 바짝 그녀를 조였다.

"이 이 , 좋아요."

그녀가 나직이 속삭였다.

"나는 말이제, 결핵이란 병이 어떤 병인지는 잘 모르겠지만 주워들은 얘기는 있어서 하는 말이기는 한데……."

칠성이가 그녀에게 감았던 팔을 천천히 풀었다.

정주가 걱정스런 눈으로 그를 바라보며 숨을 가쁘게 몰아 쉬자 칠성이가 괴로운 표정으로 말했다.

"남녀가 사랑 행위를 하문 그 병엔 좋지 않다고 들은 기라."

"그런 억지가 어딨어요. 오히려 억제하는 것이 더 나쁠 거예요. 충분히 상상으로도 알 수 있어요. 어떻게 그런 이치가 가당키나 하겠어요. 그런 쓸데없는 걱정은 안 하기로 해요. 그냥 즐거우면 즐거운 거예요. 보세요, 벌써 많이 건강해졌는데 왜 좋은 시간을 버리려고 하는 거예요?"

"버리다니? 그런 터무니 없는 말이 어딨노?"

"그럼 안아 주세요."

그는 어이없어 하면서 그녀를 안았다. 솔직한 감정은 한시도 떨어져 있고 싶지 않았다. 바짝 힘을 가해서 엉덩이를 쓰다듬었다. 발뒤꿈치를 쳐들고 그녀는 두 손으로 그의 몸을 감았다.

해풍이 미세하게 불어오자 능선 아래로부터 아카시아 향내가 훅 풍겨왔다. 그녀가 그의 입술에 달콤하고 촉촉한 혀를 밀어 넣었다. 꿀물 같은 게 가득 고여서 목 안으로 타고 넘어갔다.

"아아, 숨이 막혀요."

그녀가 그의 귀에 대고 가늘게 속삭였다.

"침대로 데려가 줘요."

"안 돼, 나는 참아야 하는기라."

"참다니요. 왜 참아요. 보다시피 난 이렇게 좋아지고 있는데요. 걱정 안해도 돼요."

다시 정주는 뱀처럼 그의 몸에 안기어 왔다.

사무실에선 며칠이 지나도록 아무 동요가 없었다. 이제는 지나가 버리는 것일지도 모른다. 아무도 목격자가 없고 자신의 입만 조심하면 된다. 밤 말은 쥐가 듣는다 해도 그렇지, 쥐가 어찌 사람 말을 알아 듣는가 말이다. 이제 정주는 그 요양원에서 완전하게 병이 치유될수 있을 것이고, 자기와 정주는 적당한 때가 되면 결혼식을 해도 된다. 조그맣고 보수적인 어느 교회로 찾아가서 이제부터라도 착실하게 교회에 출석하겠다는 서약을 하고 목사님에게 주례를 부탁하는 것이다. 째보 형 한 사람이라도 하객이 있으면 족했다. 방이야 그까짓 것 다락낸 방이면 어떻고 지하실 방이면 어떠냐? 당분간 비바람만 막아 줄 수 있다면 지금은 더 바랄게 없었다. 행복은 생각하기에 따라서 결정되는 것이다. 정주는 지금 내 품 안에 있다. 언제나 손이 닿고 안을 수도 있다. 엉덩이를 만질 수도 있고 부드럽고 감질 나는 두 유방도 만질 수 있다. 그녀의 가장 깊숙한 곳, 숲속을 거닐 수도 있다. 생각하면 얼마나 꿈 같고 즐거운 일이냐. 그는 작업실 문을 나섰다. 이제 곧바로 송도 요양원으로 가는 거다.

이번엔 그가 먼저 그녀를 요구할 생각이었다. 밤새껏 안아주고 밤새껏 애무할 것이다. 다음날부터 절제하면 된다.

그는 발길이 가벼워져 서둘러 현장사무실 앞을 지나가는데 소장이 그 뒤로 따라와 그의 어깨에 손을 얹으며 다정스레 말했다.

"미스터 김, 요즘 좋은 일이 있는가 봐, 일이 끝나기가 무섭게 퇴근하니 말야. 옆에서 보기도 좋아 보이고, 하긴 사람이 마음 먹기에 따라선 나쁜 것도 좋게 보려고 노력하면 좋아져. 단지 그런 변화가 오기까진 많은 수양이 필요하지. 산전수전 다 겪은 다음에 허무를 맛본 사람만이 가질 수 있는 특권이라고 하지. 그렇더라도 바르게 살아야지 하는 마음가짐이 필요해. 언제나 아침에 기상하면 오늘 일을 생각하고 간단한 운동을 한 다음 하루를 시작하면 그날의 운세는 좋은 쪽으로 주사위가 던져지지. 그러나 그것은 성실하고 진실한 생활 태도를 지닐 때 오는 행운이지. 사람이 이런 태도로 살면 나빠질 리도 없지만 설사 일시적으로 불운이 왔다 할지라도 다른 사람들은 그를 이해하게 되지. 물론 처음엔 힘들지만 나중엔 덮어주게 돼. 그게 사회란 거야. 사실은 이 사회는 건전한 쪽으로 흘러가고 있거든. 밝은 곳을 원하는 사람들이 어두운 곳을 원하는 사람보다 많기 때문이야. 물론 그 안에도 일정한 규율이란 건 있지. 예를 들면 어쩌다 실수를 저질렀을 때 즉시 반성하고 용서를 비는 일이야. 좀 힘들긴 해도 깊게 생각하면 어렵진 않아. 일단 행동에 옮기면 바로 마음이 편안해지니까. 사실은 며칠 전에 사무실의 미스 리가 상가를 계약한 계약금을 잊어버렸어. 미스 리 말로는 화장실에 간 사이 책상 서랍에 넣어둔 돈이 없어졌다는 거야, 왜 내가 미스터 김한테 힘들게 이런 말을 하느냐 하면 우리 식구들 중에 누군가가 일시적으로 돈이 탐나서 가져간 것은 확실해. 미스터 김도 한 식구니까 믿고 그냥 의견을 한번 들어보려고 하는 말이야. 잃어버린 돈이 현금 약간하고 대부분 수표라더군. 고액권이니까 추적하면 금방 인출자는 찾아낼 수 있어. 혹 주위 사람 중에 돈에 손댔다는 사람이 술김에라도 나타나거든 내일 아침 K은행이 열릴 때 바로 회사구좌로 송금시키라고 일러줘. 온라인 번호는 지점에 물어보면 알 수 있으니까. 그렇게만 해주면 없던 것으로 덮어 두겠다고 말해 주고, 만약 이런 호의까지 저버리면 부득불 안면 몰수하고 경찰에 고발할 수밖에 없을 거라고 말일세. 할 수 없이 취할 수밖에 없는 조건이긴 하지만 종래는 그 사람을 위해서나 회사를 위해서 바람직한 결과일 거야. 그렇게라도 해서 그가 사람이 된다면 그것 또한 다행한 일이니까."

장황하게 설명한 소장은 김칠성을 뚫어지게 쳐다보았다. 그게 사실은 현장 소장의 마지막 언질이었고 자선이었다.

김칠성은 그것을 미처 판단하지 못했다. 그 수표를 현금으로 찾을 때 전화번호, 이름, 주민등록번호를 가명으로 기재했고, 아무도 본 사람이 없다는 확실한 자신감 때문이었다. 그러나 그 판단은 자신의 두뇌를 기준했을 때뿐이었다.

현장소장은 이튿날까지도 도난수표의 입금이 회수되지 않자, 경찰에 김칠성을 신고했다. 도난 즉시 미스 리의 분실신고로 경찰에서 은행에 조회 추적한 결과 인출자가 가명으로 거짓 주민등록번호를 기재하고 인출해 간 것을 이미 알고 있었고, 은행으로부터 송출돼 온 팩스에는 김칠성의 얼굴까지 나타나 있었다.

김칠성이 경찰에 연행되어 갈 때 현장소장은 보이지 않았다. 그것이 김칠성의 말을 빌면 첫 번째 감방살이었다.

행복과 불행

이팔복이 병실에서 정신이 들었을 때 제일 먼저 시야에 들어온 얼굴은 곽노복이었다.

"걱정했어. 깨어나지 않으면 어떡하나 하구."

"깨어나셨군요."

곽노복 옆에서 부드러운 여자의 목소리가 들렸다. 뜻밖에도 춤선생이었다. 그는 얼떨결에 그녀에게 인사를 한 것 같은 데 또다시 잠에 떨어졌다.

얼마나 시간이 지났을까? 다시 깨어 났을 때 간간히 누군가의 이름을 부르며 헛소리를 하더라고 춤선생은 걱정스럽게 물었다.

"주영아, 주영아 하시던데 주영이가 누구예요?"

"그랬었군요. 막내녀석 이름이지요. 올해 국민학교에 입학했을 텐데. 가끔 그 녀석을 보고 싶을 때가 있어요."

아들녀석은 이상하게도 잊을 만하면 가끔 생각이 났다. 유치원에 다닐 때 먼 발치에서 아들을 바라본 일이 있었다. 여대생 자원봉사자들이 운영하던 말뿐인 유치원이었는데 운동장이라곤 열댓 평 되는 마당에 조그마한 미끄럼틀과 그네가 매달려 있었다. 그것이 놀이시설의 전부였다.

그런데 그넷줄은 세 개였었는데 한 줄은 줄이 끊어져 묶여져 있었고 나머주 두 줄 중 한 줄에 아들녀석이 매달려 한 발로 열심히 그네를 밀고 있었다. 십 분쯤 지난 후에 유치원 내실에서 선생님인 듯한 여대생이 나와서 그 애를 데리고 들어갔다.

유치원 마당 옆 트럭이 서 있던 뒤에서 지켜보고 섰던 이팔복은 담배만 몇 개비 피고 아들 유치원을 가르쳐준 복덕방 노인과 마주앉아 소주만 축내고 돌아왔었다. 한때는 가끔 복덕방에 들려 내기 바둑을 둔 노인이었다. 어느 날 이팔복 부인은 복덕방 노인에게 남편이 찾아와 아이의 유치원 주소를 묻거든 절대로 가르쳐 주지 말라고 신신당부를 하고 돌아갔다. 그런데 노인은 이팔복에게 숨길 수가 없어 털어 놓고 말았다. 그날 노인은 술김에 그의 부인에 대해서도 덧붙였다.

그의 부인은 그녀가 다니는 병뚜껑 공장 사장하고 놀아난다고 했다. 가끔 외박도 하는 모양으로 복덕방 노인은 그 말만은 차마 못하겠다고 했는데 그가 자꾸 캐묻는 바람에 술김에 털어놓았다.

복덕방 노인은 이제라도 집으로 와서 버릇을 단단히 고쳐 놓으라고 일렀지만, 둘 사이는 이미 남남보다 못한 사이나 진배 없었다. 더 이상 그녀와 같이 살고 싶은 생각도 없고, 가정이란 곳에 회의가 오기도 했다. 어쩌다 생각나면 옷 몇 가지, 혹은 과자 몇 봉지 사서 대문 안에 팽개친 것이 아버지의 능력이라고 생각한 건 오래됐다.

"이렇게 되신 거 부인께서도 알고 계세요?"

춤선생이 딱하다는 듯 물었다.

"알 리도 없구 알릴 필요도 없었지요."

"알릴 필요가 없다니요?"

"오랫동안 혼자 지냈어요."

"이혼하셨군요?"

"이혼은 안 했으나 할 필요도 없었어요. 혼인신고를 안하고 살았거든요."

"세상에, 세상에……. 그런 부부도 다 있어요?"

"여기 있잖아요."

"설마……."

설마라니, 차라리 그렇게 가정이 될 수만 있으면 좋겠다. 고독이니, 외로움이니, 쓸쓸함이니 청승맞은 단어들을 뇌까리지도 비틀거림도 없었을 테니까.

그녀는 그동안 살아오면서 아무것도 자신에게 해준 게 없었다. 적어도 남자에게 있어 허허로움만은 여자가 채워 줘야했다. 남자가 늘상 술에 취해 있어도, 성실과 근면으로 일에 취해 있어도 속이 비긴 마찬가지이다. 가슴속은 늘 허전하고 쓸쓸한 것이다. 그것을 아내는 채워줘야 한다.

그녀는 그에게 한 번도 그것을 채워 주지를 못했다. 채워주려고 노력하는 흔적도 보인 일이 없었다. 남편이 실업자가 된 순간의 세월도 그렇다. 직업이 없어서 빌빌거리면 용기를 주고 힘을 비숙해 주어야 한다. 침대 안에서는 체온으로 온기를 전달해 주어야 하고, 다리를 포개줄 줄도 알아야 한다. 그게 아내다.

"부인하고 만난 걸 후회하고 계시는군요."

그가 대답을 안 하자 그녀가 화제를 돌렸다.

"곽노복이란 분이 고생 많이 했어요. 깨어나지 않으시는 동안 그분이 병실을 지켰지요. 한잠도 못 주무셨어요. 그래서 식사도 하고 조금 주무시고 오시라고 보냈어요. 이 병원으로 입원시킨 것도 그분이에요."

"선생님께선 어떻게 아시고?"

노인정에서 노인들이 그녀에게 선생님이라고 부르니까 이팔복도 편의상 불렀다. 그녀가 홍조를 띠고 말했다.

"선생님이라뇨? 참 제 소개를 안 했군요. 저는 홍양화라고 해요. 전철역에서 노인정으로 전화가 왔었어요. 그 전화는 회장님 방에 있다가 제가 받았거든요. 선생님이 피투성이가 되어 정신을 잃고 쓰러져 있다는 거예요."

그가 웃음을 터트리자 그녀가 당황하며 눈을 크게 떴다.

"미안합니다. 선생님이라고 불러 주시니까 이상해서요. 우리 같은 사람은 이름만 불려지는 게 어울리거든요. 그러고 보니 제 소개를 안 했군요. 저는 이팔복이구요. 앞으로 그냥 이름을 불러 주세요."

"그렇게 할게요. 그런데 우리는 초면이 아니지요?"

"네."

"사실은 저도 노인정에서 만났을 때 낯이 익다고 생각했어요. 뜻밖이라서 어디서 만났는지는 기억이 나진 않았지만요. 노인정에 강의를 하러 들어갔더니 친구에게서 급한 전화가 왔어요. 길을 건너다 교통사고를 당했다는 거예요. 거길 택시를 타고 가면서 곰곰이 생각하니까 그제야 기억이 나지 뭐예요. 왜 그때 갈비집에서 저와 같이 있었던 친구 있잖아요?"

그녀가 입을 가리며 웃었다. 자신의 잘못도 시인할 줄 아는 여자다. 생각하련 잘못은 갈비집 주인 여자에게 있었다. 아무리 손님이 붐벼도 그렇지. 한 테이블에 손님을 섞어 놓으면 고의가 아니라도 일어날 수 있는 실수다. 그땐 물론 의도적으로 한 일이지만.

"그때 일은 사과드릴게요. 사실은 옆에 있던 그 친구가 술이 취해 한번 골탕을 먹이자고 하잖겠어요. 안된다고 말렸지만 막무가내였어요. 카운터에 적당히 둘러대고 밖으로 나와 지나는 택시를 무턱대고 잡은 거예요. 저도 얼떨결에 올라타고요. 그날 갈비값 많이 쓰셨지요?"

오후에 홍양화는 병원 원무과에 들러 그의 퇴원수속을 밟아 주었다. 병원 입원비는 그녀가 끝내 고집해서 지불하도록 내버려 두었다. 병원 문을 나서자 그녀가 곧장 노인정으로 가야 하느냐고 물어왔다. 고개를 끄덕이자 혼자 걸을 수 있는 데도 부득불 그녀가 부축을 했다.

한적한 시간이라 빈 택시는 금세 탈 수 있었다. 잠시 후 그들은 노인정에 도착했다. 문 앞에서 곽 회장이 반갑게 맞았다.

"안심은 했네만 걱정을 많이 했네."

"걱정을 끼쳐서 죄송합니다."

"조심하잖구. 이젠 좀 괜찮나?"

"네 걸을 수는 있어요."

"그래도 며칠은 요양하는 게 좋아요."

홍양화가 끼어들었다.

곽 회장은 그제야 안심한 듯 그가 그동안 기거해온 비품 창고로 가는 것을 보고 자신의 사무실로 향해 갔다.

홍양화는 그를 잠시 밖에 세워 놓은 다음 방바닥을 대충 쓸어내고 이불의 먼지를 턴 다음 그가 침대에 눕는 것을 도와 주었다.

"한잠 푹 주무세요."

그녀의 음성이 어렴풋이 들렸지만 자리에 눕자 그대로 잠에 떨어졌다.

몇 시간을 세상 모르게 늘어지게 잠을 잤는지 두런거리는 소리에 잠을 깼다.

"푹 자고 나니까 개운하지?"

곽노복의 목소리였다. 이팔복은 고개를 끄덕이고 웃음을 지어 보였다.

곽노복은 침대에서 조금 떨어진 곳에 놓여 있던 석유난로 옆에서 있다 그가 있는 곳으로 다가갔다. 어느새 준비하고 끓였는지 구수한 된장찌개 냄새와 석유 냄새가 뒤엉켜 났다.

"된장찌개를 끓이는데 입맛에 맞으려나 모르겠어요. 한국사람 식욕을 돋구는 데는 뭐니뭐니 해도 된장찌개가 최고거든요."

홍양화가 수저를 들고 찌개의 맛을 보다 웃었다. 걷어올린 팔소매가 유난히 희었다. 그는 침대에서 몸을 일으키려다 다시 누웠다. 곽노복이 그를 도와 한쪽 담벽으로 등을 기대게 했다.

"그만해도 다행이야. 노인정으로 전화가 왔을 때 얼마나 당황했는지 몰라. 동료에게 경찰에 알려 달라고 부탁해 놓고 그곳으로 가는 전철을 탔어. 현장에 도착하자 벌써 기절한 뒤야. 한 사내가 지껄이는 말이 그들 중 패거리 한 명을 잡혀가게 했으니까 그 앙갚음으로 끌고 가 죽여버리자는 거였어. 한데 그들 중에 한 사내가 말리더군. 이름이 뭐라더라. 맞아. 다른 동료들이 칠성이라 부르더군. 그들 중에선 우두머리 같았어. 그가 아우님을 다른 녀석들이 끌고 가려는 것을 말리니까 그들도 할 수 없이 아우님을 버려 두구 가더군. 그 중 이마에 칼자국이 나 있는 사람이 다음에 만날 땐 죽여버리겠다고 하니까 칠성이란 사람도 그때는 마음대로 하라더군. 그 칼자국이 아우님 복부를 한번 더 걸어 차더니 그냥 돌아가서 아우님이 살아난 거네. 한데, 그 칠성인가 하는 그 자는 아우님을 아는 눈치던데."

"오래전 일인데 한 직장에 같이 근무한 적이 있었어요. 오렌지 분말 깡통을 팔러 다닐 때 일이죠."

그는 솔직하게 시인했다.

"칠성이란 사람이 친구 챙기는 걸 보면 근본이 못된 인간은 아닌 것 같은데. 그런 사람이 왜 그 소매치기 패거리들하구 어울려 다니며 우두머리 노릇을 할까? 정말 알다가도 모를 일이야."

"그 사정을 저도 잘 모르겠어요."

"얘기들은 나중에 하시구 식사부터 하세요."

홍양화가 재촉하는 바람에 얘기는 거기서 중단됐다. 홍양화가 침대의 담요를 걷고 신문지를 깔았다. 그리고 찌개를 나무받침 한가운데 갖다 놓았다. 그녀가 그릇에 밥을 풀 때 이팔복의 시선이 전기밥솥에 가 있는 것을 느꼈다.

"전기밥솥을 한 개 샀어요. 괜찮죠?"

"신경 써 주셔서 감사합니다."

그는 진심으로 감사함을 표시했다. 갈비집에서 갈비값을 바가지

씌우고 줄행랑쳤을 때만 해도 여자같이 보이질 않더니 이제는 그녀가 하늘에서 내려온 천사가 아닌가 싶을 정도였다. 곽노복은 침대 한쪽 귀퉁이에 걸터앉고 홍양화는 엉거주춤한 채로 식사를 했다. 오랜만에 여럿이 하는 식사는 정말 맛이 있었다.

"이렇게 모여 앉아 먹으니까 밥맛이 꿀맛이네. 섭섭하게 들릴지 모르지만 우릴 위해서 자주 아파야겠어. 그래야 홍 선생님이 해주는 밥을 자주 얻어 먹을 수 있지 않나."

곽노복의 농담에 모두 웃었다. 덕분에 밥 한 그릇을 깨끗이 비웠다. 홍양화는 겨우 반 그릇을 비우고 두 사람이 식사하는 모습을 재미있게 바라보았다.

식사 후 곽노복은 사무실로 돌아갔고 홍양화는 설거지를 했다. 그녀의 모습을 바라보면서 그는 생각에 잠겼다. 저렇게 심성이 고운 여자가 춤선생이라니 도무지 이해할 수 없었다.

그녀가 춤선생이란 데는 신기하게 느껴진 게 사실이었다. 지금 그녀의 복장만 해도 그랬다. 긴 주름치마와 초콜릿색 블라우스가 그녀의 우아한 기품과 엷은 화장으로 해서 더욱더 정숙한 여자로 돋보이게 했다.

여자란 정말로 알 수가 없다. 추악스런 요부 같았다가도 의상과 머리 모양과 화장만 바꾸면 금방 요조숙녀로 변한다. 지금 저 다소곳하게 열심히 부엌일을 하는 모습에서 누가 담배를 피고, 술을 마시는 여자로 생각하겠는가? 그녀가 이팔복의 시선을 의식했던지 웃음 띤 눈길을 주며 대충 설거지를 끝낸 다음 침대에 걸터앉으며 물었다.

"고향에선 어떤 일을 했어요?"

"아무 일이나 했지요. 농사도 지어 보고 젓가락 깎는 일, 봉투 붙이는 일도 해봤어요. 공장에도 다녀 봤고, 세일즈 생활도 해봤구요."

"특별히 자신 있는 일은요?"

"뭐든지 다지요. 어릴 때 혼자 서울와서 아무 일이나 돈 되는 일이면 했어요."

"그런 일 말구요. 면허를 가지고 있다든가 하는 전문직업 말예요."

"전문직업이라면 운전면허밖에 없어서, 뭐라 할 말이 없네요."

"운전면허는 있으세요?"

"군대있을 때 운전병을 했거든요."

"그거면 됐어요."

그녀가 안심이 됐다는 듯이 말했다.

"제 말 잘 들으시구 제가 하라는 대로만 하세요. 우선은 이 집에서 이삿짐을 우리집으로 옮기는 거예요."

"이삿짐을 옮기다니요?"

"아무 말 마시고 제 말대로 하세요. 다른 건 다 있으니까 꼭 필요한 것만 챙기세요. 며칠 시간을 드릴 테니 옷도 근사한 신사복을 몇 벌 사 입으시고 구두도 좋은 걸로 몇 켤레 사세요. 이 돈을 우선 쓰시고 더 필요하면 말씀하세요. 그냥 드리는 게 아니고 월급을 미리 가불해 드리는 거니까 부담 갖지마시구요. 그런 다음 당당하게 회사에 사표를 내는 거예요."

홍양화는 이팔복의 의향을 거의 무시한 채 봉투를 침대 위에 놓았다.

"갑자기 결정한 게 아니예요. 내 차엔 기사가 필요하거든요. 남자 분이 있어야 제 사업에 도움도 되고 안심도 되어서 그래요. 거절하지 않으리라 믿어요. 월급은 후하게 드릴게요. 그런 줄 알고 갔다가 며칠 후에 올게요. 아니면 연락을 주셔도 되고요. 앞으로 여기 춤 강습은 조수한테 일임하기로 했어요. 이제야 말이지만 사실은 춤선생이 제 본업이 아니예요."

그는 순간 어리둥절해졌다. 갑자기 벌어진 일이라 미처 그의 생각을 전달할 틈도 없이 홍양화는 밖으로 나갔다. 그는 일어서려다 말고 그녀가 놓고 간 흰 편지봉투에서 지폐를 꺼냈다.

십만 원권 자기앞 수표 10장이 들어 있었다. 이 돈이 한 달 봉급을 가불한 것이라니 갑자기 그의 몸이 달아오르며 힘이 저절로 솟았다.

그는 오후 3시쯤 동대문 시장으로 갔다. 입을 만한 기성복 한 벌을 칠만 원을 주고 샀다. 넥타이, 와이셔츠, 구두까지 구색을 갖추어서 그 자리에서 입어 보았다. 양복은 베이지색인데 참 잘 어울렸다. 옷가게 주인은 풍선같이 부풀려져서 배우 같았다고 했지만, 이발소에 들러서 이발도 하고 목욕만 하고 나면 어딜 봐도 흠잡을 데 없는 신사였다. 이래서 옷이 날개라 했나 보다. 어느 누가 자신을 보고 조금 전까지 전철 구내 미화원이라고 생각이나 하겠는가. 싱글거리며 들떠서 거울을 몇 번이나 보고 또 보았다. 옷가게 주인이 따라 웃으며 말했다.

"제가 봐도 멋있습니다. 괜히 공치사 하는 게 아닙니다. 손님은 옷걸이가 좋아서 아주 썩 잘 어울려요. 이발소에서 머리만 약간 손질하시면 텔레비전에 나오는 탤런트 뺨 치십니다."

옷가게 주인이 띄우지 않아도 기분은 날 것만 같았다. 십만 원이면 구두까지 뒤집어 쓰고도 남는데, 자신에게 왜 그다지도 그 돈이란 물건이 붙질 않았을까. 남들에게는 잘도 달라 붙는다 했더니, 살다보니 오늘 같은 날도 다 있구나 싶었다.

그는 한껏 멋을 내고 전철 구내 사무실에 들려 상사인 조장한테 사표를 제출했다. 의례적으로 식사라도 같이 하자고 하자 조장은 눈이 휘둥그레지며 의아한 표정으로 말했다.

"좋은 데 가게 됐나 보군요. 정말로 축하합니다. 저도 좋은 자리 나타나면 빨리 떠나야지요. 잘 되시거든 불러주십시오."

"그래야지요."

어떨결에 인사를 하고 사무실 전화로 곽노복에게 저녁때 술 한 잔 하자고 했다. 쾌활한 웃음소리가 들려왔다. 그는 전화기를 내려놓고 사무실 직원들과 작별 인사를 나누었다.

이팔복은 전철역 구내를 빠져나와 뒤돌아 보았다. 한동안 그곳에서 밥을 먹어온 곳이다. 눈물도 많았고 한탄도 있었다. 즐거움의 찌꺼기도 맛보았고 곽노복과 같은 은인도 만나게 해 준 곳이었다. 앞으로 그가 사는 동안은 자신의 기억 속에 항상 남아 있을 것이다.

가방을 팔아주고 사기를 당했을 땐 정말 기가 막히고 황당하여 살고 싶지도 않았다. 그러나 한편으로는 여러 가지 교훈을 가르쳐 주었다. 이제는 세상을 살아가는데 자신감도 생겼다. 기죽을 필요가 없다는 것을 몸으로 배웠다. 이만큼 고생했으면 그도 사는 데 즐거움을 느껴야 하는 것이다.

여러 가지 생각을 하면서 걸었다. 허전하기도 하고 뭔가 잊어버린 것도 같았다. 홍양화를 만난 건 행운인지 불행인지 지금은 판단하기가 힘들었다. 단지 분명한 것은 지금보다 더 나빠지진 않을 것이다. 그러나 여태껏 버터온 그의 삶이 그를 지탱시켜 줄 것이다.

어느덧 약속장소에 도착해 홀 안을 둘러보자 곽노복이 먼저 그를 발견하고 구석 자리에서 손을 흔들었다. 매캐한 담배 냄새와 술꾼들이 토해내는 소리로 시끌벅적했다.

이팔복이가 앞자리에 앉자 곽노복이 말했다.

"좀 전에 왔네. 우선 축하주 한 잔 받게."

곽노복은 술잔부터 권했다. 이미 테이블 위에 주문한 술과 함께 안주가 놓여 있었다.

"입이 칼칼해서 견딜 수가 있어야지. 그래서 먼저 한 잔 했지. 진심으로 축하하네."

"모두 형님 덕분입니다."

그가 겸손해하자 그제야 이팔복 차림을 보고 깜짝 놀랐다.

"그새 사람까지 몰라 보겠네. 출세가 좋긴 좋구만."

"출세라니요, 무슨 말을 그렇게 합니까. 형님."

"그게 출세 아니면 뭔가, 이젠 길거리에서 마주치면 아는 체도 안할까 봐 겁이 난다네."

"무슨 농담을 그렇게 섭하게 하십니까."

"그 말이 섭했다면 취소함세."

"취소하긴요. 그냥 해본 소리죠. 너무 깊이 생각하지 마세요. 이젠 정식으로 인사 드려야겠습니다. 그동안 신세 많이 졌습니다. 그릇, 냄비, 심지어 스푼까지 챙겨다 주시구 이젠 전부 되돌려 드릴게요."

"되돌려 준다니?"

"자기네 것을 전부 쓰라고 하던대요. 손 한번 안 댄 식기도 많다고 하면서."

"홍양화 씨가?"

그가 고개를 끄덕이자 곽노복은 이해가 된다고 했다. 참으로 좋은 사람이었다. 그가 곽노복을 만난 것은 정말 행운이었다. 그를 만나서 그나마 세상엔 똑같은 질의 사람들만 사는 게 아니란 걸 비로소 알았다. 밑바닥의 서민층 사람들이 대다수를 차지하는 중산층 사람보다 훨씬 더 삶이 건전하다는 생각도 그를 통해서 해 보았다. 사회로부터 소외된 계층의 사람들이 보다 많이 서로를 사랑하고 있다는 것을 경험으로 깨달았다.

술이 잔뜩 취해서 그들은 헤어졌다. 헤어질 때 그는 곽노복의 눈물을 똑똑히 보았다. 그도 눈시울이 뜨거워져 재빨리 돌아섰다.

그도 홍양화를 아는 터여서 무엇보다 기뻤다. 처음 인사 나누기를 곽 회장 사무실에서였다고 했다.

그날이 노인정에서 춤교습이 있는 지 이틀째였다고 했다. 곽노복이 곽 회장 사무실에 들렀을 때 홍양화는 커피를 의자에 앉아서 마시고 있었고, 곽 회장은 그녀 옆에 서서 무언가 열심히 주입을 시키고 있는 듯한데 그가 들어가니까 갑자기 말이 중단되더라고 했다. 어색하기도 해서 바로 그 자리를 피했다. 그때 받은 홍양화에 대한 첫 인상은 활달하고 일을 시원시원하게 처리할 여자 같더라고 곽노복은 말했다.

어제는 술을 많이 마셨기 때문에 정신없이 곯아 떨어졌다. 아침 늦게야 일어나서 벽에 걸려 있는 깨진 거울을 보자 얼굴이 부석부석했다.

세수를 하고 입 안의 냄새를 양치질을 해서 없애려 했지만 그래도 구토증세가 일어나고 술기운이 배어 있었다. 두통이 오고 몸살 증세까지 나타났다. 몇 번 마당을 서성이었다가 땅에 손을 짚고 윗몸일으키기도 해보았으나 역시 마찬가지였다. 할 수 없이 침대로 가서 다시 쓰러졌다.

잠시 후 다시 깨어났을 때는 햇빛이 그의 침대 위를 훨씬 지나 더 깊은 벽면에 누굴누굴한 곰팽이가 끼어 있는 곳까지 비추고 있었다. 그는 일어나 전신이 편안해진 것을 느끼고 비로소 라면을 끓였다. 어제 남겨 놓았던 김치를 곁들여서 간단히 요기를 했다.

외출복으로 갈아 입고 밖으로 나왔다. 먼저 그동안 신세진 곽 회장 사무실로 갔다. 인삼주 한 병과 담배 한 보루를 들고 인사치레를 했다. 담배값, 술값도 수월찮게 그에게 뜯어가긴 했어도 이 노인이 아니었더라면 어디서 잠을 잤겠으며 홍양화 같은 사람을 어떻게 만날 수 있었겠는가. 인사를 마치고 회장실을 나올 때 자주 들리라는 말을 노인은 했다.

아직 시간이 이른 것 같았다. 어디든 사람들은 바쁘게 밀려갔다 밀려왔다. 그도 그 속으로 휩싸여 보도를 걸었다.

배가 고팠다. 허름한 한식집을 찾아 들어 설렁탕을 한 그릇 시켜 먹었다. 취기가 이제야 가시고 정신이 맑아져 왔다. 계산대에서 준 껌을 씹으면서 몇 걸음 걷다가 다방으로 들어가 커피 한 잔을 주문해서 마셨다. 손님들은 모두 칼싸움이 한창인 비디오에 정신이 쏠려 있었다.

검은 복장에 검은 복면을 한 사내가 5미터쯤 되는 지붕 위에서 지면으로 가볍게 뛰어 내렸다. 그것을 보고 "저기다" 하고 한 사내가 외치자 순식간에 10여 명의 사내들이 에워쌌다. 다음 순간 복면을 포위했던 군졸들 절반이 나뒹굴어지고 목이 날아갔다. 검은 복면은 어느새 다시 지붕 위로 날아가서 어둠 속으로 사라져 버렸다.

숨을 죽이고 보고 있던 빨간 남방의 노인이 말했다.

"정말 기찬데, 나도 한번 저렇게 날아봤으면."

얼굴 색이 검은 노인이 혀를 끌끌 찼다.

"아서라 박가야. 네놈이 날게 되면 허구한 날 이 다방 저 다방 기웃거려서 못 써."

"그 말은 맞어."

점박이 노인이 맞장구를 쳤다. 어느 좌석에나 노인네들 뿐이었다. 거기 더 앉아 있자니 부담스러워 서둘러 밖으로 나왔다. 이대로 곧장 홍양화의 집으로 갈까도 생각해 보았지만 아직 시간이 있음으로 목욕탕에 가서 목욕을 하고 거기 의자에 기대어 한잠 자고 갈 생각을 했다. 그는 바삐 걷기 시작했다.

애기 능금이 있는 곳

홍양화의 집은 그녀가 가르쳐준 대로 약도를 들고 찾았더니 그리 힘들지 않고 찾을 수 있었다.

인터폰과 연결된 벨을 누르자 안에서 홍양화의 목소리가 상냥하게 들려왔다. 동시에 금속성의 대문 열리는 소리가 났다. 차고를 지나 목침으로 된 층계를 20계단쯤 올라가자 잔디가 깔린 정원이 나타났다. 애기 능금이 가지가 휘어지도록 달린 사이로 대리석 현관이 보였다. 현관 입구 옆으로 길게 뻗어 올라간 은행나무가 지붕의 훨씬 위에서 가지를 흔들고 있었다.

"어서 오세요."

현관 안에서 홍양화의 목소리가 들려왔다. 그녀는 화려한 꽃무늬의 드레스를 걸치고 있었다.

"찾느라고 힘들지 않으셨어요?"

"아니요. 찾기 쉽던데요."

어느 틈에 달려왔는지 발 아래로 토실한 애견 한 마리가 이팔복의 바짓가랑이를 물고 마구 짖어댔다. 그녀가 애견의 이름을 부르자 그제야 물고 있든 바지를 놓고 짖기를 그쳤다.

홍양화는 그를 소파로 안내했다.

"옷이 너무 잘 어울리네요. 그렇게 차려입으시니 굉장한 미남이신데요."

소파에 앉자 그녀가 경탄을 했다.

"과찬의 말씀을요."

"정말이에요."

그녀가 웃으며 말을 이었다.

"와주셔서 고마워요. 짐은요?"

"가방 한 개뿐인데 현관 입구에 있어요."

"그랬군요. 이따 올라가실 때 가지고 가시면 돼요. 쓰실 방은 이층 제 침실 옆방이에요. 아래층은 인천댁이 쓰고 있는 방이에요. 그 방이 안방이긴 해도 그 앞이 부엌이라 그 방에서 기거하는 거죠. 그 방엔 화장실이 달린 목욕탕이 따로 있어요. 집이 건축한 지는 십 년이 넘었는데도 쓸모가 있어요. 한 가지 덧붙일 게 있다면 파출부인 인천댁은 가는 귀를 먹었어요. 그래도 눈썰미가 매서워서 금방 알아 차리긴 해요. 시킬 일이 있으시면 뭐든지 말씀하세요. 그러면 바로 해드릴 거예요. 파출부는 한가할 때마다 바다 구경을 한다고 인천을 가곤 했어요. 그래서 인천댁이라고 편의상 불렀지요."

홍양화의 말이 채 끝나기도 진에 인전댁이 녹차 한 잔을 내왔다.

"나는 조금 전에 마셨어요. 차 드세요."

그가 머뭇거리자 여주인이 덧붙였다.

인천댁이 찻잔을 탁자에 내려놓자 그녀가 이팔복을 소개하자 그들은 목례로 인사를 했다. 계란형의 얼굴에 눈이 작아서 날카로워 보였다.

"잘 부탁합니다."

그가 말하자 그녀도 고개를 숙여 보이고 이내 물러갔다.

"우리집은 식구가 단촐해요. 인천댁과 단둘이 살지요. 애견 한 마리까지 합치면 세 식구예요. 조용해서 좋긴 한데 그게 싫을 때도 있어요. 천천히 차 드시고 목욕하신 다음 저녁 식사는 같이 식당에서 하도록 해요. 인천댁을 올려보낼게요. 새 식구가 생겼으니까 축하주도 한 잔 있어야지요."

홍양화는 말을 마치고 내실로 사라졌다. 그는 차를 마시며 현관을 둘러보았다. 현관벽에는 100호짜리쯤 되는 커다란 산수화가 걸려 있었다. 계림의 깊은 계곡에서 늙은이가 밭을 갈고 있었고 강변의 수심이 얕은 곳에서는 젊은이가 낚싯대를 드리우고 한가로이 앉아 있었다. 높은 절벽 위로는 운무가 끼어 있고, 절벽 아래 평지에는 송림이 우거져 있었다. 중국인들이 즐겨 그린다는 산수화 전경이었다.

그도 언젠가 인사동을 지날 때 본 일이 있었다. 그때의 그 그림과 구성, 색채도 비슷했다. 한참 산수화 감상에 열중해 있는데 인천댁이 다가왔다.

"차 드셨으면 방 안내해 드릴게요."

대답도 듣지 않고 그녀는 앞서 걸었다.

안내된 이층 침실은 3평쯤 되는 크기였다. 발포성 벽지로 도배가 잘 돼 있었는데 침대 옆으로 텔레비전도 있었다.

"목욕 끝나시면 식사 하시러 식당으로 내려 오세요."

안내가 끝나자 그녀는 아래층으로 내려갔다.

그는 목욕을 전날 했으므로 넥타이를 풀고 웃옷을 벗었다. 바지를 평상복으로 갈아입고 계단을 내려갔다.

식탁 위엔 더운 음식과 찬 음식이 골고루 차려져 있었다. 말로만 듣던 음식도 있었다. 바닷가재 튀긴 것도 있고 남태평양산이라는 왕새우도 있었다. 생선회는 갓 뜬 것인 듯 아직도 꿈틀대고 있었다.

"내 집에 오신 걸 환영합니다. 그런 의미에서 한 잔 드세요."

홍양화가 꼬냑 한 잔을 그에게 따랐다.

"우리 건배하고 첫잔은 단숨에 비우도록 해요."

그녀가 잔을 치켜 들었다. 그도 그녀 잔에 건배하고 단숨에 주액을 입에 털어 넣었다. 서로의 잔에 술을 따라 주고 그가 물었다.

"술은 많이 드세요?"

"많이는 못해요. 즐기는 편이죠. 혼자 생활하니까 술이 필요할 때가 있더군요."

"왜 혼자 사세요?"

"살다 보니까 그렇게 됐어요. 이젠 습관이 됐지만 솔직히 말하면 저도 어떨 땐 간섭해 주는 사람이 한 사람 있었으면 하고 생각을 해 볼 때도 있어요."

블라우스를 벗으면서 그녀가 말했다. 핑크빛 브래지어가 드러났다. 나지막한 작은 봉우리와 굴곡진 능선 사이로 땀방울이 금방 떨어질 것같이 송글송글 맺혀 있었다.

엷은 황갈색의 겨드랑이 털이 간간히 드러나 보일 때 말고는 피부빛은 우유빛이었다. 그녀의 얼굴은 불그레하게 익어 있었다. 그도 꼬냑을 몇 잔 받아 마시고 취기가 올라 있었으나 눈의 시선을 어디다 두어야 할지 그녀의 갑작스런 행동에 당황이 됐다. 인천댁마저 건배를 들고 슬그머니 자리를 떴으므로 이런 경우는 어떻게 해야 하는지 그는 알지 못했다.

"편안히 생각하면 돼요."

그녀가 재빠르게 그의 감정을 알아채고 다가앉으며 말했다.

"술은 몇 잔씩 하면 좋긴 한데 취기가 오르면 전신이 가려워져요. 피부과 의사한테 가봤더니 알레르기성 체질이라 그렇대나요. 체질이 산성으로 변했으니 육 개월은 입원치료를 하라고 엉터리 진단을 하지 뭐예요. 그 후론 피부과엔 다시는 안 갔어요. 어쩜 그 의사의 말이 맞을는지도 모르지만요. 그러나 이상한 것은 술이 깨면 가려움 증세는 언제 그랬냐 싶게 금세 없어지는 거예요. 그러니 의사의 진단을 어떻게 믿나 말예요. 아유 가려워, 이럴 땐 미치겠어요. 아이 가려워, 인천댁을 부를까."

그녀의 눈빛이 등을 긁어 줬으면 하는 표정으로 그를 빤히 쳐다보았다.

"괜찮다면 제가 등을 좀 긁어 드릴까요?"

"그렇게 해주시면 좋겠지만……."

"괜찮아요."

그는 아무렇지 않은 듯 말했다. 말하고 나니 우습긴 해도 이젠 어쩔 수 없는 일이었다.

그녀가 그에게 등을 돌려 댔으므로 그는 브래지어끈 안으로 손을 밀어 넣고 여드름같이 손끝에 잡히는 부분을 긁기 시작했다.

"더 안으로요."

그녀가 더운 입김을 토해 내며 속삭였다.

"우리 응접실로 나가서 마셔요."

얼마나 흘렀을까, 갑자기 그녀가 몸을 움츠리더니 상체를 일으켜 세웠으므로 그는 순간 손을 뺐다.

그녀가 먼저 일어나서 술잔 두 개를 들고 가서 응접실 탁자에 내려놓고 현관 조명을 조절해서 겨우 옆 사람의 얼굴을 알아볼 정도로 어둡게 한 다음 그의 옆에 앉았다.

"어때요? 분위기가."

그녀가 속삭였다.

"나좀 누워도 되죠?"

그가 고개를 끄덕이자 그녀가 다리를 길게 뻗고 누워서 머리를 그의 무릎 위에 얹었다.

"참 편안하네요."

뜨거운 입김이 그의 목을 타고 넘어왔다.

"힘들지 않으세요."

은근한 목소리였다. 그는 고개를 가로저었다. 그러자 그녀는 그의 오른손을 끌어다 자기 손 위에 얹었다.

"나는 보기 보다 불행한 여자예요."

그녀가 눈물을 흘리며 입을 열었으므로 그는 어리둥절해져 그녀의 입만 바라보았다. 그녀가 갑자기 일어나 앉으며 머리를 한번 매만져 보고 비어 있는 잔에 술을 따르면서 말했다.

"우리 딱 한 잔씩만 더하고 오늘은 이만 마시도록 해요. 제가 많이 취했거든요."

"그러세요"

그가 말했다.

그들은 각기 잔을 비웠다. 그녀가 유행가 가락을 불러대기 시작했으므로 그는 그녀를 부축해서 이층으로 올라가서 그녀의 침대에 그녀를 눕혔다.

그날은 그도 많은 양의 술을 마시고 취해서 곯아 떨어졌다. 얼마나 잠을 잤는지 침대에서 막 일어났을 때 밖에서 노크소리가 났다.

"일어나셨으면 식사하시러 내려 오시래요."

인천댁이었다.

"네, 알았습니다."

대답을 하고 바지를 입고 욕실문을 열었다. 발소리가 층계를 내려가더니 어느새 사라졌다. 세면을 하고 양치질을 했다. 신기하게도 과음을 했는데도 두통도 구토증도 일어나지 않았다.

그는 와이셔츠를 입고 넥타이 차림에 정장을 했다. 활동하기가 불편스러웠다. 홍양화가 굳이 꼭 정장 차림이었으면 하는 주문만 없었다면 당장이라도 벗어버리고 싶었다.

식당으로 내려가자 그들은 식사를 하지 않고 그를 기다리고 있었다.

"어제는 술 많이 드셨지요? 밥맛이 없더라도 드세요. 인천댁 된장국 솜씨는 제법이니까 속이 시원하게 풀어질 거예요."

홍양화가 먼저 수저를 들었다. 구수한 된장국 냄새가 그의 입맛을 자극했다. 입에 조금 떠넣고 맛을 보았다. 제법 구미가 당기는 맛이었다. 밥 한 그릇을 순식간에 비우고 진심으로 잘먹었단 인사를 했다.

잠시 후 그녀는 중국산 쟈스민차를 내왔다. 그녀가 차를 한 모금 마시고 입을 열었다. 그는 찻잔에서 은은히 풍기는 쟈스민향을 맡으면서 그녀의 말에 귀를 기울였다.

"오늘 같이 가볼 데가 있어요. 우선 급한 것은 차부터 한 대 있어야겠어요. 오늘이 대리점에서 차를 인도받기로 한 날이거든요. 차를 인도받고 일을 시작해야지요. 심심풀이로 춤을 가르치는 일을 했지만 그동안 쭉 놀았으니까 이제부터 밥값을 벌어야지요."

능금을 먹고 사는 사람들

　이팔복과 홍양화는 그 길로 자동차 대리점으로 갔다. 대리점 직원에게 자동차 키를 받아서 시운전을 해보고 말 나온김에 해야한다며 승용차 대금을 전액 현금으로 지불하고 곧바로 통일로로 차를 몰았다. 새 차라 잘 굴렀다. 속도계가 100킬로에서 오락가락했다. 차안의 백미러로 뒷자리 홍양화의 모습이 보였다.

　그녀는 담배를 피워물고 창 밖을 응시하고 있었다. 시외 쪽으로 점점 멀리 벗어날수록 회색의 칙칙한 콘크리트 건물과 붉은 벽돌의 담장이 틈틈이 보이더니 급기야 사라졌다. 대신 울창한 숲 속과 잘 손질된 가로수, 휴지 한 조각 없는 아스팔트 길, 새들의 소리, 차들의 경적소리만 들려왔다.

　드문드문 낚시터를 알리는 팻말과 음식점을 알리는 간판이 보이더니 주유소와 휴게소를 몇 번 지나서 왼쪽 산장으로 가는 길로 꺾어 들었다. 젊은 연인 한쌍이 허리를 껴안고 걸어왔다. 그 지점에서 십 리쯤 더 달린 모양으로 계곡들이 병풍처럼 펼쳐 있는 언덕 아래에 자리잡은 사이로 미술관들이 보이기 시작하고, 드디어는 잔디위에 세워져 있는 석고상과 조각품들이 눈에 들어왔다.

그들은 두 번째 미술관을 지나서 쇠로 된 철문이 열려 있는 불란서풍의 건물이 있는 정원으로 들어갔다. 철과 동으로 만든 나체 여인상이 서 있거나 앉아 있거나 누워 있었다. 표정도 다양했다. 오엽수 혹은 푸른 소나무가 정원에 가득해서 운치를 더해주고 있었다. 내부는 이 집주인인 남기 화백이 손수 설계해서 건축했다고 홍양화는 말했다. 그림값도 호당 이십만 원을 호가하는 당대 산수화의 대가라고 덧붙여 설명했다. 국전에도 여러 번 특선을 했고, 심사위원으로도 활동했던 대단한 이력도 있었다. 홍양화의 설명은 사실 그로선 절반도 알아 듣지 못했다.

차는 정원의 조각품들이 있는 사이로 자갈이 깔린 길 위에서 정차했다. 홍양화가 뒷좌석에서 내리자 건물의 안쪽에서 선이 굵은 남자의 목소리가 들려왔다. 목소리가 들려온 쪽에서 빨간 바지에 빨간 모자를 쓴 50세가 갓 넘어 보이는 뚱뚱한 사내가 얼굴에 웃음을 가득 머금고 걸어왔다.

"남기 화백님, 그동안 안녕하셨어요?"

홍양화도 반가운 목소리로 인사했다. 두 사람은 가벼운 포옹을 하고 떨어지면서 홍양화가 그를 남기 화백에 소개했다. '남기'는 그의 호라고 그녀가 보충 설명을 했다.

"우리 회사 영업부장이에요"

"만나서 반갑습니다."

그가 손을 내밀었다. 이팔복이 그와 악수를 하고 물러서자 홍양화는 남기 화백의 팔짱을 끼고 현관 안의 내실로 들어갔다. 그는 따라 들어가다 말고 홍양화가 눈짓을 보냈으므로 정원의 레저용 식탁에 가서 앉았다. 하얀 식탁이 햇빛을 받아 반짝거렸다.

그는 주머니에서 담배를 꺼내 피워 물었다. 만일을 대비해서 누구를 만날 예상을 하고 밖에 나갈 땐 담배는 최고품을 지니고 다녀야 한다고 어제 홍양화가 셀렘 한 보루를 주었다. 라이터도 던힐 제품의 최고품이라고 했다. 식탁에 앉아 담배를 반쯤 필 때쯤 현관 안에서 미니스커트 차림의 젊은 여자가 쟁반에 커피와 과자류를 들고 나왔다.

"잘 먹겠습니다."

그가 자리에서 일어나 예의를 차리자 그녀도 답례를 하고 쟁반을 들고 내실 안으로 걸어갔다. 그는 커피잔을 들어 한 모금 입에 넣었다. 진한 커피향이 입 안에 가득 퍼졌다.

과자를 입에 넣었다. 버터에 살짝 구운 과자맛이 일품이었다. 커피를 마시고 넓은 정원을 거닐며 조각품과 정원수를 감상했다. 정원의 오른쪽으로 남기 화백의 산수화 전시장이 있었다. 전시장 뒤편의 차고엔 외제 승용차가 말끔히 세차된 채로 광택이 반들거렸다.

이때 뒤에서 출발하자는 홍양화의 목소리가 들려왔다. 그는 그녀쪽으로 걸어갔다. 그녀는 차 안에서 남기 화백 쪽을 바라보고 미소를 짓고 있었고, 남기 화백은 현관 앞에서 입에 파이프 담배를 물고 이쪽을 보며 손을 흔들었다.

"사람을 잘 익혀 두세요. 이 부장님이 앞으론 여기도 자주 오시게 될 테니까 지리도 확실하게 기억해 둬야 해요."

돌아 나오면서 홍양화가 말했다. 그녀가 말할 때 이팔복에게 부장이라고 불렀으나 그게 뭘 뜻하는지 어리둥절해졌다.

그녀가 알아차리고 말했다.

"어리벙벙해 하실 것 없어요. 편의상 부른 거니까요. 앞으론 이 부장님으로 부를게요."

그녀에게서 술 냄새가 풍겨 왔다.

"전 신경쓰지 마십시오. 이제 어디로 모실까요?"

그녀가 깔깔대고 웃었다.

"이 부장님은 아직도 순진한 데가 많아요. 나는 솔직히 그 점이 맘에 끌려요. 어쨌든 수유리 쪽으로 가요. 지금 찾아가는 사람은 의사예요. 필리핀에서 의대를 졸업했는데, 곧 귀국해서 이곳 국가고시에 합격해서 의사가 됐어요. 필리핀에서 공부해서 그런지 영어가 유창해요. 환자들에겐 미국에서 박사학위를 받고 대학에서 강의를 하다가 귀국했다고 말해요. 그래서 그런지는 몰라도 환자가 수도 없이 많아서 이 사람을 만나러 갈 때는 전화를 미리 해놓고 가야 돼요. 그렇지 않으면 한나절이 걸려도 만나기가 힘들어요."

"제가 거기도 자주 찾아가야 되나요?"

"그래요. 그는 돈도 많이 있어서 제게는 굉장한 고객이거든요."

그녀에게 어떤 고객이 되는지, 그녀는 무엇을 그에게 팔고 있는지 이팔복은 물으려다 그만 두었다. 어차피 그는 그녀의 고용원이다. 고용원은 주인이 시키는 대로 일만 고분고분 따라주면 된다.

그는 묵묵히 차를 몰았다.

"저기 저 병원이에요."

이윽고 다 왔는지 홍양화가 병원 건물을 가리켰다. 흰색 건물이 눈앞에 보였다.

이팔복은 그 병원 앞에서 그녀를 내려놓고 뒷마당 차고에다 차를 주차했다. 병원문 앞에서 기다리던 홍양화가 말했다.

"같이 들어가서 인사해요. 서로가 얼굴을 알아둬야 믿을 수 있어 거래하기가 편해지니까요."

홍양화는 접수처 창구에서 간호사에게 용건을 말했다. 간호사는 원장실에 전화를 넣더니 응접실로 그들을 안내했다. 홍양화와 그는 대기용 쇼파에 앉았다. 주위를 둘러보자 앞 벽면에 백두산 천지 그림의 액자가 걸려 있었고 탁자 위 백자화병에 양난이 탐스럽게 피어 고개를 꼿꼿이 세우고 있었다.

"오랫만에 만나게 되는군요?"

의사가 안으로 들어서며 홍양화를 보고 인사를 했다.

"원장님 정말 오랜만이에요. 그동안 별고 없으셨죠. 병원은 여전히 잘 되고 있는 거죠?

"덕분에요."

의사는 홍양화와 마주 앉았다. 가끔씩 의사가 말을 할 때 의치가 보였는데 얼굴에 핏기마저 없어 보였다. 그러나 특별히 아픈 데는 없어 보였다. 그가 표정없이 이팔복을 살피자 홍양화가 그를 소개했다.

"우리 이 부장님 소개할게요. 앞으로 쭉 같이 일하게 될 거예요."

"반갑습니다."

의사가 손을 내밀었다. 손바닥은 온기라곤 하나 없고 냉기마저 들었다. 귀밑에 잔서리가 드문드문 했다. 이팔복은 두 사람이 무슨 얘기가 오갈지 몰라서 밖에서 대기하겠다고 하고 밖으로 나왔다.

그는 차고지로 가서 차 안에 어깨를 반쯤 파묻고 누웠다. 몇 시간 운전을 했더니 졸음이 몰려오기 시작했다. 목을 돌려도 보고 눈언 저리를 비비기도 하면서 겨우 졸음을 쫓고 있는 동안 갑자기 요란하게 들려온 앰뷸런스 경적소리에 밖을 내다 보았다.

방금 도착한 12인승 봉고차에서 응급환자가 들것에 실려 응급실로 실려갔다. 함께 타고 온 환자 가족들이 눈물을 글썽이면서 응급실로 따라 들어갔다.

그들이 응급실로 간 지 몇 분이 지나지 않아서 홍양화가 상기된 얼굴로 걸어와 차 문을 열고 옆자리에 앉았다. 반쯤 열려 있는 차창 손잡이를 돌려서 닫고 핸드백을 열었다. 만 원권 지폐와 십만 원권 수표가 가득 들어 있었다. 그 중에서 만 원권 지폐 한 다발을 꺼내서 그에게 주며 말했다.

"보너스라고 생각하고 받으세요."

"이렇게 많이요? 한 달치 가불해 준 돈도 아직 많이 남아 있는데요."

"월급 가불은 가불이구 보너스는 보너스예요."

그는 할 수 없이 돈을 받긴 했으나 큰돈이 생기니까 어찌해야 할지를 모르다가 단념하고 차의 시동을 걸었다.

차가 큰길 쪽으로 진입했을 때 홍양화가 말했다.

"지금 만나러 가는 사람은 여자분이에요. 혼자 사는 여자죠. 남자들이 젤 좋아하는 과부죠. 한때는 같이 동업도 했어요. 아주 완전히 거래를 끊은 건 아니지만 경기 좋을 때에 비하면 그렇다는 거예요. 이 여자는 대가 차서 무슨 일이 벌어졌을 땐 자기하고 관련이 있던 사람들은 절대로 피해를 안 줘요. 제가 아는 한은 그래요. 어느 직업이든지 그 집업에 관여된 세부사항만큼은 일하는 식구외 타인에겐 절대로 비밀로 해두는 건 좋은 거예요. 제가 이 부장님을 선택해서 같이 일하길 원한 데도 그만한 이유가 있어요. 저는 조금 얼굴이 알려졌고 그게 운신 폭을 좁게 해줘서 그래요. 반면에 이 부장님은 순진해 보여서 장점이 많거든요. 절대로 딴 뜻이 있어서 하는 말이 아니예요. 어떤 사업이든지 다른 사람이 믿어줘야 좋거든요. 믿는 것과 좋아하는 것은 같은 등식이 성립되지요. 사업에선 그래요. 그 한 예로 대중가수를 보세요. 어딘가 생김새가 얼떨떨해 보이고 허술해 보여야 수명이 오래 가요. 저 얼굴에 무슨 인기 가수냐고 손가락질 당하기 일쑤인 어떤 여가수는 남녀노소 할 것 없이 모두 좋아하니까 가수 생명도 길고 아직까지 인기를 누리잖아요. 그녀가 자기와 비교해서 덜 예뻐 보이고 모자라 보이고 순진해 보이니까 그런 거예요. 요즘 사람들은 모두 까져서 상대방을 경계하기 때문에 그래요. 요즘 성공하려면 천진해 보이든지 덜 떨어져 보이든지 그래야 성공할 수가 있어요. 이 부장님은 그런 점에서 장점을 많이 가지고 있어요."

점점 낯익은 거리와 주택들을 의식했다. 언젠가 와 봤던 길이었다. 그게 언제쯤인가, 오래전 일이었다. 빨리 생각은 나지 않아도 와본 길은 틀림없었다. 그세 너무 바빠 살았나보다.

"저기 석조로 된 이층집 앞에서 세워주세요."

홍양화가 이윽고 어떤 집을 가르켰다. 그는 그녀가 말하던 집 앞에 차를 세우는 순간 떠오르는게 있었다. 그렇다. 성미란의 집이었다.

갑자기 그녀 생각을 하자 물방울이 쉴새 없이 흘러 내리던 그녀 젖무덤이 떠올랐다. 희뿌옇게 안개가 덮힌 수증기 속에서 드러난 그녀의 두 다리도 생생했다. 아, 그녀 성미란 집이었다. 비록 품삯은 한 푼도 못 받았지만, 한편으론 생각하면 물리적 힘에 의해서였으니까 고의성은 아닌 것이었다.

그는 어느덧 그녀에 대해 이해하려고 하는 자신의 감정에 대해서 놀라움을 금치 못했다. 벌써 미운 감정이 녹아들다니, 하마터면 마약 공범으로 몰려 유치장 신세를 질 뻔하게 만든 여자인데, 그런 여자에게 품고 있던 감정이 벌써 휴지조각처럼 돼 버렸다니, 성미란을 보는 순간 그는 옛날의 일 같은 건 까맣게 잊고 있었다. 그녀는 더 화려해졌고 더 요염해졌고 더 아름다워져 있었다.

그들이 파출부에 의해 거실로 안내되었을 때 여주인은 홍양화를 얼싸안고 반가움에 어쩔줄 몰라 했다. 급기야 만남의 소용돌이가 지났는지 한참 만에야 홍양화는 그를 그녀에게 인사를 시켰다. 그녀는 처음에 무표정하게 있다가 나중에야 입이 벌어져서 말했다.

"아니, 댁은 이팔복 씨 아녜요? 맞지요? 그렇지요."

그녀의 입에서 탄성이 흘러 나왔다.

"아니 어쩜 이럴 수가 있어요. 이런 일도 벌어지다니!"

옆에서 그 말을 듣고 있던 홍양화가 놀라운 표정으로 말했다.

"이제 보니 두 분이 아는 사이야?"

홍양화도 놀란 표정이었다.

"알구 말구. 같이 목욕도 한 사인데."

"뭐라구?"

"그렇지요 이 부장님."

성미란이 한쪽 눈을 찡긋했다.

"정말이에요?"

홍양화가 질투가 나서 도저히 믿기지 않다는 듯 이팔복에게 쏘아붙였다.

"그런 일이 있긴 있었어요."

"이제 보니 이 부장님 보통이 아니네요. 성 여사같이 눈 높은 여자를 다 후리다니."

"후리다니? 홍 사장 말하는 것좀 봐. 우린 홍 사장보다 먼저 만난 친구야. 왜 이러셔."

"언제부턴데, 그게?"

홍양화는 도저히 믿기 어렵다는 표정이었다.

"벌써 오래 됐지요?"

성미란이 그에게 동의를 구했다. 정말 오래 되긴 했다. 그때가 그러니까, 이 집 정원에 뗏장을 입히고 나무를 심을 때였다. 성미란이 그를 기억해 주는 것으로 봐선 그녀도 오랫동안 뇌리에 박혀 있던 모양이다. 하기야 사람인 이상 잊어버릴 수가 없었을 것이다. 어찌 잊을 수가 있을까. 그때 일을 생각하면 지금도 아찔했다. 그는 다시는 햇빛 구경은 못하는 줄 알았다. 긴 어둠 속에서 철장 밖의 따사로운 것들을, 광명을, 휘황찬란한 밤빛을 다시는 못 보겠거니 체념했었다. 그녀가 그에게 그런 걸 보여주게 했다. 한편으로는 또 다른 한쪽 세상의 면모도 보게 해 준 여자였다.

"알았다. 언니 밀가루 때문에 작은집 갔을 때구나."

홍양화가 눈치를 채고 웃었다.

"그땐 정말 오래 살게 되는가 싶어서 정신이 아찔했었어. 다행이 증거도 불충분했구, 변호사가 내로라하는 유능한 사람이었기망정이지, 그런데 내 정신좀 봐. 왜 우리가 오랫만에 만나서 이런 시시콜콜한 소리를 하구 있지. 홍 사장, 어서 안으로 들어가지. 들어가세요. 이 부장님."

성미란은 그의 존재를 의식한 듯 재촉했다. 그도 그녀들을 따라 거실로 들어갔다. 거실은 예전 그대로 변한 것이 없었다. 고가구와 등나무의자, 원목으로 된 식탁도 예전대로 그 자리에 놓여 있고 동양화의 그림도 그대로 였다. 단지 파출부만 바뀌어 50세가 넘어 보이는 중년 여자가 찻잔을 들고 거실로 나왔다.

"식사 준비가 다 됐는데요. 거실로 내올까요?"

그녀가 물었다.

"아니요, 우리가 식당으로 가서 먹을게요. 아줌마는 피곤하실 텐데 가서 쉬세요."

파출부가 자기 방으로 가자 홍양화가 나지막한 목소리로 말했다.

"그동안 집에 없었나, 방 모습이 하나도 변한 게 없으니 이상한데."

"집에 없었다니, 만사가 귀찮아서 계속 누워 지내다가 홍 사장 전화 받구 겨우 일어나서 오랜만에 화장을 했는데."

"오랜만에 화장한 얼굴이 아닌데, 뭘 그래."

"어휴 기가 막혀. 그럼 내가 밖에 나다니면서 연락을 안줬다 이 말이군. 설사 밖에 나간다 해도 이리저리 다닐 수가 없는 처지야. 집행유예가 아직 풀리지도 않았구, 밝은 대낮에도 셰퍼드가 지키구 있어. 혹시 도청하고 있는지 몰라서."

"감시당하고 있는 것은 어떻게 알았는데?"

"……"

"혹시나 해서 살펴보고 들어왔는데 나중에 밖에서 만나서 전해 줘도 될 걸 그랬나 봐."

홍양화의 표정이 갑자기 굳어졌다.

성미란은 가끔씩 이팔복의 눈치를 살폈다. 미안해 하기도 하고 경계하기도 하는 눈초리였다. 그는 괜찮다는 그의 본심을 보여주려고 애를 썼지만 그게 잘 되지 않았다. 그러나 그가 들으면 곤란한 얘기들이 오갈 것 같아 자리를 피해 주려고 일어서자 성미란이 따라 일어나면서 말했다.

"그냥 앉아 계셔도 돼요. 전화상으로 충분하게 얘기를 나누었어요. 이제는 한 식구나 다름 없는데 서로 믿어야 되겠지요. 잠시 불편하게 해드렸다면 이해하세요."

그는 다시 제자리에 앉았다. 그녀는 비로소 그에게 웃음을 보이고 안방으로 들어갔다.

잠시 후 그녀는 흰 편지 봉투 한 개를 그에게 주면서 말했다.

"이거 받으세요. 그날 일해 주시고 수고비 못 받아 가셨지요, 그날 일은 정말 미안하게 됐어요. 그러나 일부러 한 짓은 아니니까 이해해 주시리라 믿어요. 그런 뜻에서 벌금까지 톡톡히 챙겨 넣었어요. 한번 열어 보세요."

"아직까지 잊지 않고 기억하고 계시는군요."

"잊기는요, 언제든지 다시 만나게 되면 드리려고 늘 생각을 하고 있었어요. 나 때문에 고생을 사서 하셨는데……."

그녀는 진정으로 사과하는 듯했다. 하기야 덕분에 고생을 많이 하긴 했다. 팔자에 없는 유치장에도 가 보았다. 신문에서만 읽어봤던 고문도 당해 봤다. 그 고생의 대가라니…….

빨리 봉투를 열어 보라는 성미란의 재촉에 마지못해 편지 봉투를 열어 보고 그는 깜짝 놀랐다. 백만 원권 자기앞 수표 한 장이 들어 있었다.

"아니, 이렇게 많은 돈을…… 이 돈은 너무 많은데요?"

"많기는요, 나는 적지 않을까 은근히 걱정했는데."

그녀는 진정 미안해 했다. 그래도 그렇지 그날 이후 대가치곤 너무 큰 것 같았다. 아무튼 주는 것이니 받긴 받았는데 왜 그렇게 많은 액수를 주는지 이해를 못했다.

그러나 정작 이해 못할 일은 홍양화와 성미란은 언제부터 알고 지냈으며 그들은 무슨 일을 하는가 하는 의구심이었다. 사람이 사람을 알고 지내는 것은 하등의 이상하게 생각할 일이 아니라 해도, 성미란은 왜 홍양화를 홍 사장이라 부르는지 그 점은 정말 이해가 안 갔다. 이해가 안 가기는 자기를 부장이란 직책으로 불러주는 홍양화도 마찬가지였다.

그녀의 표현대로 편의상 호칭이라면 그럴 수도 있긴 하나, 문제는 성미란이가 마약을 복용한 일이 있고, 가석방이긴 하지만 아직 법적인 제재를 받고 있었다. 이 일까지 알고 있는 것을 보면 그녀들은 그보다 훨씬 전에 알고 있었으며 반말의 농도로 봐서도 보다 친밀하다는 것은 충분히 짐작이 갔다. 문제는 홍양화도 같이 마약을 복용했나 하는 의문이 들었다. 풍기는 외향은 두 사람이 비밀을 만들고 생활해 온 것 같진 않다. 홍양화는 확실하게 마약을 복용하지 않고 있다는 것을 그는 보장할 수가 있다. 분위기를 봐서도 그렇고, 집 안 어느 구석에도 그것과 관련된 용기나 집기 의료용구를 목격하지 못했기 때문이다. 그렇다면 홍양화는 어떤 일을 하고 있는가. 성미란이 그 일과 관련이 있나 없나 하는 것은 그에게 의문이 남게 했지만 직접적으로 물어볼 성질의 것도 아니고, 그는 단지 홍양화의 운전사일 뿐이므로 내색을 할 수도 없었다.

그들은 평범에 걸맞게 건강상의 문제나 일상적인 신문지상의 뉴

스거리를 화제에 떠올린 외엔 별다른 특이한 대화가 없었다. 단지 그가 특이하게 들었다면 식당에서 식사가 끝나고 과일이 나왔을 때 성미란은 아쉬운 듯이 그에게 말했다.

"앞으로 일이 있거나 없거나 자주 오세요. 우린 친구잖아요."

"그렇게 할게요."

그는 순순히 대답했다. 그녀의 호의에 조금이라도 보답하는 뜻에서였다. 홍양화가 빈정거렸다.

"두 사람이 만날 때 나도 끼면 안 되나."

"홍 사장, 왜 아무 데나 낀다는 거야?"

"언니봐. 내가 왜 아무 데나 낀다는 거야? 우리 이 부장님을 꼭 필요로 할 때 낀다는 거지."

"그럴 때가 언젠데?"

"응큼스럽긴. 언제긴 언제야, 언니가 젤 외로움을 느낄 때지."

"뭐라고! 홍 사장, 말 막하기야. 이 부장님. 홍 사장 말 함부로 하는 거 알고 계시죠?"

그외는 특별히 기억나는 게 없었다.

성미란은 현관에서 더는 멀리 못 나간다고 거기서 그들을 배웅했는데 여전히 밖의 동정에 신경을 쓰고 있었다.

가석방 상태로 풀려나긴 했지만 검찰이 계속 그녀를 감시하고 있으리란 것은 누구나 예측하는 일인데 세상 물정에 누구보다 훤한 그녀가 그런 이치를 모를 리가 없을 것이다. 파출부가 그들이 밖으로 나오자 대문을 잠갔다.

"차 뒤를 살피면서 요령있게 모세요. 혹시 뒤를 따라오는 차가 있을지도 모르니까."

차를 뒷걸음질해서 차도를 나오자 홍양화가 작은 소리로 말했다. 그는 알았다고 고개를 끄덕이고 차를 시내로 몰고 나가서 골목길로 꺾어 들어 갔다가 다시 샛길로 나오길 반복해서 차를 몰았다. 백미러로 뒤를 주시했으나 계속해서 따라오는 차량은 없었다.

이팔복은 홍양화의 집으로 온 이후 그의 생활에도 많은 변화가 왔다. 그녀와 같이 일하는 시간이 매일 있는 것도 아니고, 때에 따라선 그녀와 같이 방문했던 거래처에 그가 혼자 방문해서 물건을 전달해 주곤 했다. 그 물건들은 청심원 포장통과 같은 크기의 나무 곽이나 플라스틱으로 밀봉을 해서 겉포장을 포장한 것이다. 때로는 부피가 큰 것도 있긴 했는데 그때는 대부분 홍양화와 동행을 했을 때였다.

그는 물건을 전달해 주면 응접실에서 주인을 기다리는 동안 차를 내오고, 차를 마시면서 그 집주인이 건네 받은 물건을 확인하는 동안 담배를 피고 응접실 내부를 살펴보곤 했다. 그 집주인이 응접실로 돌아와서 잘 받았다고 전해 달라는 말을 전하면 곧장 돌아왔다.

그는 늘 차들의 왕래가 잦은 곳으로 진입했다가 미행하고 있는 차의 여부를 확인하고 돌아오는 것을 잊지 않았다. 그럴 때마다 홍양화는 일단 물건만 거래처에 전달이 되면 그날의 그의 임무는 끝났으니까, 사내 쇼핑도 하고, 옷도 사입고, 옷매무새에 신경을 쓰라고 일러주곤 했다, 하지만 처음 정장을 하고 옷매무새를 다듬을 때처럼 들뜨거나 기쁨 같은 것은 오래 지속되진 않았다. 그것은 돈만 주면 언제든지 해결할 수 있고, 그 능력을 지닌 돈이 그에게도 있다고 생각이되니까 예전에 그렇게도 갖고 싶고, 입고 싶고, 갈망됐던 것들이 시시해 보이기까지 했던 것이다.

시원의 동기와 준비

이제는 방에서 뒹굴 때도 많아졌다. 시간이 무료할 때는 차고에 내려가 차를 세차하고 집 안의 보일러도 손보고 정원 손질도 했다. 정원에는 정원수와 과실수가 가득했으므로 그것들은 사람의 손길이 많이 필요했다. 화훼단지에 나가서 유기질 퇴비를 사다가 나무에 거름을 주기도 하고, 비가 온 바로 후에는 살충제를 분무해 주는 일도 빼놓을 수 없는 일과였다.

이전에는 필요할 때마다 그때그때 사람을 사서 부렸으나 여자들만 집 안에 있다 보니 외간남자를 들이기도 꺼림칙하고, 특히 집안 내부를 보이기는 더욱 싫어했으므로 홍양화는 그의 선택을 매우 흡족해 했다. 자연히 그가 돌보는 시간이 늘긴 했으나 시켜서라기보다는 그가 좋아서 했다는 편이 타당할 것 같았다.

나무들도 특성이 있으므로 틈나는 시간에 조경업자나 나무 시장에도 가서 문의를 하고, 정원수를 돌봤다. 또 집안을 돌아보며 잡초를 뽑아주고, 하수구를 손보고, 시멘트를 사다가 지하실에 습기가 차는 것을 미리 손보는 일을 게을러 하지 않았다. 그때마다 홍양화는 햇빛 좋은 날이면 이층 베란다에서 그녀의 속옷을 세탁해서 빨랫줄에 널면서 손을 흔들어 줄 때도 있었다.

처음 이곳으로 올 땐 규정된 그의 일이 있음에도 불구하고 찾아서 하는 것은 신세진 것에 조금이나마 보답이라도 표하고 싶었다.

그것은 홍양화가 아니었다면 그는 지금도 전철역 구내에서 청소부로 일하고 있을 것이다. 지금도 구내 바닥에 붙은 껌이나 담벽에 붙은 광고지를 떼어내고 폐지와 주스, 콜라, 깡통 찌그러진 것, 헌 신문지를 쓰레기통에서 비워내고 담배 꽁초를 주워서 피면서 있을 것이다.

사람들이 저마다 아우성치고 밀고 밀리는 출퇴근의 광경을 바라보면서 사람들은 왜 저러고도 살아야 하는 가를 생각하다가도 자신은 어째서 저 사람들 축에도 끼지 못하고 요 모양 요 꼴이 됐을까 하고 자괴감이 들 때도 있었다.

쾌쾌한 아황산가스 냄새, 분지, 지하로 불어오는 매케함, 가슴 답답한 증세, 두통, 구토, 사람들, 아직도 그는 그런 전철역 구내에서 서성이고 있을 것이다.

눈에 보이는 것은 모두 더러운 것 뿐이다. 보고도 못본 체 해야하고 알아도 모른 체 해야 하는 비윤리적인 병균이 있는 곳, 이 병균은 점점 더 증식되고 배양이 되어 종래에는 모든 사람들이 질식될 지도 모른다.

그도 그것들을 만나고 보고 나서 두려움을 느낀 지가 오래 됐다. 그 무리가 무서웠고 그 독소가 무서운 것이다.

김칠성 같은 인간이 그럴 것이다. 이팔복도 처음에 그가 남의 돈을 슬쩍하다 걸려서 별을 달았다고 했을 때 재수가 그땐 없었을 것이라고 그를 위로했었다. 그와 같이 생활하고 한 직장에 있을 땐 그랬다. 그를 이해했다. 그렇게 해서 남아있었던 가느다란 끈끈한 끈이 그들의 동료가 이팔복 때문에 잡혀서 앙심을 품고 그 패거리들이 그를 끌고 가려고 했을 때 끌고 가지 못하게 한 것은 그가 끌려가면 십중팔구 죽을 것이라는 판단을 김칠성은 했을 것이다. 또 그가 그동안 알고 지냈던 옛 동료였다는 점. 여러 가지 상념이 순간적으로 교차됐을 것이다. 자신도 김칠성이와 같은 상황이었다면 그와 같은 판단을 했을 것이다.

어느 날 곽노복이 들러 칠성이 패거리들이 자신을 찾고 있다는 말을 했을 때만 해도 그는 그다지 놀라지 않았다. 그러나 차차 시간이 지나는 동안 불안이 오기 시작했다. 처음에 그들은 그의 근무처였던 전철역 구내에서 그를 납치하기로 의견이 모아져 며칠 동안 숨어서 그를 기다렸다. 급기야 그가 없어진 것을 알아채고 사무실에서 그의 주소지를 알아내 노인정을 찾아갔다. 노인정의 곽 회장은 칠성이 패거리들 중에서도 제일 잘생기고 허우대가 멀쩡한 사내가 이팔복과는 고향에서 중학교를 같이 다닌 죽마고우라고 둘러대는 바람에 그가 거처하고 있는 홍양화의 집을 가르쳐 주었다는 것이다. 곽 회장으로부터 그 이야기를 들은 곽노복은 어의없다는 표정으로 서둘러 찾아왔다고 했다.

곽노복이 가고 며칠이 지나도 아무 일도 일어나지 않았다. 밖에서 감시하는 패거리는 없었으나 이 사실을 어찌해야 할지 혼자 망설이다 할 수 없이 홍양화에게 털어놓았다.

그녀도 이팔복의 말을 듣고 짐작대로 몹시 긴장했다. 그러나 긴 장하고 있다고 될 일도 아니었다. 어떤 방법이든 대비를 하고 있어 야 하는게 당연하지 않느냐고 그녀가 의견을 말했다. 고성능 망원 경이 부착된 최신형 공기총을 한 자루 구입하자는 것이었다. 그들 은 당장 총포상으로 가서 6연발 독일제 공기총 한 자루 구입했다. 구입자의 주소는 묻지 않기로 하고 현금을 지불하고 탄약을 충분히 준비해 가지고 시외로 차를 몰았다.

변두리에서도 두 시간은 더 북쪽으로 달려 인적이 없는 어느 숲 속에 도착했다. 아카시아가 빽빽한 울타리를 지나자 온갖 수목이 어우러진 밀림이 나타났다. 그 밀림을 한참 동안 서성이다 커다란 바위를 찾아 그 위에 걸터 앉았다. 공기총을 조작해 보고 실탄을 장 진해 보았다. 총포상 주인이 설명 하면서 시범을 보여준 동작대로 되풀이 반복연습을 했다. 홍양화도 금방 총기 다루는 법을 익혔다. 그들은 다시 더 깊숙이 숲 속으로 들어갔다. 목표물을 찾아서 성능 을 시험해볼 필요가 있었다. 우선 총기가 손에 익어서 다루기가 쉬 워야 어떤 상황이든 당황하지 않고 쉽게 대처할 수 있으리란 생각 때문이었다. 그때 목표물이 나타났다. 까치 한 마리가 그들이 숨어 있는 바로 앞 소나무에 앉아서 까악거리며 울어대기 시작했다. 그 는 이때다 싶어 한쪽 눈을 총신에 고정시켰다. 까치의 심장으로 총 신끝을 겨냥했다. 홍양화도 긴장이 되는지 숨소리도 내지 않고 지 켜보고 있었다. 이윽고 탕 하고 총성이 울렸다. 까치는 공중에서 원 을 한 바퀴 그리면서 떨어졌다. 총알이 까치의 심장을 관통했다. 그 바람에 총소리에 놀라 여기저기서 새들이 날아 올랐다. 다음에는 홍양화가 쏘았다. 20m쯤 떨어진 곳에서 소나무의 가지를 정해놓고 쏘았다. 몇 발을 쐈는데 그 중 한 발만 나무에 맞았다. 총 쏘는 자세가 완벽했으므로 그가 놀라자 그녀는 대수롭지 않게 말했다.

"잘은 못 쏴요. 자세만 익혔을 뿐이죠. 어릴 적에 아버지를 따라다니며 배웠죠."

더는 말하지 않자 그는 잠자코 있었다.

"이젠 가요."

그녀가 말했다. 그들은 오던 길을 되돌아가서 차가 있는 곳으로 왔다. 차의 뒷 트렁크에 총기를 넣고 시동을 걸었다. 차는 다시 온 길로 내달렸다. 앞 문의 차창을 반쯤 열자 수목의 냄새와 함께 시원한 바람이 몰려왔다.

홍양화가 냄새를 음미하면서 어깨를 그에게 기대어 왔다. 짙은 갈색의 머리칼이 폭포수처럼 여자의 냄새를 몰고 왔다. 차는 넓게 트인 공지를 지나 양 옆으로 숲이 우거진 계곡을 끼고 달렸다. 30분쯤 지났을 때 겨우 차가 비켜갈 만한 좁은 신작로가 나타났다. 그 길과 삼각으로 교차되는 지점으로 차 한 대가 겨우 빠져나갈 정도로 좁은 샛길이 보였다. 홍양화는 그 샛길까지 왔을 때 손으로 가리키며 말했다.

"저 샛길로 가 주세요."

그는 고개를 끄덕이고 그녀가 말하는 곳으로 차를 몰았다. 몰았다기보다 차는 이제 천천히 걸어가고 있었다. 그녀는 그의 목에 바짝 얼굴을 밀착시키고 키스를 했으므로 더 빨리 갈 수도 없었다. 더운 입김이 콧속으로 스며들었다. 그는 그 자리에 차를 세웠다. 그녀의 입술이 이팔복의 입 속으로 밀려왔기 때문이었다. 촉촉하고 달콤한 즙까지 고여서 모든 열기까지 몰고 왔다. 그녀는 입술을 계속 빨았으므로 그는 숨이 막힐 지경이었다. 그의 온몸은 용광로처럼 달아 올랐다. 그녀의 블라우스는 어느새 단추가 모두 열린 채 노출돼 있었다.

"어떻게 해줘요."

그녀가 귓밥을 잘근잘근 씹으며 가느다랗게 속삭였다. 그는 더 이상 참을 수가 없었다. 그녀의 겉옷과 속옷을 벗겨냈다. 드러난 그녀는 너무나 아름다웠다. 그는 황홀경에 도취되어 더는 어쩌지 못하고 그녀를 내려다 보고만 있었다.

"이팔복 씨는 저에 대해서 얼마나 알고 계세요?"

옷을 주워입고 마주앉았을 때 그녀가 말했다. 산 아래로부터 쉴 새없이 바람이 불어와 좀전의 열정을 식혀 주었다.

"약간밖에는요."

"성미란 씨와 고리 지어서 말인가요?"

그는 혹시 질투하고 있지 않나 하는 의구심에서 그녀를 똑바로 쳐다봤다.

"그게 전부는 아니에요. 성미란이와 같이 하는 사업은 일부분에 속하는 나의 일이죠. 그 일부가 무슨 일인지 알고 계세요?"

"네, 확실히는 모르지만 약간은요."

"사실은요……."

그녀는 창 밖으로 시선을 돌리며 천천히 말을 이었다.

"나는 마약 취급은 꼭 한 번만 하고 말려고 했어요. 그런데 이제 와서는 쉽게 떼지지 않아요. 손뗄 수가 없는 거예요. 이제는 이팔복 씨도 너무 깊숙이 우리 일에 관여되어 있어요. 아니라고 부인하셔도 이제는 어쩔 수가 없게 됐어요. 그 점에 관해서 나는 미안함과

죄책감을 느끼고 있어요. 처음에 이팔복 씨를 봤을 때 선택을 하지 말았어야 하는 건데 순진해 보이고 솔직해 보여서 여기까지 오게 됐어요. 노인정에서 만나지만 않았더라도 좋았을 것을. 제가 너무 큰 죄를 지워드렸어요. 잠시만 노인정에 피해 있다가 집에 간다는 것이 그만……."

"집이라뇨?"

"아직 모르고 계셨군요. 나는 국적이 중국이에요."

"중국이라뇨?"

그는 누구 얘기를 그녀가 하고 있나 하는 표정으로 물었다. 도저히 금방 이해가 안 갔다. 중국이라니.

"나는 다른 사람들이 나에 대해서 얘기가 있지 않았나 추측했어요. 적어도 제 국적에 대해서만은요. 국적이 중국이긴 하지만 원 태생은 중국 거주 조선족이에요. 나도 사실은 남한사람이지요. 할아버지가 경기도 고양군에서 태어나셨지요. 할아버지는 당신의 고향을 한 번도 잊은 적이 없었어요. 늘 고향 얘기를 하시다가 돌아가셨다고 아버지는 말씀하셨죠. 그래서 우리는 자연히 남한이 우리들의 고향이라고 새기며 성장했어요. 내가 그 꿈을 이룬 것은 불과 몇 년 전이죠. 노인정의 곽 회장님의 초청장을 받고예요. 그 뒤로 수시로 한국에 왔다 갔다 했어요. 그때까진 괜찮았어요. 다섯 번째 입국할 때부터인가 누가 나를 미행하는 낌새가 보이더군요. 성미란 씨가 경찰에 잡힌 이후였어요. 그래서 곽 회장님에게 상의했더니 당분간 노인정에서 사교춤을 가르치면서 집에 있지 말고, 어디 조용한 여관에 묵고 있으라고 하더군요. 내가 있던 집의 파출부에겐 뒤탈이 없도록 잘 일러놓겠다구요. 내가 잡혀가서 심문을 받게 되면 성미란이의 범죄가 드러나서 형량이 커질 것을 우려한 거지요. 그때까지도 경찰은 나와 성미란의 관계를 눈치 채지 못하고 있는 게 분명했어요. 나도 곽 회장 말이 옳다고 판단돼서 노인정 춤강사로 취직하게 된 기죠. 춤이라면 본래 전공이 가무였으니까 한 번 보면 생소한 것도 금세 익히게 되죠. 강의하려니까 춤 배우는 학원에 나가서 강의를 들으면서 강의를 하곤 했어요. 덕분에 이 부장님을 만나게 됐지요. 결과는 어쨌든 좋진 않지만요."

그녀는 이제 완연히 후회하고 있음이 분명했다. 그래도 이제는 어쩔 수 없게 됐다. 간단히 생각할 문제가 아니다. 그도 사실은 전혀 모르진 않았다. 처음 얼마 동안 그녀가 자신의 단골들을 찾아다니면서 물건을 줄 때도 알진 못했다. 이팔복이 혼자서 물건을 운반했을 때 좀 더 구할 수 없나고 단골들의 물음과 표정에서 어렴풋이 짐작했었다.

그도 물론 처음엔 당장 이 짓을 집어치워야겠다고 생각했었다. 밤잠도 설치기도 했고 겉으로 내색은 못하고 괴로운 날들도 많이 보냈다. 그러나 막내아들을 먼발치에서 지켜보고 돌아오면서 내기 장기를 자주 두었던 복덕방 노인을 만나보고는 그의 생각에 수정을 한 것이었다. 소주와 안줏거리로 통조림을 사가지고 오후 늦게 복덕방에 찾아갔을 때 노인은 매우 반가워했다.

"아니, 이게 누구야? 이팔복 씨 아니야."

"안녕하셨어요?"

"나는 안녕한데 자네는 소식도 없이 어떻게 지냈어?"

"이것저것 하면서 지냈죠. 산 입에 거미줄 안 친다잖아요?"

"그야 그렇지만 하두 반가워서 그려."

이팔복이 들고 온 소주를 나눠 마시면서 복덕방 노인은 밀린 새로운 사실들을 차근차근 털어놓았다.

그의 집 일대가 재개발이 결정되었다는 것이다. 사유지지만 딱지 값만 이천만 원은 충분히 나간다고 했다. 기존에 그 자리에서 살던 사람은 아파트 입주권을 정부에서 주기로 했다니까 프리미엄이 엄청나게 오른 모양이다. 그의 아내가 그것을 노리고 복덕방에 매물로 내놓았다은 것이다.

노인은 말설이다 말고 또 한 가지 사실을 알려주었다. 그의 아내가 이혼을 요구하게 되면 위자료조로 시유지 입주권 딱지를 요구하게 될지도 모른다고 했다. 충분히 그러고도 남을 여자다. 한 번도 그를 찾지 않는 것만 봐도 그렇다. 하기야 이혼이고 뭐고 할 것이 없다. 서류상에 부부로 돼 있는 것도 아니고 그녀가 데리고 온 자식인들 친자식이 아니니 정이 갈리도 없었다.

그 여자가 데리고 올 때만 해도 아이들도 모두 어려서 아버지 소리를 금방 했지만은 커가면서 아버지에 대한 존경심도 사라지는 것을 그도 피부로 느끼고 있었다. 그 중에서도 막내아들 녀석만큼은 그를 따랐는데, 이제는 그 막내도 별로 달갑게 여기지 않는 눈치였다.

언젠가 학교로 찾아간 그를 보고 처음엔 머뭇머뭇 하더니 냅다 달아나는 거였다. 그는 생각지도 못한 막내의 행동에 깜짝 놀라 녀석의 이름을 수없이 부르며 뒤를 따라 갔다. 그러나 녀석은 한 번도 돌아보지 않고 내달렸다.

세상에 이럴 수는 없다. 그는 침을 퉤퉤 뱉으면서 달아나는 막내아들의 뒷모습만 물끄러미 바라볼 뿐이었다. 그 애도 알고 보면 아내와 마찬가지였다. 아이의 몸 속에 아내의 나쁜 피가 흐르고 있는 건 당연한 일일 것이다. 피가 오염됐으니 정신까지 나쁜 건 당연하단 뜻인지, 그가 서류상에 혼인신고를 하지도 않았는데 이혼을 요구하다니, 그가 어디 있는 줄 알고 찾아온란 말인가. 하기야 찾으려고 맘만 먹는다면야 못 찾을 리도 없을 것이다. 이름만 대고 주민등록 번호만 컴퓨터에 입력시키거나 예비군 중대를 찾아가도 그의 이동 사항은 금방 나타날 터인데, 그녀라고 그렇게 쉬운 이치를 모를 리가 없을 것이다.

그가 복덕방 노인을 가끔 만나러 오는 줄 아니까 한 번쯤 반응을 떠보는 걸 거다. 아니면 집을 팔기 위한 전초전이든가. 돈이 될 만한 건수가 생기니까 그를 찾아왔다고 소문을 내는 것이다. 그래야 팔아먹고 나서도 뒷탈이 적을 테니까. 그래도 그렇지, 그가 그 집을 어떻게 마련했는데 참으로 여우 같은 여자다.

이팔복이 그 집을 마련할 때는 그는 서울로 흘러와서 떠돌이 생활을 할 때였다. 그곳 시유지에 무허가 판잣집을 짓고 달아맨 블록으로 지은 한 평 남짓한 방에 월세를 주고 자취를 했었다. 꼬박꼬박 월세 주기가 아까워서 그도 빈공터에다 무허가 판잣집을 지을 결심을 했다. 잡목을 구입하고 시멘트와 블록을 사서 열흘이 걸려서야 어렵사리 집을 한 채 지었다.

연탄 아궁이를 들이고 연탄도 몇 십 장 들여놓자 그도 어엿한 집주인이 되었다. 동적부엔 어엿한 세대주로 이름도 올렸다.

그 무허가 집은 그런 힘든 역사와 고통을 안고 지어진 집이다. 한데 아내가 그걸 난짝 팔아 먹으려 한다니 무슨 권리로 그 집을 팔겠다는 것인지 하기야 억지로라도 만들면 그녀와 살을 섞고 살 때나

남을 의식하면 어쨌거나 부부처럼 지낸 세월이 있었으니까 그럴수
도 있을 것이다.

이팔복이 그녀를 처음 만난 곳은 백운대에서 였다. 전주에서 무
작정 상경하여 여러 직장을 전전하면서 외롭고 짜증날 때마다 그곳
을 찾았다. 어느 날 우연히 등산로 입구 간이주점에서 그녀를 만났
다. 그녀는 테이블 한쪽 귀퉁이에서 술을 마시고 있었다. 그도 옆
테이블에서 소주를 마시고 앉아 있다가 담배를 주문했었다. 여주인
은 준비해 놓은 담배가 떨어졌다며 몹시 미안해 했다. 곧 문 닫을
시간이니 하산해서 사서 피라고 했다. 그때 그녀가 가방 속에서 담
배를 꺼내 그에게 들고 와서 권했다.

"이것 피세요."

"괜찮습니다."

"피세요."

그녀가 재차 권하는 바람에 염치불구하고 그녀의 담뱃갑에서 한
개비를 뽑아 피웠다.

그는 답례로 소주 한 잔을 권했다. 그녀는 순순히 받아 마시고 그
에게도 소주 한 잔을 따라 주었다. 자연히 소주잔이 오갔다. 서로
자신들의 얘기도 주고받았다. 지금은 공장에 다니는데 일은 견딜만
하나 사는 게 재미가 없다고 했다. 지금 사는 집이 오백만 원짜리
전셋집인데 주인이 전세금 이백만 원을 더 올려 달란다고 난감해
했다. 그렇다고 돈을 빌릴 만한 친척도 없고 여태까지는 시골 아버
님이 한 달에 이십만 원씩 보내줘서 그걸 보태서 살았는데, 그나마
아버님이 병석에 눕게 되어 요즘은 그 돈마저 끊겨 생활이 말이 아
니라고 했다. 그도 직업이 떠돌이긴 하나 무허가 판잣집일망정 지

니고 있으니 그녀보다 낫다고 생각되고 그녀의 사정이 딱하게 보여 동정이 갔다.

"설마 길거리에 나앉기야 하겠어요? 쥐구멍에도 볕들 날이 있다고 하잖아요."

그가 위로했지만 그녀는 거푸 술잔만 들이켰다. 그도 덩달아 같이 마셨다. 얼마나 마셨는지 정신을 잃다시피 했다. 아침에 눈을 떴을 때 시계는 9시가 넘어 있었고, 그녀는 그의 옆에서 자고 있었다. 주위를 둘러보자 그의 무허가 판잣집이었다. 그렇게 만난 게 지금의 아내였다.

이팔복은 그날 아침 출근을 하면서 그녀 보고 짐보따리를 옮기라고 말하고 갔었다. 그 즈음 그의 직장은 제재소에서 목재를 운반하는 일과 잡일을 했었는데 퇴근 때가 되면 몸이 파김치가 되곤 했다. 그래도 그날은 그녀가 이사와 있겠거니 생각되자 힘이 저절로 생겨서 단숨에 집으로 달려왔다. 그러나 집에 도착해 보니 상상도 못할 일이 그를 기다리고 있었다. 자식들 삼남매가 같이 딸려온 것이다. 애들은 모두 잠들어 있었고, 막내는 사내애였는데 3살쯤 돼 보였다. 그는 그녀에게 가지고 온 이삿짐 보따리와 애들을 데리고 나가라고 윽박질렀다. 그 바람에 애들이 모두 깨어 울기 시작했다. 그녀가 달래도 애들은 계속 울어댔다. 급기야 동네 사람들이 몰려나와 수근거리며 욕설을 퍼붓기 시작했다. 그는 더 이상 어쩌지 못하고 밖으로 뛰쳐나왔다. 동네 입구에 있는 구멍가게에 가서 단숨에 사홉들이 소주 한 병을 비웠다. 그래도 화는 가시지 않았다. 술기운이 온몸에 독기처럼 번져서 몸을 가눌 수가 없었다. 비틀거리며 또 다른 술집을 찾아다니다 길거리에 고꾸라져 그 자리에서 정신을 잃고 말았다. 눈을 떠보니 그의 무허가 판잣집이었고 막내 사내아이는 아빠 아빠하며 그를 쳐다보고 빙그레 웃고 있었다.

그는 더 이상 어떻게 할 줄을 몰랐다. 한편으론 애들과 여자가 불쌍하게 생각되고 연민도 생겼다. 그녀는 그가 술기운에서 깨어났을 때 며칠만 있다 잠잘 데가 마련되면 곧 나가겠다고 했다. 그때까지만 참아 달라고 하소연했다.

그는 그것까지는 거절할 수가 없었다. 작은 방 한 칸에서 그녀와 애들이 같이 먹고 잤다. 그렇게 살아온 것이 애들에겐 아빠가 되고 그녀에겐 남편이 되어 버렸다. 처음 약속 때는 몇 번이고 그녀와 아이들을 내 보내려 했다. 그러나 그런 이유로 다툰 날 밤이면 그녀의 잠자리 서비스는 기가 막혔다. 그도 더 이상은 그녀를 거부할 수가 없었다. 그 생활에 완전히 빠져 버렸던 것이다. 그렇게 만난 게 그들 부부였다.

그러나 분명한 것은 그도 모르는 사이에 그 생활습관이 배어 버렸다는 사실이었다. 그 증거가 홍양화가 어느 날 그를 그녀의 침실로 끌어 들였을 때 아내가 가르쳐 주었냐고 물어본 일이 있었다. 그리고는 홍양화 자신도 그녀처럼 그를 즐겁게 해 줄 수 있었으면 좋을텐데, 하고 진지하게 말했다. 그는 그 말이 어쩌면 그녀의 진심일지도 모른다고 생각했다. 그 일이 있은 후부터 그는 홍양화를 믿게 됐고, 그녀가 하는 얘기들은 전부 마음에서 진지하게 우러나서 하는 소리일 거라고 생각했다. 어쩌면 이팔복 혼자만의 뜬구름 같은 생각일지라도 그는 솔직히 무한한 고마움을 느끼고 있었다. 나중에 어떻게 되리라는 나쁜 생각은 안 하기로 했다.

사람의 행복이란 순간적인 그 한 순간을 어떻게 살아가는가가 중요할 거라고 그는 믿었다. 그 순간이란 그에겐 여태껏 한 번도 없었다. 늘 남에게 당하기만 했고, 다른 사람들이 고통과 괴로움만 주고 떠나갔다. 당한 쪽은 이팔복 쪽이었는데도 그들은 갔다. 가서는 돌아오지 않는다. 점점 세상 이치를 알아가면서 그는 절실히 그것을 느꼈다. 이것이 그의 삶의 한계가 아닐까 하고 생각했었다.

그 생각들은 점점 깊어갔다. 비록 홍양화가 일시적으로 자신의 비밀을 지키기 위해 마음을 주는 것처럼 위장하더라도 그는 그녀를 사랑하고 의지하리라고 생각한 지가 오래 됐다. 또한 그녀가 그녀의 목적을 위해 마약 같은 것을 취급하더라도 그 목적 같은 건 그에겐 아무것도 아니었다. 그 수단을 위한 도구에 지나지 않는 소모품이 되더라도 그는 그녀를 위해 일할 것을 이미 결심했었다. 그가 살아온 날들 중에 가장 사람 대접을 받은 때는 바로 지금일 것이라고 단정지었다.

두 번 다시 이 이상 아름다운 날도, 더는 이 여자보다 인간다운 애정을 지니고 자기를 상대해 주는 사람은 없으리라고 믿고 있었다. 같이 일하고 식사를 함께 하면서 그는 점점 더 그녀에게 신뢰와 사랑과 존경심까지도 느끼지 않을 수 없었다.

그녀도 그에 대해 똑같은 심정이 아닐까 하고 생각했었는데, 자신이 혼자만의 상상이라도 억울하진 않다. 왜냐하면 요즘 와서는 사소한 그녀의 고객에 관한 일까지도 그에게 상의해 주었으니까.

"나는 아편이라는 것이 그처럼 돈이 되는 대단한 마력을 주는 물건이라곤 중국에서는 상상도 못했어요. 물론 그곳에도 국법으로 취급을 못하게 하고 있지만 여기보다는 구입하기가 훨씬 쉬워요. 전에는 대다수 가정이 지니고 있는 물건이 아편이었어요. 나도 사실은 마약이 아니더라도 한국에 오는 길이 있거나 한국에 와서 평범한 생활이라도 할 수 있도록 보장이 됐다면 그 길을 택했을 거예요. 그 길이 어떤 길인지는 몰랐지요. 여기 와서야 비로소 느꼈지만 해답을 만족하게 터득했을 때는 이미 늦었어요."

"무엇이 늦었다는 겁니까?"

그는 그녀의 머리를 쓰다듬으며 물었다.

"성미란이나 곽 회장 일행이 마약을 전문적으로 취급하는 사람들인 줄은 미처 깨닫지 못했어요. 내가 한국에 왔을 땐 나는 이미 그들의 조직원이 되어 버렸거든요. 내 여비도, 내 여관비용도 이미 그들의 손을 거쳐서 지불되고 있었어요. 나는 이미 마약으로 벌어들인 돈을 쓰고 있었어요. 내가 처음에 내 고향에서 외국으로 나가려고 한 목적은 내 전공을 살리고 좋은 남자 만나서 아이 낳고 거기서 기쁨을 찾는 거였어요. 그 조그만 소망이 늦었다고 생각한 때는 나는 벌써 깊이 이 조직에 관계되어 있는 것을 알았을 때예요. 누구엔겐가 속마음을 털어 놓고 싶었어요. 그 상대가 이팔복 씨가 된 거예요. 나는 그 점이 괴로웠지요. 물론 죄책감 때문이기도 하지요."

홍양화는 그를 쳐다보고 웃었다. 그리고 그에게 머리를 기댔다. 차 안으로 아카시아 향기가 가득 밀려오고 그녀의 머리칼이 흩날렸다. 그는 차창을 올렸다. 그녀가 그때 머리를 약간 들었으므로 그녀의 목을 감싸안았다.

"그래서 모든 걸 말하려고 생각했어요. 나에 관해서, 내 부모에 관해서도, 내 친구에 관해서두요. 나에 관해선 모든 것을요."

그가 오른손으로 그녀의 입술을 막았다.

"그런 말은 결론을 내는 게 아니예요. 앞으로 그보다 더 좋은 날들도 얼마든지 있어요. 우린 그렇게 될 수 있도록 노력 해야 돼요. 그렇지요?"

이팔복은 홍양화에게 다짐을 했다. 그는 고개를 숙여 그녀의 입에 키스를 했다. 긴 입맞춤이 끝나자 그녀는 그의 오른손을 들게 하고 자신도 이팔복 앞으로 돌아서서 오른손을 쳐들었다.

"사람들이 자신과 바꾸어도 될 중요한 것을 얘기할 때는 선서를 하더군요. 우리도 선서를 해요!"

그도 그녀가 시키는 대로 따랐다.

"선서, 하고 따라 하세요."

그녀가 진지한, 너무나도 진지한 표정으로 말했다.

"선서! 지금부터 하는 말은 한 마디의 거짓말도 있어선 안되고, 어떤 일이든 지난 일은 잊기로 하고 오로지 내일만을 위해 우리들의 선서를 징표로 대신한다!"

선서가 끝나자 그녀는 다시 다짐을 했다.

"어떤 일이 있어도 지켜야 해요."

그는 웃음으로 대답했다. 키스 세례가 퍼부어졌다. 잠시 숨을 들이마시고 그녀는 그의 손을 꼬옥 잡고, 등을 편안하게 그의 가슴에 기댄 채 지금까지 겪어온 이야기를 시작했다.

고백

홍양화가 태어난 곳은 중국 연변 조선족 자치주이다.

중국은 알려진 대로 통일된 다민족의 사회주의 나라이다. 연변 조선족 자치주는 중국에서 조선족이 가장 많이 살고 있는 고장이다. 연변은 오랜 혁명의 근거지이고, 소수민족지구이며 변경지역이다.

러시아, 북한, 중국 이 세 나라의 접경지대에 위치한 연변은 조선족이 민족구역자치를 실시하고 있는 지방이다. 물론 조선족 뿐만 아니라 여러 다른 소수민족도 함께 생활하고 있다. 그들은 그들 나름대로 혁명의 역사와 투쟁을 지니고 있다.

항일 전쟁 중의 연변은 동북지방의 중요한 근거지의 하나였다. 1931년 일제는 만주사변을 일으키고 중국의 동북지역 즉 만주 땅을 점령하고 대륙 진출을 꾀하였다. 한반도를 대륙 진출을 위한 교두보로 삼으려고 경찰을 앞세워 공포정치를 실시하는 한편 동양척식회사를 만들어 이를 앞세워 한반도의 토지를 강점하면서 일본인들을 한반도로 대거 불러들였다. 이때 일제의 작태가 혹은 협력하기 싫어서 많은 동포들이 중국으로 향했다. 또는 토지를 몰수당한 농민들이 만주 땅에 대토를 해 준다는 말을 믿고 개척단으로 강제 이주해 온 사람들도 많았다.

그 중 일부는 두만강 상하류의 강주변을 찾아 농사를 짓기도 했는데, 그것을 간도라고 불렀다. 그 후 간도라는 말은 더욱 확대되어 송화강 상류와 두만강 북부지역은 북간도로, 압록강 북부지역은 서간도라고 불렀다. 이처럼 여러 사연으로 수많은 동포들이 간도를 위시한 중국 북부지방에 정착했으며 초기에는 추위, 굶주림 등 가지가지 악조건과 싸워야 했다. 원래 이들이 이룩한 이주지역인 도문강과 압록강 유역은 대부분 산악과 구릉지대이었다. 일조량도 부족했다. 이곳에서 그들은 기후, 풍토, 먹을 것, 입을 것, 추위, 해충과도 싸워야 했다. 벼농사도 처음으로 그들이 시작했다. 벼농사는 다른 농작물에 비해 수지가 좋기 때문이었다. 그 외에도 인삼 재배, 간간이 아편도 재배해서 집안의 비상약으로 쓰고 물물교환도 했다. 그러나 중국이 변혁기를 거치면서 공동도급 생산제의 일종인 연산승포제를 도입하였다.

이 제도는 경작지인 땅은 국가 소유지만 서로 뜻이 통하는 사람끼리 모여서 국가와 집체생산계약을 체결하여 국가로부터 땅을 빌려서 경작을 하게 된다. 경작이 끝난 후 추수 때가 되면 일정액의 농작물을 국가에 납입하고 나머지를 가지고 생산 농민이 임의처분하는 제도로써, 이러한 생산 방법은 농민들이 개인 소득욕을 자극하여 농작물 생산을 증대시키는 목적이 내포돼 있었다. 이때 여기에 속하는 하천부지나 자투리땅의 개인 경작은 잠정적으로 묵인해 주었다.

동포들은 대부분 철도 주변이나 하천 근처에 살고 있어서 개인 경작의 부수입을 많이 올렸다. 아편재배도 물론 부수입의 큰 몫이 됐다. 그래서 대부분 동포들은 중국인보다 다소 생활이 좋은 편이고, 집집마다 비상약으로 조금씩은 아편이 있어서 자가치료를 했다. 일종의 민간요법이었는데, 이 때문에 아편의 재배법이 보편적으로 알려졌고 초기의 소량생산은 관리들도 눈감아 주었다.

양귀비꽃에서 채취되는 아편은 중국은 물론 유럽, 루마니아, 터키, 태국, 베트남 등에서도 생산된다.

초여름에 피는 이 꽃의 덜 여문 열매에서 상처를 내 그 유액을 건조시킨 것이 아편이다. 이것을 미량으로 희석한 것이 생아편이다. 대부분 진통, 지사, 진해제로 사용하면 효능이 좋다.

이상은 아편의 약효작용에 관하여 참고 삼아 얘기했다. 다시 빗나간 얘기를 정정하겠다.

대도시에도 물론 동포들이 많이 모여 산다. 심양시의 서탑가, 장춘의 육마로 등에는 동포들의 거주 역사도 긴 편이다. 길림성의 연변 조선족 자치주 동포들 중엔 2대 혹은 3대 동포들도 있다.

이들은 대부분 이북 출신이지만 그들 중엔 남한 출신도 있다. 그 남한 출신들 중에 홍양화의 할아버지도 포함된다. 홍양화의 할아버지는 경기도 삼송리에서 태어나셨다. 선비 집 안의 막내였는데, 어느 날 서당에서 돌아오시다가 동네 뚝방길에서 일본인 형사와 사소한 시비 끝에 그 일본인 고등계 형사를 죽이고 북간도로 달아났다. 다른 동포처럼 거기서 농사를 짓다가 도문시로 이주했다.

해방 후 중국 공산당은 연변에 인민정권을 세우고, 간도 임시정부를 수립했다. 1945년 간도 임시정부는 연변 조선족 자치주로 개명되었다. 자치주 소개지는 연길시에 정했다. 이때 연길현의 도문진과 석현진을 합병하여 도문시로 부르기로 했다. 그래서 연변 조선족 자치주에는 연길시, 도문시, 돈화시, 용정시, 훈춘시 등 다섯 개의 시가 있다. 이때 현에서 시로 개편될 때 아버지도 공산당원으로 도문시 당위원회에 관여했다가 후에 집체일을 보는 당지도원으로 일하게 됐다. 할아버지는 이때 돌아가셨고 그녀는 도문시에서 태어났다.

도문시는 서남, 서북, 동북쪽으로 경사진 지형이다. 서남부와 서북부는 높고 동남부는 낮다. 산과 산 사이에는 하천이 줄줄이 분포돼 있고, 구릉과 골짜기가 병풍을 친 것 같아 산수가 수려하고 산림 또한 무성했다. 구릉지대는 과일류, 잎담배를 비롯한 공예작물의 생산지구로 정해져 있다. 아편재배도 구릉지 사이에서 심심찮게 눈에 띄었다.

정부에서도 도문시에 신경을 쓴다. 이유는 조선족 자치주에서도 요충지에 속하기 때문이다. 도문시는 남북으로 용정시, 연길시, 훈춘시와 맞닿아 있고, 동으로는 도문강을 사이에 두고 북한의 온성군과 마주하고 있다.

원래 도문이란 이름은 많다는 뜻이다. 도문 경내는 도문강 가야하 등 삼십여 갈래의 냇물이 흐르고 있는데, 시안에서 합류되어 일본해로 흘러 들어간다.

도문이란 이름은 여기에서 기원되었다. 도문의 역사는 길지 않다. 백여 년 전까지만 해도 수목과 소택지였다. 이런 연유로 해서 조선의 변경지대 주민과 한족들이 드문드문 모여 밭을 일구며 살았다.

1920년대까지만 해도 이곳에는 이십여 호의 인가밖에 없었다. 그때 사람들은 이곳을 하전자 혹은 희막동이라 불렀다. 후에 도문으로 고쳤는데, 인구도 늘고 도문시 안에는 일본 영사분관과 경찰서 괴뢰만주국외교부 등이 있었다. 그 후부터 급속히 인구가 증가하고 공업 인구가 늘어나고 사람들 출입도 늘어났다. 1945년 광복 후 정식 도문시가 탄생했다.

홍양화는 여기서 소학교와 중학교를 졸업하고 고급 중학교는 연변시에 버스 통학을 했다. 고등중학을 나온 후 연변예술학교에서 무용을 배우러 다닐 때도 버스 통학을 했다. 예술학교를 졸업한 직후엔 한 일 년 정도 도문가무단에 입단해서 활동하기도 했다.

얘기가 나온 김에 남한 사람들이 즐겨 찾는, 소위 북쪽 사람들이 새로 개명해서 부르는 두만강 다리에 대해서 언급해야겠다.

도문시의 끝 강변과 북한 쪽의 온성군 남양시의 접경지대에는 철근 다리가 있다. 온성군은 함경북도 회령군의 위에 있는 지명이다. 온성군에서 북한 쪽 남양시를 바라보면 다리 옆으로 도로가 나있고, 고층 아파트가 몇 동있다. 사람은 살지 않는 듯 인적이 없고 이따금씩 트럭이 지나가는 것이 보일 때가 있다. 이 다리는 중국, 북한의 국경 다리인데 다리의 폭은 7m쯤 되고 걸어서 십 분이면 다리의 끝까지 갈 수 있는 거리다. 강의 수심이 얕아 바닥이 드러나 보인다. 다리의 양쪽 초소에는 경비병이 국경을 오가는 사람들의 통행증을 확인했다. 도문교의 절반은 흰색이고, 중국 쪽까지 절반은 갈색으로 다리 절반을 페인트로 칠해서 서로의 경계를 구분해놓았다. 강 건너 다리 쪽의 북한 땅은 조그만 면소재지 같은 느낌인데 건물 옥상에는 김일성의 대형초상화가 걸려있다.

너비가 3m쯤 되는 강둑은 북한과 경계선으로 길게 이어져 있다. 방죽 위에서는 조선족 젊은이들이 긴 장발 차림에 남루한 옷을 걸치고 북한 돈 1원과 한국 돈 삼천 원을 낮바꾸자고 떼를 쓰는 젊은 이도 있었다.

이 국경 다리를 오고 가는 사람들은 북쪽에서는 명태, 오징어, 새우, 조개, 말린 채소류, 버섯 등이고, 중국 측에서는 피복, 담배, 술, 통조림, 쌀 등을 운반해 간다. 그러나 쌀은 일정량만 반입이 허가된다. 초소에는 통행인이 없을 때 차단기를 내려놓는다.

초소 옆으로 사층의 흰색 건물에 초병들의 합숙소도 있고, 일층엔 관광객을 상대로 하는 간이휴게실과 휴게실 옆으로는 중국산 달력, 수건, 기념타월 등을 걸어 놓고 팔고 있다.

홍양화가 소학교와 중학교 때는 아버지를 따라 그물을 가지고 고기를 잡으러 강변을 자주 왔다. 수심이 그때도 깊지 않아서 잉어, 메기를 수월찮게 잡아오곤 했다. 어머니는 그 어획물로 찌개를 끓이거나 아니면 건조시켜 보관해 두었다가 기름에 튀겨 먹었다. 중국 음식이 기름에 볶는 것이 많은 것은 여름철이나 건조기에 보관상의 불편을 겪기 때문이다. 보관상 필요한 냉장고는 중앙당 고급 당간부 집에나 있을까, 지방 당간부 월급으로는 몇 년치 월급을 모아야 냉장고를 살 수 있으므로 그런 가전제품을 사용하기란 어림없는 일이었다. 그래서 모든 해산물 농산물은 일광에 건조시킨 것이 많다.

어릴 적부터 홍양화는 해바라기 볶은 것, 대추 건조시킨 것 등을 주머니에 넣고 우물거리며 다녔다. 유년 시절의 생활은 비교적 단순한 편이었고 도문교 강변이나 구릉지, 들판에서 뛰놀던 기억이 많다.

홍양화의 어머니는 북강(도문시 북쪽 해란강과 가야하가 합류된 강) 기슭에 자리 잡은 도문시 펄프공장에 다녔다. 그 공장은 1970년에 스물다섯 명의 여성들이 창업한 가내공장이다. 거기서 그녀의 어머니는 공장장이란 직책을 맡고 있었는데, 말이 공장장이지 봉급은 삼백 원(한국 돈 이만팔천 원)도 채 못 되었다.

이즈음 홍양화 집에도 작은 기쁨이 왔다. 아파트 한 채를 배급 받은 것이다. 남한에 비하면야 아파트라고 할 수도 없다. 그러나 그곳에선 홍양화의 아버지도 변방의 고급 당간부였으므로 특별 배려로 받은 것이다. 아파트 평수는 열두 평쯤 됐다. 방이 한 칸 있고, 일자형의 현관은 반은 안방으로 쓰고, 절반은 부엌으로 사용했다. 책상은 밥상을 대신했지만 그나마 그곳에선 생활이 괜찮은 편이란 게 그랬으나 다른 세계는 알지 못했으니까 홍양화의 식구들은 불평 없이 지냈다.

생각해 보면 사람들의 생활이란 별게 아니다. 기쁨이나 즐거움도 마찬가지다. 애초부터 좋은 음식, 좋은 환경, 좋은 의복을 입고 살다 보면 고마움을 모른다. 그것이 당연한 것으로 알고 그보다 나은 것에 대한 불만과 불평으로 가득차게 된다. 옛사람들은 그래서 안분지족을 말했겠지만 그가 도문시에 있을 때만 해도 여기에 비하면 사람 사는 게 말이 아니지만 그곳에선 큰 불평, 불만 없이 아무것도 모르고 밖이 완전히 차단됐을 땐 그랬다. 점차 눈이 떠가고 그녀가 연변으로 통학을 하고부터 비교가 되고 세상이 보이기 시작했다. 더 크게 더 쉽게 알게 된 것은 한국 사람들의 관광객 때문에 그 영향이 더 컸다고 볼수 있다. 그들은 하나같이 백두산(장백산)에 갔다 연변에 와서는 한 시간 반쯤 거리인 도문시의 도문교를 관광하고 북한 쪽을 하염없이 바라보곤 했다.

그들의 가슴에 두 동강이 난 조국을 생각하고, 이북에 고향을 두고 온 이들은 만감이 교차됐을 것이다.

고향이란 자신이 태어난 곳이다. 그 고향을 찾고 둘러볼 때는 악한 사람이라고 손가락질 받는 사람도 가장 순수하고 천진한 시원으로 돌아가는 것이다. 사람의 마음도 그렇다. 그때 홍양화는 그들의 가슴에서 진실을 보았다. 그럴즈음 그녀는 세상 이치를 구별할 수 있을 만큼은 자기 가치 기준이 성숙돼 있었고 눈으로도 구별할 수 있었다.

그녀는 비로소 자기가 사는 것이 사람 사는 것이 아님을 알았다. 그들은 실업인, 시인, 작가, 교원도 있었다. 그들은 하나같이 얼굴에 기름기가 번들거렸고 손에는 고급 카메라나, 녹음기를 들고 있었다. 그녀는 그들에게서 남한의 생활상을 보았고, 기회를 만들어 밖으로 나가 보려고 마음먹었다.

그러나 해외에 나갈 기회가 좀처럼 쉽게 오지 않는다. 그들이 밖으로 나가려면 해외에서 초청장을 받는 길이 가장 빠른 길이다. 그러나 그녀 아버지는 우직하고 고지식하게 살아왔으므로 비록 남한 출신이긴 하지만 한 번도 친척을 찾아본 일도 없고 찾으려고 하지도 않았다. 대륙 개방이란 생각도 못했고, 아버지 당신으로선 그나마 헛된 꿈이려니 하고 가슴속의 대문을 잠근 것이 아닌가 생각된다. 그러나 어머니는 제지공장에 가기 전에 한때 초등중학교 선생이었으므로 사람은 모름지기 먼곳을 볼 줄 아는 시선도 지녀야 한다고 가르쳤다. 그럴 때는 홍양화는 꼭 그렇게 살리라고 다짐했다.

그러나 마음속에서만 생각했을 뿐이다. 아무도 그 방법을 가르쳐 주는 사람도 없었고 아는 사람도 없었다. 그녀가 연변으로 통학하기 전까지 그랬다. 그래도 연변에 문화인들이 많이 모여 사는 까닭에 가무단의 고참 가수나, 다른 예술가들(전업작가나, 연출가들)이 한국에 갔다 와서 그들의 입을 통해서 어렴풋이 길이 있을 거란 생각을 했다. 그렇더라도 자기 같은 풋내기가 가무단의 일원으로 해외로 나간다는 것은 꿈도 못 꿀 일이다. 생각다 못해 다른 방법을 택하기로 했는데, 동창생 친구가 접대원으로 직업을 바꾸면 어떻겠냐고 의향을 물어왔다. 자신도 그것이 좋을 거란 생각을 했다. 들리는 말로는 한국인 관광객이 점차 증가 추세이고, 더 확실한 길을 알아내기 위해서는 직접 관광객을 상대해서 그들에게서 정보를 알아내는 것이 보다 확실성이 있으리라 생각되어 연변시의 두만강 호텔 옆 가라오케에 접대원으로 취직을 했다.

두만강 호텔은 북한과 중국의 합작으로 운영하는 호텔이다. 식사 메뉴도 다양해서 돼지고기무침, 오이소박이, 배추김치, 물냉면, 버섯무침, 가지무침 등이 남한 사람들의 입맛을 돋구기엔 충분했다. 가요도 두만강, 뱃사공, 나그네 설움 같은 가요가 흘러 나와서 마치 한국의 어느 시골 여관에 온 것 같은 착각을 주기도 했다. 저녁이 되면 관광객들은 뿔뿔이 마음맞는 사람들끼리 모여서 두만강 가라오케로 찾아 들었다. 그곳은 그녀 친구의 언니가 경영하던 곳으로 저녁이 되면 제법 손님이 붐볐다. 내국인이 한두 테이블이고, 그 외는 전부 한국 관광객이었다. 대개는 마호타이주와 고기류와 야채볶음을 주로 술안주로 시키는 사람이 많았는데, 맥주는 한국 맥주에 비해 맛이 싱겁다며 많이 마시지는 않았다.

홍양화가 한국에 와서 마셔봐도 맛의 차이를 금방 알 수가 있었다. 우선 이곳 맥주는 냉장고에 얼렸던 것이어서 톡 쏘는 맛이 진하고 한여름에도 뱃속이 시원한데, 그곳 맥주는 찝질하고 쓴맛만 났다. 대형영업용 냉장고가 대중석으로 보급이 안된 탓도 있고, 사용되는 물이 나쁘기 때문이기도 했다.

홍양화는 여기서 처음으로 노인회장과 이대관 씨, 성미란 씨를 만났다. 첫인상은 성미란은 성격이 대담하고 미인이었다. 그녀는 술이 취하자 노인들 앞에서도 서슴없이 담배를 피웠다. 말도 반말 비슷이 해서 홍양화는 그녀가 노인회장의 정부가 아닌가 생각했었다.

홍양화는 이대관 씨의 옆자리에 앉아 술시중을 들었다. 그는 처음엔 사회주의 국가에서의 술좌석이라 긴장을 했었는데 차차 술기운이 돌자 홍양화의 긴 치마 밑으로 자주 손이 들어왔었다. 그녀는 얼굴이 달아 올라서 슬쩍슬쩍 치웠는데 주인 언니가 슬그머니 그녀 옆으로 와서 어깨를 툭툭 치며 손에 동그라미를 그려 보이는 바람에 홍양화는 얼굴을 찡그리고 알았다는 듯 고개를 끄덕였었다.

중국 동북부지역에 자리잡은 연변은 산악지대로 식물자원과 약재가 풍부한 곳이었다. 그 가운데 적지 않은 광물질이 천연의 약재로 이용되고 있다. 이를 민가에서 민간요법으로 또는 수집상들이 개발, 수집했는데, 동당귀, 작약, 황련, 독활, 인삼, 녹용, 왕벌젖, 황계, 지혈제돌, 월견초, 홍경총, 사삼, 화마인, 전불초, 송화분, 황정, 망월사, 아편 등등 이루 헤아릴 수 없이 많다. 모두가 조약으로 전래되어서 질병의 치료에 이용되었다. 이처럼 오랜 세월과 반복적인 임상은 부수적으로 아편의 제조기술도 상당한 수준에 오르게 했고 어느 가정에서나 조약에 필요한 양만큼은 구비하고 있었다.

도문의 그녀 집에도 꽤 있었다. 그녀의 아버지는 마음만 먹으면 집체지도를 하면서 쉽게 구할 수 있었을 것이다. 그러나 그녀의 아버지는 한 번도 그런 것에는 눈독을 들이지 않았다. 아버지에 비하면 할머니는 훨씬 현실적이었다. 언제나 현실과 타협해 가며 살았다. 지금도 할머니는 혼자 되신 지가 오래 되시고 나이가 칠십 세가 넘었어도 개장집(개고기집)을 하고 계신다.

손님들은 북쪽에서 친척방문차 온 사람들과 영세상인, 도문시 거주 조선족 관리들이 주고객이었다. 이따금 남한 사람들도 눈에 띄긴 하나 도문교에서 걸어서 시내 쪽으로 십오 분 정도 들어와 있으므로 관광객은 별반 없었다. 그래도 할머니는 장사솜씨는 수완이 좋아 국가에 임대료로 월 사백 원을 내고도 한 달에 그만큼은 번다고 웃으시곤 했다. 그 할머니라면 얼마든지 생아편을 구할 수 있다. 술꾼들이 물물교환도 가끔 그 가게에서 했고 북한 쪽 여행자들이 한약재를 들고 와서 중국 물품과 교환해 가기도 했다. 그 중에는 아편도 몰래 가지고 와서 거래했다.

홍양화의 이런 이유로 해서 비상용 한약재는 항상 준비돼 있는 편이지만 그녀는 솔직히 말해 남한에서처럼 의약품 관리법에 엄하게 규제받고 있는 약물인 줄은 알지 못했다. 단지 주정부에서 그것을 대량으로 취급하면 문책을 받는다고 아버지가 어머니에게 하던 말을 엿들은 기억은 있었다. 그러나 국가적으로 금지된 약품이라도 좋다. 지금도 중국에서는 의약품이 쉽게 구해지는 물품은 아니다. 자치주로 보면 연변 공업 경제의 의약공업은 중요한 구성 부분이었다. 홍양화가 배운 교과서에는 연변지구에는 1880년에 약방이 생겨났다. 주로 가공된 한약재를 파는 가게였다. 그 후 1930년대 들어와서 전태한약방에서 알약, 분말약, 고약, 선단을 제조했고, 병원의 조제실에서는 가루약, 정제, 팅크제를 만들기 시작했다.

새 중국이 창조된 후는 연길시 제약공장이 생겼다. 그러나 초기에는 초약제제 형태를 벗어나지 못했다. 이처럼 늦게 제약산업이 발달됐으므로 웬만한 질병들— 진통, 진경, 설사, 두통—에는 아편을 사용하는 이유가 되기도 했고 원인도 됐다. 잘 알려진 대로 마지막 황제 부의를 앞장 세우고 만주국 정부를 수립한 일본 관동군은 정부내 재무성 산하에 아편전담 기관을 설립했다. 그리고 다음과 같이 시달했다.

'만주국은 아편 사용금지를 전제로 아편의 국가 관리를 시행한다.'

그 이전에 1842년 영국과의 아편전쟁 때 패배한 일이 있는 중국의 청나라는 당연히 아편금지법을 제정했다. 그러나 그것은 말뿐이었다. 실제로는 아무런 힘도 발휘하지 못했다. 더군다나 만주는 기후풍토가 아편재배에 적합해서 만주 서남부에는 오백만 호 이상의 양귀비 재배 농가가 있었다. 그 후에 들어선 민간정부인 국민당 아래서는 양귀비가 각지의 군벌의 손에 관리되고 재배되었다. 이런 연고로 하여 일본 관동군이 만주국 정부의 이름으로 아편 정책이 수립됐다.

아편을 나쁜 것이라고 홍보했다. 중독자가 되어 폐인이 됐을 때는 수용소를 만들어 준다. 그러나 아편을 생산, 판매하는 일은 중지시키지 않았다. 다만 아편 모두를 국가 관리의 전매체로 하여 정부가 이를 관리하고 판매했다. 수집, 생산도 정부가 관리, 감독하기 때문에 자유롭게 생산, 판매하는 일은 허용하지 않았다. 이 바람에 만주국의 모든 아편상들은 모두 어딘가로 잠적해 버렸다. 곤란해진 것은 만주정부와 일본 관동군이었다. 국가 관리로 통제한다니까 아편이 모두 없어진 것이다. 시장에서조차 아편을 구경할 수 없게 되었다.

그 다음에 나온 정책이 페루시아로부터 아편의 대량 수입이었다. 그 이익금으로 관동군은 만주국의 창설비용을 충당했다. 놀라운 일이었다. 전쟁수행을 아편이 달성해 주었으니까. 그러면 그 아편을 누가 다 소모했는가? 말할 것도 없이 내국인인 중국인일 것이다. 전쟁중 치료제가 고갈되어 치료 약물로 사용했을 수도 있고 상심된 민간인과 전의를 잃은 군인이 복용했을 수도 있는 것이다. 역사적인 또 다른 증거도 있다.

18세기 영국은 동인도회사를 설립하고 인도 국내에서는 아편매매를 엄금했다. 아편의 부가가치를 높이기 위한 전략인 것이다. 영국은 이미 중국 전 인구의 약 10% 가량이 아편을 흡연하고 있으리라고 그들의 정보기관은 추측하고 있었다. 또 그것은 정확한 수치였다. 그때까지 동인도회사는 중국으로부터 영국인이 좋아하는 녹차를 수입해 갔는데 그 결제방법이 은으로 결제되었다.

그러나 녹차 수요가 영국에서 증가함에 따라 결제방법인 은의 보유고가 감소되자 인도산 아편으로 대신 결제하기로 했다. 이미 아편의 매매, 재배, 흡연을 금지하고 있던 청나라로서는 말도 안되는 일이었다. 청나라 정부는 서둘러 특별법령을 발표하여 마약사범에게는 최고 사형까지 언도한다는 마약법령을 내렸다. 곧 이어 동인도회사 소유 아편을 불태워 버렸다. 그 사건이 발단이 되어 아편전쟁이 일어났다. 세계사에 나와 있듯이 청나라는 영국에 패했다.

그 후 중국에 아편이 얼마나 많이 넘치고 쉽게 구하게 됐는지는 상상하고 남음이 있다. 재배도 쉽고 투약하기도 쉬웠으므로 아편을 보유하고 있다는 것은 아무 의미도 없는 것이다. 그녀가 자란 도문 뿐 아니라 동북부지방 일대가 모두 그랬다.

십층 두만강 호텔의 창가에서 홍양화는 호텔 뒷편의 성냥갑 같은 아파트를 내려다보고 있었다. 아파트 옆으로는 아카시아 나무가 숲을 이루고 있었다. 칠월의 후텁지근한 뜨거운 열기가 창문을 통해 기어들어 왔다. 그래도 그녀는 정신없이 창 밖을 바라보고 있었다. 젊은이들이 웃옷을 벗어 버리고 구리빛 가슴을 드러낸 채 느릿느릿 길을 걷는 게 보였다.

수십 대의 자전거가 신호등 대기선상에서 기다렸다가 파도와 같이 밀려갔다. 평상시도 늘 보아오던 풍경인데, 마음이 들떠 있는 증거일까. 오늘은 이상스럽게만 느껴졌다.

어젯밤에 그녀는 생전 처음으로 일류 호텔에서 샤워를 하고 잠을 잤다. 그것도 처음 보는 아버지와 같은 연배의 남자와 함께 였다. 그 남자는 많이 취해 있었다. 중국인 남자들이 독주를 마셔도 주량이 센데 이 남자만큼 마시면 그들도 취기가 오른다고 했을 것이다. 그렇게 많이 마셔대고도 그 남자는 똑바로 걸으려고 무진장 애를 썼다. 그래도 그녀는 주위의 눈총이 따가워서 그를 부축할 수가 없었다.

가라오케 술집에서 동행할 때 그녀는 많이 망설였다. 성미란이 그녀 옆으로 와서 의미있게 웃었다.

"걱정 안해도 될 거예요. 이대관 씨는 성불구라고 들었어요. 곽회장이 언젠가 한국에 있을 때 혼숙을 하자고 하길래 미쳤냐고 했더니 괜찮다고 그래요. 성불구자라는 거지요."

"그래서 셋이 혼숙했단 말예요?"

그녀의 말이 사무적으로 들렸는지 오히려 성미란이 입을 크게 벌렸다.

"놀라지도 않는군요."

"놀라긴요. 여기도 사람 사는 곳인 걸요."

그녀는 대수롭지 않다는 투로 말했다. 사실이 그랬다. 한때 보수적이던 중국에도 성 개방은 예외가 아니다. 사람 사는 곳엔 남녀가 같이 살게 마련이고, 남녀가 섞여 있으면 어차피 발생하는 게 성 문제다. 중국이라고 어찌 예외가 되겠는가.

젊은이들의 혼전관계가 홍수처럼 늘고 있다. 요즘은 고등학생도 이성과 즐겼다. 자본주의 국가 사람들이 들으면 정말 그럴까 하고 의문을 가질 테지만 사실이다. 국가사회문제연구소에서도 이 문제는 묵시적으로 조사한 일이 있었다. 응답자의 거의 대다수 인원이 혼전 성관계를 무방하다고 대답했다고 한다. 이처럼 성의 개방이 증가하자 더불어 임질, 매독 발생률이 높아져 1985년 이후에는 성병이 세 배나 증가했다. 점차적으로 지식인들의 이혼률이 높아가고 결혼 자체를 부정하는 젊은이가 늘고 있다. 그저 단순하게 즐기자는 데 목적이 있는 것이다.

어느 여행자에게서 들은 얘기는 이 점을 잘 시사하고 있다.

주은래 수상이 자전거 타기를 권장한 이후로 그렇게 되지 않았나 하는 견해가 많다는 것이다. 자전거는 성기와 그 부위에 수축력과 근이완을 잘 발달시켜 준다는 것이다. 그래서 중국인들은 오래 할 것이라고 그는 웃었다. 생각해 보면 타당성이 전혀 무관하지만도 않은 것 같았다.

　홍양화도 단 한 번 성 경험을 가지고 있었다. 그 경험은 전혀 예기치 않았던 곳에서 일어났다. 도문강변에서 였다. 그날 친구와 그녀는 도문교 입구에서 방죽을 타고 메뚜기를 잡느라고 정신없이 위로 올라갔다. 강바람이 기분 좋게 불어왔고 물이 빠져나간 하천엔 잡초가 그녀 키만큼 자라 있었다. 사람이 다니지 않는 초지라 메뚜기가 엄청나게 많았다.

　중학교 동창인 친구는 벌써 빈 맥주병에 한 병 가득히 잡고 또 한 병째 잡고 있는 중이었다. 그녀는 겨우 한 병을 마저 채울 때였다. 맥주병 입구를 종이로 틀어막고 있을 때 난데없이 인민복 차림의 사내가 갈대숲 속에서 나타나 입을 틀어막고 그녀의 얼굴을 사정없이 때리는 것이었다.

　그녀는 한 마디 비명도 지르지 못하고 수없이 매를 맞고 그 사내가 시키는 대로 갈대 숲속에 길게 누워 버렸다. 땅바닥엔 언제 사내가 윗옷을 벗어 깔았는지 어깨와 허리가 배기지 않았다. 사내의 중압감은 금방 왔다가 없어졌다. 사내가 일어났을 때 그녀는 눈을 똑바로 뜨고 그 사내의 얼굴을 쳐다보았다. 십십 세쯤 된 사내였다. 눈이 크고 얼굴의 윤곽이 뚜렷하고 코가 큰 사내였다.

　"어디 사는 누구인지 말해 줘요."

　그녀는 애원하다시피 물었다. 그가 곧 가버릴 거라고 생각되었다. 그녀가 중국말로 물었는데 그는 조선말로 대답했다. 그녀는 깜짝 놀라서 그가 입고 있던 중국인 인민복장을 찬찬히 훑어 보았다. 복장은 중국인인데 가슴에는 김일성 배지가 달려 있었다. 그녀가 그 배지를 쳐다보는 걸 의식했는지 그는 씩 웃으면서 말했다.

"도강을 했다가 필요한 물건을 사가지고 돌아가는 중이오."

"밀수를 하는 사람이군요."

그녀는 한국말로 물었다. 그는 눈을 크게 뜨고 놀라워했다.

"조선족이군요. 몰랐어요. 그런 줄 알았으면 참았을 텐데."

그는 후회하는 표정이었다.

"저쪽에서 변방을 지키는 사회안전원이오. 생활필수품도 떨어지고, 아직 장가를 못 갔지요. 그래서 그만……."

천연스럽게 그가 말했다. 그녀는 그의 입술을 막았다. 무엇을 어쩌자는 생각도 안 떠올랐다. 오히려 순진한 그의 말투가 맘에 새겨졌다.

"양화야, 그만 가자."

친구의 목소리가 저만치 앞쪽 갈대숲에서 들려왔다.

"이름이 양화군요, 예쁜 이름이에요."

"네, 홍양화 거기는요?"

"나는……."

사내가 말하려다 말고 앞쪽으로 시선을 주었다. 갈대 스치는 소리가 점점 가까이 들려왔다.

"다음달 이맘때 여기서 만나요."

사내가 다급하게 말하고 갈대숲으로 이내 사라졌다. 그녀는 멍하니 사내가 사라진 곳을 바라보다가 발소리가 가까이 들려와서 아무 일도 없었다는 듯이 치마의 흙을 털었다. 발소리가 멈추더니 친구가 다가왔다.

"많이 잡았니?"

"별로."

그녀는 힘없이 말했다.

"왜 그래? 어디 이퍼."

"조금 머리가 아퍼."

"그랬구나. 나는 그것도 모르고 미안하다, 양화야."

친구가 걱정스런 눈빛으로 그녀의 손을 잡았다. 홍양화는 눈물이 쏟아지는 것을 억지로 참았다.

'친구를 속이다니, 우린 모든 것을 서로 터놓고 여태껏 살아왔는데…….'

그래도 차마 좀 전의 사건들을 얘기할 수가 없었고 속으로만 되씹었다. 들판의 어둠은 빨리 왔고 날이 어느새 어두워졌다. 배가 고프다고 친구는 말했지만 그녀는 배가 고픈지 어쩐지 분간할 수가 없었다. 친구는 계속 재촉하더니 앞서 걸었다. 그녀는 따라 가는 척하면서 뒤를 돌아보았다. 행여나 하면서 또 뒤를 돌아보았다. 그때였다. 사내가 건너편 방죽 위에서 손을 흔들고 있었다. 그러더니 곧 사라졌다. 그녀는 눈물이 나서 팔소매로 눈물을 훔쳤다. 그게 그 사내와 처음이자 마지막이었다.

그녀는 다음달은 물론 그 다음달에도 또 그 다음달에도 기다렸지만 그는 다시는 그 자리에 나타나지 않았다.

그렇다고 성 개방이 중국에 극도로 문란해진 것은 아니다. 그 점을 인지해서 외국인이 많이 드나드는 호텔엔 사복 공안원이 현관과 휴게실에 배치되어 수시로 감시하고 있다. 내국인끼리는 별로 큰 문제 없이 해결될 수도 있으나 외국인과 은밀한 관계를 호텔에서 갖다 들키면 국외로 추방당하고 여자는 끌려가 처벌을 받는다. 여권에 '호색한'이라는 중국어의 붉은 도장도 찍힌다. 공원 같은 데서 젊은이들이 애인을 끼고 즐기는 것은 무방하나 외국인과 내국인의 관계는 절대 금지사항으로 돼 있다. 이런 일들은 한국에서 중국으로 떠나는 여행객들에게 여권을 발급할 때 받은 반공교육 중에 주지되는 사실이라고 그녀도 들었다. 성미란도 그날 밤에 그런 얘기를 하며, 자기네들도 조심하고 있다며 그녀 마음을 은근히 부추겼다.

홍양화는 호텔로 따라 나서기 전에 팁이라고 해서 삼백 달러를 받았다. 호텔에 가는 건 이 돈과 상관없이 자의로 결정하라고 하며 성미란이 주었다. 삼백 달러는 중국에선 큰돈이다. 물론 미끼이기도 했다. 그 많은 돈을 받고 그녀는 거절하기가 힘들었다. 또한 그녀 종래의 목적이 다른 데 있었기 때문에 그녀도 따라 나서기로 작정했다. 어차피 모험은 있어야 할 것이다.

그녀는 그 돈을 언니에게 맡겨놓고 서로 안면이 없는 것처럼 하고 엘리베이터를 타고 올라갔다. 혹시 있을지도 모를 공안원의 감시를 피하기 위해서였다. 방이 있는 복도엔 아무도 없었다. 일행은 투숙한 방 둘 중에 한 방으로 들어갔다. 방에서는 냉장고 안에 비치돼 있는 양주를 마셨다. 그때부터 한 시간은 족히 마신 것 같았다. 취기가 올랐는지 성미란과 곽 회장이 그들의 방으로 돌아갔다.

그들 둘만 남았다.

"이런 일 자주 있어?"

어느새 그는 반말을 했다. 그녀의 자존심을 상하게 했지만 나이가 든 사람이라 이해했다.

"아니요. 처음이에요."

그녀는 담백하게 대답했다. 도문강변에서 한 번의 경험은 있었으나 그러나 그 일은 불가항력적인 일이었고, 아무도 알지 못하는 일이었다. 그걸 구태여 발설할 필요도 없고 장성한 처녀가 되기까지 한 번쯤 나쁜 일이 없는 여자가 어디 있을까 싶기도 했다.

"정말 처음이야?"

이대관은 의심스럽다는 듯 다시 확인을 했다.

"네."

그가 밉살스럽긴 했지만 똑같은 대답을 했다. 그 말이 떨어지자 이대관은 갑자기 옷을 훌훌 벗어 던지기 시작했다. 팬티만 걸치고 그가 욕실로 들어갔다.

한참 동안 샤워기에서 물 뿜어대는 소리가 들려왔다. 이윽고 물소리가 그치고 욕실로 들어오라는 그의 목소리가 들려왔다.

그녀는 망설이지 않을 수가 없었다. 남자가 고자라도 그렇고 불의의 사고로 성기가 어떻게 됐더라도 그렇다. 여태껏 그녀는 한 번도 불빛에서 서로의 몸을 감상해 보거나 만져본 일이 없었다. 욕실 문이 반쯤 열리면서 남자의 목소리가 또 재촉을 했다. 할 수 없이 그녀는 옷을 벗기 시작했다. 술기운도 작용한데다 이판사판 생각하면 그까짓것 이 사람은 가고 나면 그만인데 하는 배짱이 슬며시 고개를 쳐들었다.

이대관은 한동안 넋나간 사람처럼 그녀를 쳐다보더니 그녀를 갑자기 끌어 안았다. 한동안 시간이 지체한 것 같다. 이번에는 돌려 앉히더니 젖꼭지를 마사지하기 시작했다. 짜릿한 쾌감까지 오며 온몸이 달아오르기 시작했다. 젖꼭지는 그녀가 생각해도 놀랄 정도로 성감에 민감했다.

그녀는 몸이 점점 달아올라서 이대관의 가슴에 얼굴을 묻고 거친 숨소리를 토해내면서 그의 입술을 사정없이 빨았다. 그의 몸도 뜨겁게 달아올랐다. 그녀는 그것을 의식하며 사내의 남근에 손을 갖다 댔다.

순간 그녀는 흠칫 놀랐다. 그도 놀란 듯했으나 내색은 안했다. 성미란의 말은 사실이었다. 막상 남근이 없으니까 그게 있었더라면 하는 아쉬움 같은 게 왔다.

"미안해."

사내가 힘이 쭉 빠진 목소리로 말했다.

"전쟁중에 그랬지. 국군에 잔류부대로 개성에 남아 있다가 중공군이 밀려올 때 전투중에 파편을 맞은 거야. 완전 절단은 아니래도 성생활은 못해. 그래도 젊고 예쁜 여자를 보면 자주 탐하게 돼. 어떻게 해주지도 못하면서 말이지."

그의 말이 웬지 측은했다. 그는 자신의 남근이 없는 것에 죄책감을 느꼈는지 그녀의 몸 구석구석 성감대가 되는 곳이면 어디든지 애무를 했다. 그게 그가 할 수 있는 최선이라고 생각된 모양이었다. 날이 샐 때까지 계속 그랬다. 침대 속에서도 그녀는 밤새껏 그의 가슴에 얼굴을 묻고 비몽사몽 해매다가 잠깐 잠이 들었다. 눈을 떴을 땐 여행객들의 말소리와 슬리퍼 끄는 소리가 문 밖에서 들려왔다. 모두 남한 사람들 말소리뿐이었다. 그녀는 정신이 번쩍 들었다. 투수객들이 아침을 먹으러 식당으로 내려가기 전에 호텔을 빠져나가고 싶었다.

욕실에 들어가 샤워를 하고 타올로 몸의 구석구석 물기를 훔쳤다. 그녀는 욕실을 나와서 팬티를 입고 브래지어를 할 때 그에게 등을 돌리고 브래지어 핀을 꽂아 달라고 했다. 그는 핀을 꽂고 가슴을 두 손으로 우악스럽게 움켜쥐었다.

"아퍼요."

"미안, 미안."

그가 순순히 떨어지더니 자기의 자신 윗도리를 옷장에서 꺼내 안주머니에서 백 딜러짜리 열 장을 홍양화에게 주었다.

"왜 이러세요?"

홍양화가 놀라서 물었다.

"그냥 주고 싶어서 그래."

"그냥이라니요?"

"그냥이라니까. 그래도 거북스러우면 한 가지 부탁을 하지. 그 돈과는 상관없이 들어주면 대가는 다시 지불할게."

"그게 뭔데요?"

"들어줄 수 있어?"

"얘기를 들어 봐서요."

그녀는 긴장을 하고 물었다.

"혹시 생아편을 구할 수 없을까?"

"아편이라뇨?"

순간 그가 문 밖의 동정을 살폈다. 몹시 긴장하는 눈치였다.

"글쎄요. 약간이라면 몰라도……."

"약간이라도 괜찮아. 구할 수 있는 데까지 구해 줘, 여기선 아편을 쉽게 구할 수 있다고 해서 왔어."

"아주 흔하진 않지만 집집마다 비상약으로 조금씩은 있지요. 그런데 그걸 왜 구하려고 하세요? 한국에도 있을 텐데요."

"한국에도 있긴 있지. 구하기가 힘들고 값이 비싸니까 탈이지. 한약에 원료로 쓰려고 하는데, 양이 좀 많이 필요해서 그래."

"그럼 한의사세요?"

"이를테면······."

이대관은 더 이상 확실하게 말하지 않았다. 아마도 상대방이 알아들었으면 됐으리라고 생각했던 것 같았다. 만난 지 얼마나 됐다고 자신을 더 확실하게 드러낼 수는 없을 것이다. 남자에겐 직업이 그 사람 전부를 드러내는 것이 아닌가. 자본주의 사회에선 그렇다고 그녀는 듣고 배웠다.

한의사라! '사'자 들어가는 직업이면 그쪽 사회에선 상당한 지식계급이고, 사회에서도 선별도가 높은 고급 직종에 속한다고 들었다.

그런 사람을 알게 됐다니 자신은 운이 좋았다. 그는 더군다나 성불구자가 아닌가. 어디에서든 아무데서나 뒹굴어도 부담없는 사내가 아닌가. 자신의 몸에 아기가 생길 리도 없고 성병 에이즈를 걱정 안 해도 된다. 좋은 기회가 온 것이다. 그녀가 원하는 꿈이 이루어지는 것이다. 이 사람에게 잘 보여서 초청장을 보내 달라고 요청만 하면 보내 줄 수도 있을 것이다. 여비는 이미 마련이 됐고 문제는 초청장이다. 그것만 손에 쥐면 된다. 기회는 생각보다 빨리 올 것 같았다.

"구하는 데까지 구해 볼게요. 마음만 먹으면 구할 수도 있겠지요. 뭐."

그녀는 반승낙조로 대답해 주었다. 금세 그는 얼굴에 환한 미소를 지었다.

"얼마나 구할 수 있는데?"

"수량은 장담할 순 없어요. 하지만 필요한 양은 어떻게든 마련할 수 있을 거예요."

홍양화는 자신있게 말했다. 그의 환심을 살 필요도 있었고 아편이라면 힘들이지 않아도 구할 수 있을 것 같아서였다.

"그러면 돈이 필요하겠군 그래. 현금이 있어야 무슨 일이든지 하기가 쉬워."

그가 다시 안주머니에서 백 달러짜리 스무 장을 주었다. 이번에는 순순히 받았다. 그의 말대로 돈은 필수적으로 지니고 있어야 한다. 도문시에 가서도 이웃들에게 돈을 손에 쥐어 주어야 물건을 쉽게 손을 넣을 수 있으리란 판단 때문이었다. 또 한편으로는 그녀도 이 기회에 한밑천 잡아서 충분하고, 넉넉한 여행경비를 충당하리라 생각했다.

"그 돈으로 구할 수 있는 양껏 구해 봐. 수고비는 따로 더 생각해 줄 테니까."

"그 대신 한 가지 부탁이 있어요."

"그게 뭔데?"

"저를 한국에 초청해 주셨으면 해요. 얼마나 조국이 변했나 보고 싶어서요."

"그거 듣던 중 반가운 소리군. 아주 쉬운 일이야. 한국에서 양화를 자주 만날 수 있으면 그보다 더 좋은 일이 어딨어. 나로선."

이대관은 흔쾌히 말하고 그녀 어깨를 툭툭 두들겼다.

"빈말 아니죠?"

"빈말이라니. 내가 한국에 돌아가는 대로 곧 실천에 옮길게."

그는 매우 좋아했다. 다시 한번 다짐을 받고 호텔을 빠져 나왔다.

그는 관광지를 몇 군데 더 돌아보고 곧 귀국할 거라고 했다. 그 사이 그녀는 도문으로 가 아편을 수집할 생각이었다. 그까짓 아편

이야 얼마든지 구할 수가 있다. 한창 흔할 땐 야산에서도 자주 눈에
띄었다. 요즘처럼 도문시에 사람이 많이 안 살 땐 그랬다. 양귀비는
도문시 산간지방 외곽에서는 마음만 먹으면 얼마든지 볼 수 있는
꽃이다. 야산에서도 농가의 한적한 밭고랑에서건 산 속 부근이건
적색, 백색, 자색의 아름다운 양귀비꽃을 구경할 수가 있다. 그것은
재배도 간단하고 제조, 채취 방법도 아주 간단했다. 잡초와 같아서
성장력, 생명력도 아주 좋다. 웬만한 질병은 미량으로도 치료 효과
가 뛰어나다. 그래서 지금도 정부의 관리 몰래 재배를 하는 것이다.
도문시에는 아직도 그런 농가가 많다. 그래서 아편을 구하기가 쉬
운 것이다. 그렇게 쉬운 것을 구하는데 이천 달러나 받았다. 그 중
에서 이삼백 달러면 필요한 만큼의 아편을 구하고도 남는다. 그가
공항을 빠져나갈 수 있는 양만큼은 충분히 구할 수 있을것이다.

홍양화가 가라오케 술집에 돌아와서 빠른 시일 내에 한국에 가게
될지도 모른다고 얘기했다. 언니도 뛸 듯이 기뻐했다. 한 수 더 떠
서 자기도 나갈 수 있는 방법을 열어달라고 했다. 한국에 나가서 조
그만 맥주집 같은 걸 아기자기하게 해봤으면 했다. 일이 잘 돼서 나
가게 되면 그렇게 해보겠다고 대답했다. 어젯밤 언니가 팁으로 받
은 백 달러짜리의 위력이 아직껏 가시지 않은 것이다. 나중에야 생
각이 났는지 한국 남자는 어떠냐고 물어왔다.

늙은이인데다 그것이 안 달려서 날샜다고 대답했더니 그녀는 깔
깔대고 웃었다. 언니에게 시장에 들려서 외출복 한 벌사고 며칠간
도문에 가서 준비하고 오겠다고 얘기했다. 언니도 쾌히 허락했다.
그녀는 지나는 소련제 수입 택시인 리라를 세웠다.

해방 전 도문시는 물론이려니와 연변의 소수민족들은 일본 제국

주의와 자본주의의 압박을 장기적으로 받다 보니 인체의 건강 같은 것은 정책을 수립할 이유도 개인을 생각할 틈도 없었다. 늦게야 연변 자치주 안에 전원공사가 생겨 위생업무를 처리했지만 1966~1976년 사이에 벌어진 문화대혁명으로 그나마 말뿐이던 의료 위생업무도 원점으로 돌아갔다. 자치주 안에 위생반역보건기구, 위생과 관계되는 조례와 법규들이 유명무실하게 되었다. 여러 가지 의료기구와 의학표본, 자료, 도표, 계기, 예방퇴치자료, 기술자료 등이 불에 타 잿더미가 되었다. 많은 의료인들이 체포, 구금되었다.

연구 지속되어온 과학기풍이 보수적이고 낙후된 것으로 오도되고 비난을 받았다. 때맞춰 향토병과 기초적 질병들이 발생하기 시작했다. 아울러 마약재배가 성행하고 밀매꾼도 증가했다.

1980년대에 들어와서야 약품관리법이 생기고, 약품 생산부문과 영업부문, 사용부문에 대한 감독이 강화되어 불법 약장수들의 기세가 조금 수그러지고 다량의 마약과 가짜 약들도 압수당했다.

그러나 이때부터 또 다른 질병이 발생하기 시작했다. 성병이 날로 늘어나고, 심장병, 악성종양, 뇌혈관질환, 직업병 등이 증가했다. 이런 질병들은 모두가 극심한 통증을 수반하고 아울러 마약을 필요로 했다. 그러나 자치주에서는 뜬구름 같은 의료공약을 내놓았다.

2000년에 가서는 병원 침대 수를 천 명당 4~5개, 의료인은 천 명당 6.5명, 필요약품의 다량생산, 안전한 음료수 공급, 창녀와 매음의 근절을 정략적 대민중 약속으로 내놓았지만 이 터무니없는 공약을 믿는 사람은 아무도 없었다.

특히 그 공약들 중에 눈길을 끄는 것은 창녀 매음을 엄히 다스려 성병의 만연을 미연에 방지한다는 것이다. 아에 병행되는 마약의 근절도 의미한다. 그러나 성병이란 쾌감이 있는 곳에는 늘 마약이 따라 다녔다. 입에 풀칠을 할 때는 마약은 오로지 고통과 질병에 대한 치료수단으로 사용되지만 입맛에 맞는 것을 가려 먹을 때부터는 마약은 이미 즐거움을 주는 수단으로써 사용되어지는 것이다.

창녀촌이나, 카지노에서 그것이 만연되는 것만 봐도 잘 알 수가 있다. 또 한 예로는 한국의 마약 증가의 예도 있다.

중국보다 앞서 있는 한국이 의식주, 생활면 모든 조건에서 빵 걱정보다는 학생, 가정주부, 직장인 모두가 어떻게 하면 즐거움을 찾을까 하는 목표 추구를 원하는 것을 홍양화는 잘 알고 있다.

몇 해 한국을 들락거리면서 그녀는 절실히 그것을 느꼈다. 신문지상을 봐도 쉽게 표가 났다. 마약류의 밀수입이 해마다 몇 배씩 증가하고 있는 것이다. 한국의 관세청에서도 신문지상에 지적한 바 있다. 어떤 해는 전년대비 같은 기간의 242%나 증가했다고 분석된 것을 본 일이 있다. 관계자들은 덧붙이기를 국내 수요가 늘어나는 탓도 있으나 동남아에서 한국을 경유해 미국으로 수출하려다 적발되는 때문이라고 설명했다. 아무려나, 국가가 성장하면 마약이나 창녀는 파생적으로 발전한다. 가까운 예로 미국이나 일본을 봐도 그렇다. 마약은 이처럼 고통이 있을 때 증가되고 쾌락이 있는 곳에 그 사용자가 늘어났다. 대비시키면 중국도 마찬가지다.

북경이나 상해, 광동 그 외의 다른 큰 도시에 사는 많은 부자들이 마약을 즐긴다면 아직까지도 겨우 빵을 해결하려는 사람들에게는 치료적 조약으로 마약이 필요한 것이다. 물론 자치주에서는 2000년대에 화려한 청사진을 제시하고는 있지만 그것은 꿈일 뿐이고, 현재도 당장 의료인 수가 터무니없이 달리고 의약품이 턱없이 부족하고 시설이 너무 열악한 상태에서 주정부의 예산도 턱없이 부족한 것은 민중이 다 아는 사실인데다 고통을 좋아서 즐길 사람은 아무도 없기 때문이었다.

홍양화가 도문에 도착하자 할머니는 뛸 듯이 기뻐했다. 개장국집에 찾아갔을 때 할머니는 처음에는 멍하니 바라보기만 했다. 한 참만에야 반갑다며 달려들어 껴안는 바람에 손님들이 그 모습을 보고 모두 웃었다.

한족이 한 테이블, 그 외는 조선족 손님들이었다. 그 중 몇 명은 아는 얼굴도 있어서 그녀는 그들에게도 인사를 했다. 할머니가 너무 그녀에게만 정신을 팔고 있어서 그녀는 말했다.

"어서 손님상부터 차리세요. 제가 도와 드릴께요."

"아니다. 저 끝 식탁만 차리면 된다. 오느라고 피곤했을 텐데 어서 들어가 쉬어라. 애야."

한사코 만류하신다. 머리는 더 희어지셨지만 건강은 여전해 보이셔서 기뻤다.

잠시 후 할머니가 방으로 들어오셨다. 그녀는 큰절을 올렸다. 할머니는 그녀가 건강해 보여서 기쁘다며 눈물을 글썽이셨다.

그녀도 얼굴이 자꾸 달아올라 할머니 가슴에 얼굴을 파묻고 한참을 울었다. 할머니는 계속 그녀의 등을 두드려 주고 그동안의 일들이 궁금했으므로 이것저것 물었다. 그때마다 홍양화는 아무 일도 없었다는 표정으로 대답했다.

"그러면 됐다."

할머니는 담담히 말하고 더 이상 아무것도 묻지 않았다. 홍양화 볼만 쓰다듬으며 따뜻한 미소를 보내주었다.

홍양화는 그때서야 할머니에게 줄 선물이 생각났다. 계산기를 가방에서 꺼내 할머니에게 드렸다. 연로하셔서 계산이 우둔했으므로 선물로 계산기를 선택한 것이다. 할머니는 사용방법을 가르쳐 드리자 금방 배우시고 매우 만족해 했다. 그 계산기는 일본제품으로 이대관이 한국에서 가지고 와 홍양화에게 선물로 준 것이다. 아직 이대관을 만나려면 며칠 여유가 있으므로 그 안에 이쪽 볼 일을 다 볼 생각이었다. 아버지 어머니는 아직 직장에 있을 시간이므로 전화로만 알리고 홍양화는 옛 친구인 화련이를 찾아가기로 했다.

그녀는 중등전업학교(전문학교)인 사범학교를 졸업하고 도문시의 한 소학교에서 교원생활을 하는 친구였다. 그날 따라 집에 일찍 돌아온 화련은 학생들이 시험본 시험지를 채점하고 있었다.

홍양화가 방문을 두드렸다.

"아니, 너, 양화 아니니. 양화야, 이게 얼마 만이니?"

어쩔 줄 몰라하는 바람에 홍양화는 까무라칠 지경이었다.

"그래. 건강은 괜찮니? 하는 일은 재미있구?"

화련은 앉아 있는 동안에도 계속 물어왔다. 홍양화는 무슨 말을 먼저 해야 할지 갈피를 못 잡았다. 한참 후에야 진정이 된 듯 화련이 쟈스민차를 내왔다.

그녀의 남편은 직장에서 아직 퇴근 전이었다. 그의 남편은 화련이 처녀 때 몇 번 만난 일이 있는 조선족인 중국 공산당원으로 잘생긴 미남이었다. 체격도 다부졌고 키도 늘씬했다.

화련이 말로는 그가 화련이를 길거리에서 보고 집주소를 몰래 알아낸 후 도문시 당중앙에다 중매를 의뢰했다고 했다. 그들이 처음 만난 동기이다. 그녀의 남편은 지금의 용정시 조양천진에서 태어나

룡정고급중학을 마치고 연변대학에서 화학을 전공한 사람이다. 아버지를 따라 도문시로 이주해 오기 전까진 개산툰 화학섬유 펄프공장에서 제지 기술자로 일했다.

시당 사무실로 전근이 된 지는 몇 해 안 됐다. 성품이 온화하고 편안한 사람이었다. 화련의 말로는 그녀의 남편은 요즘 각 집체의 정신교육을 맡아서 강의하는 바람에 집에는 한밤중에나 온다고 했다. 화련이는 그동안 많이 야위었고 백설처럼 흰 살결도 조금은 햇빛에 타 있었다.

"너 지금 보니까 섹시해졌다. 엉덩이도 펑퍼짐했는데, 오목해졌고."

오랜만에 양화가 놀렸다.

"애가 이제 보니까 아주 유들유들해졌네. 이제야 말하지만 난 네 엉덩이가 얼마나 부러웠다구. 만지면 톡 터질 것 같은 게. 네 엉덩이 보다 내 엉덩일 보면 나는 위축되곤 했지. 내 가련한 엉덩일 가지고 어떻게 시집 가서 애를 날까 하구 말야."

"애가 하는 말이 점점……."

화련이도 천연덕스럽게 변해 있었다. 더 진하고 야한 얘기도 서슴없이 했다. 남편보다 요새는 자기가 더 잠자리를 요구 한다고 얼굴색 하나 안 변하고 말했다. 참 기가 차서 말도 안 나온다. 제가 언제부터 성을 밝혔다고 예찬론이 대단했다. 하기야 중국 여자들이 동물에 비유해서 남자들을 평하는 비유어도 있긴 했다. 남자는 돼지처럼 잘 먹어야 하고, 양처럼 순해야 하고, 소처럼 일을 잘해야 일등 남편감이다. 밤에도 일을 열심히 잘해 줘야 함은 물론이다.

화련의 남편도 밤에는 소처럼 자기가 요구하는 대로 만족하게 잘해 준다고 그녀는 낄낄대고 웃었다. 양화와 화련은 오랜만에 만나서 시시콜콜한 얘기도 무진장 나누었다.

어느새 날이 어두워지고 있었다. 화련이가 저녁이나 함께 하자는 것을 양화는 바쁘다는 핑계로 일어났다. 일어나면서 성미란에게서 얻은 한국제 화장품 두 개를 선물했다. 영양 크림과 로션이었다. 화련이가 좋아하는 것을 보니 그녀도 기뻤다. 또 만나자 하고 그 집을 나왔다. 단짝이었던 어릴 적 친구가 재미있게 살고 있는 것을 보자 부러운 생각도 들고 그녀도 화련이처럼 평범한 여자가 되어 도문에서 그냥 눌러 살까 하는 생각도 들었다. 그러나 그녀의 집을 나오는 순간 어느덧 다른 생각들이 그녀의 머릿속을 꽉 채우고 있었다.

저녁 늦게야 직장에서 돌아온 어머니는 그녀가 변한 모습을 감지하고 그리 탐탁하게 생각하지 않았다. 하지만 아버지는 달랐다. 앞으로 딸의 계획을 듣고 곧 한국에 갈지도 모른다는 말에도 그다지 놀라워하지 않았다. 대신 이런 말씀을 하셨다.

"큰 민족 속에 소수민족으로 끼어 사는 것은 한세상 살아가기엔 굴욕스럽고 인내해야 하는 일들이 너무 많단다. 제발 너는 되도록 큰 바다에 나가서 살아라. 소수민족으로 업신여기지 않는 곳에서 살란 말도 된다. 네가 가무단에서 접대원으로 뜻을 바꾸는 것을 나는 말리지 않았다. 네 마음의 변화를 알고 있었기 때문이었다. 모든 판단은 네 뜻대로 해라. 나는 실용주의자란다. 중국의 경제노선에도 있지 않니. 검은 고양이든 흰 고양이든 고양이만 잡으면 된다는 말 말이다. 이 외엔 네겐 어떤 말도 필요 없으리라 생각된다."

아버지는 더 이상 말씀 않으셨다. 당신은 중국 담배 권련을 피워 물고 창가로 가서 딸에게 시선을 한 번도 안 주신 채 창 밖만 내다 보셨다. 당신의 시야에서 보이는 것은 도문시뿐이라는 것을 확실하게 그녀는 알았다. 그러나 당신의 마음속엔 항상 더 먼 곳을, 많은 사람들이 조선말을 쓰는 그 땅을 할아버지를 따라서 이 땅에 올 때부터 살구해 왔던 것이다. 그녀도 틈틈이 아버지의 시선에서 그것만은 확연히 느끼면서 성상해 왔다.

이튿날 몇 군데 아는 친구들에게서 아편을 조금 구했다. 오후엔 영화관에 가서 '피바다'라는 이북영화 한 편을 봤다. 피바다는 가극으로 만든 것인데 영화로 되어 상영이 됐다. 그 무대는 중국 동북지방 북간도 지방이었다. 일제 말기 일본 제국주의자들을 피해서 북간도로 피해온 동포들의 이야기다.

대충 줄거리를 옮겨 보면 이렇다. 무식하고 우둔한 한 여성이 있었다. 그녀의 남편은 독립운동을 하다 일본군에 의해 죽었다. 혼자 몸으로 딸 하나, 아들 둘을 키운다. 그러는 중에 어느 날 총소리가 요란하게 들리더니 도망자가 뛰어 들어와 숨겨달라고 요청한다. 그녀는 그를 숨겨준다. 뒤따라 일본 순경이 들어와서 도망자를 내놓으라고 윽박지른다. 그녀는 그런 사람이 없었다고 딱 잡아뗀다. 일본 순경은 이번에는 같이 있던 막내아들에게 총부리를 들이대고 숨겨 논 사람을 내놓으라고 요구한다. 막내아들도 벌벌 떨면서도 못 봤다고 했다. 일본 순경은 급기야 화가 머리끝까지 나서 막내아들을 쏘아 죽인다. 그로부터 그 어머니는 혁명운동에 앞장 서게 된다. 어느 날 이장이 편지 한 통을 써주며 일본 경찰에 전해 달라며 그녀에게 부탁을 한다. 그녀는 그 편지를 전하러 가다가 우연하게 어느 혁명가를 만났다. 그녀는 그 혁명가에게 편지를 내보이며 좀 읽어 달라고 한다. 내용인즉, 이 여자가 의심스러우니 이 여자를 고문하시오, 하는 내용이었다. 그 혁명투사는 큰일 날 뻔했다며 당신이 글을 몰라서 이런 변을 당할 뻔했으니 이제라도 늦지 않으니 공부하라고 충고한다. 그녀는 그때부터 공부를 하기 시작한다. 어느덧 그녀는 아는 것이 많아지고 용감한 혁명투사로 변신되어 간다. 대충 이러한 내용의 이야기다.

결국 혁명으로 일어서자 라는 내용이었다. 그녀도 사실은 김일성이 이 작품의 원작자라는 호기심에 관람을 했다. 한편으로는 실은 도문을 떠나게 될지도 모를 아픔도 있기 때문에 영화관을 찾은 것이었다.

한낮의 뜨거운 태양이 어느덧 한풀 꺾였어도 온몸에서 땀방울이 뚝뚝 떨어졌다. 다섯 시에 퇴근한 직장인들이 벌써 자전거를 타고 집으로 향하고 있었다. 온통 자전거 물결이었다. 저 자전거 행렬을 보면서 그녀는 미소를 지었다. 성미란의 질문이 생각나서였다. 중국에 도착할 때부터 누구든 만나면 물어봐야겠다고 생각했었는지 그녀는 홍양화를 처음 만났을 때 자전거 행렬에 대해 질문했다.

"한국에서 텔레비전 뉴스 시간에 보면 중국에는 자전거 행렬이 많아서 궁금했었는데 막상 여기 와서 보니 정말 가관이군요. 왜 사람들이 전부 자전거를 선호하지요?"

"외국인의 눈에는 이상하게 보일지 모르지만 자국인의 눈에는 이상하게 보일 게 하나도 없어요. 우리는 대부분 직장, 통학 거리가 십 리 안팎이니까 그래요. 중국은 땅덩어리가 크니까 선입관이 앞서 어떻게 자전거를 타고 교통수단을 삼을까 의아해 하지만 사실은 특별한 경우를 제외하고는 멀리 갈 일이없어요. 매일같이 통학하는 거리가 고작 길어야 십 리 안쪽이니까요. 물론 특별한 경우는 기차나 버스를 이용하지요. 만약에 부득이한 경우가 발생하여 직장을 옮기게 되면 가는 곳의 아파트를 신청하면 돼요. 국가에서 임대해 주는 것이니까 그 집에 살던 사람이 또 다른 곳으로 나갈 때까지 그 곳 주인이 비울 때를 기다렸다가 배당 받으면 되지요."

"금방 빈집이 생기나요?"

"금방일 때도 있고 오랫동안 기다릴 때도 있어요. 그 대기기간 동안 은 친척집에 얹혀 살기도 하지요. 부모님 집에 얹혀 살기도 하구요."

성미란은 그제야 이해를 했다. 외국인의 눈에는 의당 있어야 할 질문이었다. 주은래 수상도 한때 자전거 타기를 독려한 적이 있었 다. 가라오케 술집에서 저녁에 술을 먹으러 왔던 어떤 일본인 관광 객은 또 다른 의견을 피력했다. 일본 대학에서 외국문물 비교학을 강의하고 있다고 자기 소개를 한 일본인 교수 지론은 그럴 듯했다.

중국의 정책 입안자들 중에는 바람둥이가 많을 거라고 했다. 그 들이 국민보건이란 대의 명제를 앞에 내걸고 대국민 홍보를 하면서 자전거 타기를 자국민들에게 권장한 이면에는 중국 남자들을 즐겁 게 해주기 위한 대륙적인 뜻과 대중의 분출구를 미연에 방지하자는 뜻이 내포돼 있다는 것이었다.

자전거를 오래 타면 남자나 여자나 자궁과 남근 부위가 잘 발달 돼서 부부관계를 오래 갖느라고 딴 생각할 여유가 없다는 것이었 다. 얼마나 대국민다운 발상이냐고 노교수는 낄낄거리고 웃었다.

공산주의 국가 운영에도 나와 있는 정답이라고 그는 말했다.

공산주의 국가에서는 민중의 분출구를 봉쇄하는 데 스리S를 사 용하는 것이 오래된 정답이다. 이른바 스크린(영화), 스포츠(운동), 섹스(성)의 머릿자를 딴 첫글자들인데, 그들은 그 중에 섹스를 선 택했다는 것이다.

우리도 같이 따라 웃긴 했지만 사실은 긴장했었다. 개방 중이라고는 하나 당을 모독하는 언행은 있을 수 없는 일이다. 당장 어디선가 안전원이 뛰쳐나올 것만 같았다.

횡단보도를 건너 오층짜리 아파트들이 즐비한 곳을 지나 뒷길로 갔다. 노점상이 들어선 골목이다. 야채, 과일 등 텃밭에서 기른 농산물을 리어카를 개조해 만든 삼륜차나 광주리에 넣고 농민들이 쭈그리고 앉아 팔고 있는 골목을 기웃거리며 걸었다. 수박을 파는 노점상 앞에서 발을 멈추었다. 할머니는 수박을 참 좋아하셨다. 그녀의 집은 그때쯤은 생활도 펴고 아버지도 고급 당간부이므로 냉장고가 있었다. 새 것도 아니고 중고였는데, 잘 아는 일본인 실업가가 일본으로 돌아가면서 헐값으로 주었는데 그런대로 쓸 만해서 자주 수박을 냉장고에 넣고 먹었다. 할머니는 일하시고 돌아오셔서 그걸 꺼내 드실 때가 가장 행복하다고 했다. 그래도 할아버지가 살아 계실 적이 더 행복했을 것이다.

그러나 그 행복은 순식간에 지나가 버렸다. 할아버지는 영원히 다시 못 올 다른 세상, 저 높은 곳을 향하여 떠나셨다. 그때부터 그녀가 생각하는 진정한 행복은 사라진 것이었다. 그녀를 바라볼 때는 그 점이 측은하게 느껴지지만 그 점은 어쩌면 할머니 한 개인이 국한되는 것이 아니라 조선족 교포들이 늘그막하게 겪는 전체 노년의 슬픔이라고 그녀는 생각했다.

집에서 보내는 시간은 빨리도 지나갔다. 며칠이 지난 후 그녀는 할머니, 부모님의 전송을 받았다. 식구들이 버스 정거장까지 오시겠다는 것을 친구가 거기서 기다린다며 억지로 돌려보냈다.

서로 눈물을 보이는 것도 버스 타는 자신의 뒷모습도 보이기가 싫어서였다. 화련이가 먼저 홍양화를 발견하고 뛰어왔다. 그녀를 전송해 주고 학교로 출근할 거라고 했다. 눈물이 글썽해서 그녀가 말했다.

좋은 일, 나쁜 일 서로 상의하며 살아온 옛 친구다. 이제 서로 다른 길을 갈지 모르지만 우정만은 변치 말자고 다짐을 몇 번씩 했다. 눈물을 서로 닦아주며 이별을 슬퍼했다.

연길행 버스는 잠시 후에 왔다. 연길에 가서 곧 편지하라고 친구는 말했다. 그녀는 고개를 끄덕이며 눈물을 닦았다. 중국인 버스 운전사는 곧 시동을 걸었다. 버스의 몸체가 꿈틀거리더니 움직이기 시작했다.

이윽고 버스는 출발했고 화련이는 시야에서 완전히 홍양화가 보이지 않을 때까지 손을 흔들었다. 그제야 비로소 홍양화는 앉아 있는 의자 밑의 가방을 확인해 보았다.

두만강의 지류인 두류화툰강을 지났다. 넓지 않은 강둑 밑으로 누런 황톳빛 강물이 천천히 흐르고 있었다. 한때는 매일 지나다시피 하던 강이었다.

강가의 수양버들은 예나 다름없이 실바람에도 흔들거리고 몇 마리 소들이 강둑에서 한가롭게 풀을 뜯고 있었다. 소몰이꾼이 낚싯대를 드리우고 담배를 피면서 지나는 버스를 바라보고 있었다.

이제 한 시간 후면 연길에 도착할 것이다. 그녀는 눈을 감고 억지로 잠을 청했다. 머리를 의자 뒤로 깊숙이 묻고 눈을 감았다. 많은 생각들이 지나갔다. 앞으로 어떤 일들이 생겨 날지도 모를 일이었다. 그녀는 무슨 생각이든 불필요한 생각은 말아야 한다고 다짐을 했다. 그러다가 깜박 잠이 들었다. 누가 흔들어 깨우는 바람에 눈을 떴다. 버스는 계속 달리고 있었다. 정복의 안전원이 그녀를 내려다보고 중국말로 물었다.

"어디까지 가십니까?"

"연길까지요."

그녀도 중국말로 대답했다.

"무엇하러 갑니까?"

"집은 도문인데, 직장이 연길이라 집에 볼 일이 있어 잠시 다니러 왔다가 가는 길입니다."

"짐을 잠깐 보십시다."

안전원이 위압적으로 말했다.

그의 말이 끝나는 순간 가슴이 떨리기 시작했다. 그녀는 심호흡을 몇 번 했다.

가방을 열고 안전원이 가방 안의 내용물을 보자고 요구했다. 그녀는 작업복과 속내의를 끄집어냈다. 이젠 정말 큰일이었다. 그렇다고 그의 요구를 안 들을 수도 없었다. 그녀가 머뭇거리자 그가 다시 재촉했다. 더 꾸물거렸다간 의심을 받아 더 난처해 질 게 분명했다. 그녀는 심호흡을 하고 가슴을 안정시키려 애쓰며, 운명에 맡기기로 했다. 달리 방법이 없었다. 스타킹을 몇 켤레 끄집어 내자 그 바닥에 브래지어가 보이고, 그 옆으로 아무렇게나 쑤셔넣은 팬티가 보였다. 그 중 한 개가 피가 묻어 있었다. 순간 그녀도 모르게 얼굴이 화끈 달아 올랐다. 안전원도 얼굴색이 벌개지더니 바삐 앞줄로 가서 하던 일을 계속했다.

홍양화는 안도의 숨을 길게 내쉬었다. 할머니는 어쩌면 팬티에 생리하는 표시를 해놓는 지혜까지 동원하셨을까. 그 노인네 지혜는 정말 놀랍다. 그녀는 자신도 모르게 감탄을 했다. 이 위대하고 거만한 대지에서 살아 남기 위한 지혜, 그 보이지 않는 해안 때문에 소수민족이면서도 저 한족들 속에 끼어서도 당당하게 이만큼이나 후손들을 성장시켰을 것이다.

아버지도 그만하면 훌륭하게 교육을 시키고 성장시킨 것이다. 한족들까지도 아버지를 얕잡아 보는 사람은 도문시엔 없을 테니까 말이다. 겨울이 되면 영하 삼십 도까지 내려가는 중국의 동북부지방의 변방에서 살아남기 위한 투쟁의 고통은 그녀만큼은 아무도 모를 것이다.

먹을 것이 없어서 초근목피로 연명하면서도 자식들의 교육만큼은 끝까지 시켜서 이만큼 성장시켜 준 할머니에게 그녀는 무한한 감사를 드렸다.

가라오케 술집에 도착하자 언니는 속내의 차림으로 뛰쳐나왔다. 아직 한낮인데도 퍼질러 잔 모양이다.

"웬일이야? 언니, 어제 술 많이 들었어?"

방으로 들어와서 홍양화가 물었다.

"엊저녁엔 남한 사람들이 왔었어. 사람 손이 모자라서 다른 가라오케에서 접대원을 두 사람이나 빌려왔었지. 남한에서 부동산 투기를 해서 돈을 많이 벌었대나, 거기선 내로라하는 대기업 사람들인가 봐. 어찌나 돈자랑들을 하는지. 글쎄 다섯 명이 왔는데 나까지 접대원이 세 명이나 되는데도 짝을 채우려면 접대원이 두 명이 더 필요하다는 거야. 그러면서 무슨 생떼를 그렇게 써, 돈은 얼마든지 준대나, 못들은 척했지. 나중에 그 사람은 제풀에 지쳤는지 술만 마시더라. 가관인 것은 내 옆에 앉은 사람은 또 왜 그러니. 사람은 멀쩡하게 잘 생겼는데 잠시도 손을 가만히 있질 않는 거야. 참다 못해 화를 냈더니 백 달러를 주는 거야. 못 이기는 체하고 받자, 그 돈을 받으니까 만만한지 또 만지는 거야. 또 화를 냈지."

"그러니까 또 달러를 줘?"

홍양화가 깔깔거리며 물었다.

"너는 뭐가 그렇게 우습니? 남은 속상해 죽겠는데."

"언니가 말하는 게 더 우습잖아. 거길 만질 때마다 화를 내니까 달러를 줬다는 게 말야."

"내가 지금 그랬니?"

언니의 능청에 홍양화는 다시 웃음을 터뜨리고 말았다. 언니도 말해 놓고 자신도 우습던지 한참을 킥킥거리고 웃었다. 홍양화가 재미가 나든지 다시 물었다.

"그 사람이 호텔에 같이 가자는 소리는 안 했어?"

"왜 안 했겠니."

"같이 나가면 이백 달러를 주겠다는 거야. 그래서 그래줬지. 어떤 일본인은 이천 달러준다 그랬는데 안 따라 나왔다고 했지. 그리곤 당신은 조선족이니까 오천 달러정도 주면 따라 나갈 테니까 어떠냐고 했어."

"그랬더니?"

"너무 많이 달랜다나. 자기는 한국엔 돈이 많지만 달러는 많이 못 가지구 나왔대."

"언니두 너무 했다. 그러면 잠자리를 조금만 같이 해준다고 그러지 그랬어."

"미쳤나 봐. 내 얘기가 그렇게 재미있니? 그렇게 재미있어?"

언니가 건성으로 화를 내는 척했다. 홍양화도 더 이상은 그녀가 진짜 화를 낼 것 같아서 농담을 안 했다. 언니가 화제를 돌렸다.

"화련이는 어찌 지내든?"

"잘 있어. 그렇지 않아도 언니 안부 묻던데. 요즘은 통 전화누 안 준대나."

"어쩌다 그렇게 됐어. 전화해야지 하면서도 날마다 잊어버려. 오늘은 꼭 전화해 줘야겠네. 그나저나 우리 오랜만인데 맥주 한 잔씩 할까?"

"시원한 맥주 있어?"

"얼음을 사다가 얼려 논 게 있어."

언니는 맥주를 가져오고 그녀는 마른안주를 가져왔다. 언니가 맥주잔에 가득히 맥주를 따라 주었다. 단숨에 한 잔을 비웠다. 금세 위장이 시원해졌다. 언니에게 한 잔 권하고 부엌으로 나왔다. 몸이 나른하니 목욕이나 하고 한잠 자고 싶었다. 커다란 플라스틱 물통에 수돗물을 가득히 받았다. 그 물로 부엌 안의 하수도 옆에서 벌거벗고 목욕을 했다.

한국의 생활에 비교해보면 원시적이긴 해도 다른 세계 사람들이 목욕하는 모습이나 시설을 본 일이 없으니 그 수준으로도 만족이 되는 것이다. 찬물을 온몸에 끼얹자 살 것 같았다. 자신의 몸 구석구석을 닦으면서 부모님이 정말로 멋진 육체를 자신에게 준 것에 고마워하고, 그녀 스스로 자신의 몸에 감탄을 했다. 어쩌면 젖가슴이 타원형으로 잘 생겼는지 모르겠다.

젖꼭지는 유난히 큰 것이 붉게 타오르는 장미꽃보다도 더 진하고 검붉어서 여름날 블라우스를 입고 시내를 걸을 때면 젊은 남자들은 그녀 가슴에만 시선이 와 닿았다. 그때마다 그녀 뒷모습을 보고 도문의 집 앞까지 따라와서 애를 먹은 적도 있다. 다행히 집에 볼일이 있어서 다니러 왔던 아버지에게 들켜서 호되게 혼이 나고는 도망가 버렸지만 그녀 기분은 솔직히 말하면 썩 좋았다. 이런 말을 자신있게 얘기할 수 있는 것은 자신의 성격이 자유분방함 때문일 것이다.

연변으로 가고부터 자유스러움이 더 진해졌다고 화련이는 말했지만, 목욕을 하고 알몸으로 자고 있었던 모양으로 언니가 담요를 걷어 치고 엉덩이를 때리는 바람에 잠이 깼다.

"너 자는 모습을 보니까 나라도 갖고 싶어진다. 얘. 특히 네 엉덩인 정말 일품으로 섹시해 보여."

"언니!"

그녀가 갑자기 소리를 지르는 바람에 언니가 기겁을 하고 놀랬다.

"그 말이 그렇게 싫었니. 그럼 안 그럴게."

"아니야 사실은 그 반댄데."

"알았다. 알았어. 그만해 두자. 그러니 화장이나 해라."

언니의 말에 순순히 복종했다. 옷을 입고 화장대 앞에 앉았다. 중국제 화장품은 방향성 향미 배합이 조악한 수준이어서 얼굴에 잘 흡수가 안 되었다. 다행히 성미란이가 주고 간 몇 가지 기초 화장품을 언니와 같이 쓰고 있었는데 한국제는 피부에 흡수가 잘 됐다. 언니는 홀의 테이블에 앉아서 한국산 담배를 피워 물고 동그라미를 그리고 있었다.

홍양화는 얼굴에 화장을 끝내고 다리를 길게 뻗어 허벅지에도 로션을 발랐다. 허벅지는 적당하게 살이 붙어서 팬티 스타킹과 하이힐을 신고 거리에 나서면 모든 남자들 시선이 그녀 다리로 쏠린다.

그처럼 그녀 다리는 매력적이었다.

"얘 대충해라. 눈꼴 시어서 더 못 보겠다."

언니는 비위가 뒤틀린 것 같았다. 하긴 시간이 많이 지나긴 했다.

곽 회장 일행이 오기 전에 준비가 다 돼 있어야 한다. 안주도 준비돼 있어야 하고 맥주도 얼음에 적당하게 얼려 있어야 매상도 제법 오를 것이다.

의상도 미니 차림에 속살이 훤히 보이는 원색의 얇은 블라우스를 입었다. 이대관의 마음을 주물러 놓려면 그 모습이 최고다. 미치도록 섹시하게 보이게 하는 것이다. 여자의 최상의 무기를 적절하게 사용하는 것이다.

퇴근 시간이 한두 시간 지나가고 주위가 어둠으로 깔려오기 시작했어도, 오늘은 손님을 몇 테이블 치르지 못했다. 길 건너 보이는 국영 연길안경점, 연길저금소, 음악커피청, 무역상점, 연길미용실 등이 미용실만 문이 열려 있고 전부 문이 닫혔다. 미용실은 자영업이니까 아직껏 열고 있었다. 많이 벌면 그만큼 수입이 많아지니 그 미용실은 밤에도 영업을 했다.

수입금 중 임대료만 정부에 바치면 나머진 얼마를 벌었건 자기몫이었다. 자본주의의 이점을 배워서 신발 수리점, 아이스 캔디점, 단물점 같은 노점상들이 자영업에 속한다. 이들은 늦게까지도 영업을 한다. 생활도 비교적 다른 사람에 비해서 좋다.

홍양화가 일하고 있는 이 가게도 이런 식의 자본주의 상법을 도입한 정부가 임대한 가게이다. 손님은 주로 남한 사람들이나 일본인 관광객이 많이 찾았지만 연길에 사는 소수민족도 종종 찾았다.

원래 중국인인 한족은 어쩌다 소수민족 친구와 같이 어울려 찾을 뿐 대개는 오지 않았다. 술값이 중국인 수준에 비싸기도 했고, 분위기도 몽고족, 조선족, 회족이 주로 이용했고 그 중에서도 조선족인 동포들이 많이 찾았기 때문이다.

몽고족 손님 두 명을 보내고 언니는 홍발백화점 뒷편에 있는 야외 간이시장으로 안줏거리를 장만한다며 나갔다. 그 간이시장엔 밤 늦도록 야채, 과일류, 건어물, 등을 좌판에 벌여 놓고 팔았다. 모두 자영업이라 그렇다.

그녀는 좀 전의 몽고족한테서 맥주 두어 잔 얻어 마신 기분에 한 많은 대동강, 선구자, 행복 같은 흘러간 노래들을 카세트를 틀어 놓고 들었다.

중국 노래는 모두 하나같이 행군가 같고 군가 같아서 듣기 싫었다. 도문에서는 특히 할머니께서 유난히 한국의 가요를 흥얼거리셨다. 그녀도 그 바람에 따라 부르다 배웠다. 연길에 와서 대학을 다닐 적에는 급우들이 어디서 배워 왔는지 남한에서 최신 유행하는 가요만 골라서 가르쳐 주던 짓궂은 친구들 때문에 몇 가지는 가사를 이절까지 외우고 흥얼거리고 다닌 일도 있었다.

한 시간쯤 지나서 언니가 돌아오는 바람에 카세트를 끄고 언니가 음식 장만하는 것을 도왔다. 마늘을 다지고 파를 다듬었다. 남한 사람들이 비교적 다 그렇듯이 곽 회장 일행도 칼칼하고 매워야 음식을 잘 먹었으므로 언니도 그런 맛이 나게 음식 장만을 했다. 대부분 한국의 관광객이 거치는 관광지는 근처의 조선족 식당은 거의 한국에 있을 때와 입맛이 별 차이가 없었다.

언니도 뛰어나게 남한식 음식 맛을 냈다. 한 번 왔던 손님은 꼭 다른 손님을 대동하고 다시 왔다. 그래서 언니도 제법 짭잘하게 재미를 보고, 수중에는 달러도 수월찮게 지니고 있었다. 돈이 더 모이면 언니도 외국으로 떠날 생각을 하고 있는 것이다.

이왕이면 머리가 좋고 자신만 사랑해 줄 수 있는 남조선 남자를 만나서 남조선에 가서 살았으면 좋겠다고 했다. 그것도 여의치가 못하면 일본인이나 자유중국 남자라도 가리지 않겠다고 했다. 당장 급하게 되면 찬밥, 더운밥 언제 가릴 새가 있겠느냐는 것이다. 야채를 다듬고 안주를 만들 때나 오후의 한가한 시간이면 그녀들은 시시콜콜한 얘기도 다 나누었다. 언니는 솔직하고 속이 깊어서 홍양화는 그녀를 좋아했다.

그녀는 홍양화와는 비교도 안될 만큼 세상물정도, 사리에도 밝았다. 대학에선 관광안내를 공부했고, 졸업 후에는 거기에 걸맞게 관광안내인 노릇도 했었다. 주로 북경공항에서 남한 사람들이나 일본인 관광객이 내리면 계약된 호텔(빈관)에서 식사를 하고 식사가 끝나는 대로 마지막 황제 부의가 기거했던 자금성과 대산란 거리에 있는 동인당약국과 유리창 거리에 관해서 관광객들에게 역사를 들려주었다.

남조선의 이조시대 실학자들이 유리창 거리에 와서 중국의 역사와 사회와 천문에 관해 배우고 갔다고 그 시대의 실학자들의 이름까지 들먹이며 안내해야 할 때는 아주 속상했다고 덧붙이기도 했다. 천안문광장의 서편에 있는 중국 혁명박물관과 동쪽의 역사박물관, 남쪽의 국회의사당, 장안가의 왼쪽으로 중국 사회과학원에 관해서 안내하고 다시 호텔로 돌아오면 그녀의 일과는 끝났다.

다음날은 그 관광객들을 다시 인솔하고 연변에 와서 연변박물관과 중국과 일본이 간도문제로 회담을 했던 덕성관, 연길공자묘를 안내하는 것이 그녀의 주임무였다.

이 일을 하면서 그녀는 그들에게서 새로운 문물과 지식을 보고 들었다. 그것이 계기다 돼서 기회만 오면 외국으로 나가야겠다는 생각이 굳어지고 있다고 말했다. 그렇지 않아도 중국에서는 여행사 가이드란 직업은 남들이 모두 부러워하는 직업에 속한다. 그래도 그녀는 거기에 만족하지 않고 더 빠른 길을 생각했다. 결국은 외국인 관광객이 잘 묵고 가는 일류호텔 옆의 가라오케 술집을 차린 것이 그녀의 계산대로 맞아 떨어진 것이다.

그녀의 꿈이, 바람이 점점 현실화되어 갔다. 언어도 영어와 일본어는 조금은 구사했다. 무슨 말인지 알아듣고 자기 의사도 표현했다. 적어도 매사에 자신만만했다. 부딪치면 가능하다는 것이다. 언니의 그런 면이 솔직히 부러웠지만 언젠가는 자신도 가능해지리라 믿었다.

그날은 저녁 열 시쯤엔 손님이 아예 없다시피 했으므로 언니와 홍양화는 맥주 두 병을 가져와 식탁에 놓고 마셨다. 오기로 했던 곽 회장 일행은 그때까지도 나타나지 않았다. 바람맞을 리는 없는데 약간은 불안했다.

언니는 많은 돈을 주고 갔는데 안 올 리가 만무하다고 오히려 그녀를 위로했다. 그렇더라도 홍양화는 실제 당사자니까 언니처럼 태평스럽지가 못했다. 물론 그동안 번 돈 가지고도 이제는 여비는 충분했다. 단지 초청장을 받는 게 문제였다. 하긴 다른 여행객을 만나서 다시 부탁하는 방법도 있긴 있다. 차선의 방법이다. 어쨌거나 이왕이면 빨리 일이 풀리고 해결되는 것이 좋을 것이다. 벌써 열두 시가 다 돼가고 있었다. 호텔의 객실에도 불이 꺼진 방이 많아졌다.

"오늘은 안 올려나 보다."

언니가 조심스럽게 홍양화의 눈치를 살피며 말했다.

"문을 닫고 자자."

그녀가 언니의 마음을 알아차리고 고개를 끄덕였다. 언니가 홀 안으로 가게문의 고리를 걸었다. 형광등을 전부 소등했을 때 였다.

발소리가 조심스럽게 다가오더니 가게문을 두드렸다. 누군가 분명히 가게의 나무로 된 덧문을 두드리고 있었다. 그들은 방으로 들어가려다 말고 다시 문쪽으로 갔다.

"누구세요?"

언니가 밖에다 대고 중국말로 물었다.

"납니다. 곽 회장입니다."

문 밖에서 한국말이 들려왔다.

"거 봐라. 내가 틀림없이 온다고 하지 않던."

언니가 작은 목소리로 속삭였다. 홍양화는 그제야 마음이 놓였다. 언니가 밖의 덧문을 열자 곽 회장, 이대관, 성미란 일행이 피로한 기색을 참으며 웃는 얼굴로 홀 안으로 들어왔다.

"밤늦게 미안합니다. 타고 오던 관광 버스가 고장이 나는 바람에 이제야 도착했습니다. 호텔로 갔다 내일 올까 하다가 기다리실 것 같아서……."

일행중 이대관의 변명이었다.

그들은 등산복 차림이었다. 지친 듯했으나 여행은 즐거웠다고 말했다. 성미란이 목이 타는 듯 맥주를 주문했다.

일행은 맥주와 곁들여서 식사를 했다. 한식으로 준비해 놓은 음식이라 모두 맛있게 먹었다. 성미란이 먼저 식사를 끝내고 중국차를 마시면서 부탁한 물건은 준비됐느냐고 물었다.

"필요한 만큼은 될 거예요."

홍양화가 그녀를 쳐다보면서 말했다. 그녀가 언니에게 눈짓을 했다. 언니가 가게문을 안으로 걸었다.

홍양화는 방에 있던 날짜 지난 연변일보 신문지에 싼 아편을 들고 성미란에게 주었다. 그녀는 신문지를 펼쳐 보더니 환한 미소를 짓자 일행들 모두는 만족한 표정들이었다.

그녀는 손으로 물건 가루를 찍어서 맛을 보더니, 물건 값이라며 삼천 달러를 홍양화에게 주었다. 성미란은 언니에게도 오백 달러를 술값, 방값, 팁이라며 주었다. 성미란이 아편을 이대관에게 넘겨주자 그는 자기가 메고 온 등산용 배낭 안에 깊숙히 쑤셔 넣었다. 물건 인수가 끝나자 안심이 됐는지 맥주 몇 병을 더 주문해 마셨다. 언니는 서비스라며 얼음에 절인 수박을 내다 접대했다. 홍양화는 그 바람에 맥주를 더 마셨다.

시간은 어느덧 새벽 한 시가 지나 있었다. 홀 안의 전등을 완전히 끄고 방 안에서 술판을 벌였는데, 모두들 금방 잠이 들었으므로 언니와 그녀는 술상을 부엌으로 들고 나와 치웠다.

홀 안의 의자를 포개어 놓고 그 위에서 잠이 들었다가 아침 여섯 시쯤 해서 일어났다. 언니는 지금 몇시니 하면서도 일어나지를 못했다.

홍양화는 장바구니를 들고 아침 찬거리를 준비하기 위해 홍발백화점 뒷편의 골목시장으로 갔다. 아직 이른 시간인데도 부지런한 조선족 아낙네들이 자신들의 텃밭에서 키운 농산물, 집에서 담근 된장, 고추장을 플라스틱 광주리에 담아 자전거와 리어카를 개조해서 만든 삼륜차에 싣고 나와서 좌판을 벌여 놓기도 하고 그릇에 담긴 채로 서서 팔기도 했다.

그녀는 들고 온 장바구니에 된장과 고추장을 적당량 사서 넣고 호박, 고추, 감자 몇 개, 깻잎저린 것, 오이저린 것, 생오이를 조금씩 샀다.

이 정도면 오늘 아침 식탁은 준비될 것이다. 가게로 돌아오자 언니는 벌써 밥을 지어놓고 간단한 마른안주와 술상을 준비해 놓고 기다리고 있다가 장보아 간 것으로 서둘러 찌개를 준비를 했다.

구수한 된장찌개 냄새가 좁은 홀 안에 가득히 퍼졌다. 도문의 홍양화네 집 식구들도 된장찌개를 무척이나 좋아했다. 할머니, 할아버지가 좋아하셨기 때문에 자연히 대물림으로 전수됐다.

당신들 내외는 된장찌개에 독주를 곁들이곤 했다. 한국의 중화요리집에서 파는 그런 고량주는 술도 아니다. 그보다 훨씬 독한 술을 마시곤 했다. 그곳 동북부지방은 겨울이 너무 춥고, 그 추위에 견뎌내기 위해 독주 제조법이 발달했고 성행했다. 서른 살에 벌써 간이 나빠졌다는 젊은이들이 많다. 음주법이라고 좋을 리가 없다. 예를 들면 첫잔은 아무리 그 잔의 술이 독주라도 단숨에 마셔야 한다. 그게 그들의 음주법이다. 한국처럼 작은 소주잔이 아니고 커다란 맥주잔 만큼 큰 잔이다. 그런 잔에다 알코올 농도 60~70도짜리를 마셔대니 무쇠로 만든 간이라도 견딜 재간이 없다. 제아무리 건강한 장사라도 알코올 도수 높은 독주 앞엔 당할 자가 없는 것이다. 할아버지도 말년에 그 독주 때문에 간경화증을 오래 앓으셨었다.

아홉 시가 지나서야 성미란 등은 일어났다. 모두가 하나같이 머리칼이 흐트러지고 부시시한 얼굴이었다. 그들은 좁은 부엌에서 번 갈아 가며 세수를 했다.

예약된 연길에서 북경으로 가는 비행편은 오후 두 시에 있었으므로 연길시내 관광과 쇼핑을 하고 곧바로 공항으로 가서 북경에서 비행기를 갈아타고 귀국할 거라고 했다. 그들은 서둘렀다.

아침 식사가 끝나고 떠날 즈음에 이대관은 귀국 즉시 초청장을 보낼 테니 필요한 준비는 모두 해가지고 기다리고 있으라고 일렀다. 그녀는 몇 번이나 이대관 일행에게 감사 인사를 했다.

열한 시쯤에서 그들은 출발했다. 그들은 남들의 눈도 있으니 가게 안에서 작별 인사를 나누자고 했다.

홍양화는 이팔복에게 자신의 이야기를 털어놓는 동안 줄곧 힘들게 자신을 억제하곤 했다. 자주 울먹이면서 자신을 표현했다. 자신을 벗겼다. 여자들에게 있어서 자신의 모든 것으로부터의 외면표출은 정말로 그 실천이 힘들다. 그 무게에 비례해서 그녀를 믿고 의지함의 비중이 그만큼 증대됐음을 의미하는 또 다른 한 남자의 벅찬 감격을 그녀는 이팔복에게 주고 있었던 것이다.

이팔복은 진지하게 그녀의 말에 끌려 들어갔고 때로는 그도 슬픔에 빠지곤 했다. 어떨 때는 다그칠 때도 있었다. 바보 같은 그의 질문에 그녀가 속으로 얼마나 경망스럽다고 생각했을까 하는 의문은 미처 떠오르지 않았다. 순간순간의 순발력도 나타나지 않았다. 그러나 해안이 점점 맑아져 가고 있다고 홍양화가 지적했듯이 아마도 세상 일에 조금은 눈 떴다는 증거는 될 게다.

홍양화는 여기까지 얘기하는 동안 참았던 담배를 피워 물었다. 차 안에 구수한 담배 냄새가 퍼지며 그도 분위기에 이끌려 담배를 피워 물었다.

"거기까지는 순조로웠어요. 액운은 그 다음에 나를 따라왔지요."

그녀는 다시 말을 이었다.

곽 회장, 성미란, 이대관 일행이 중국 관광을 마치고 한국에 간 다음 초청장은 곧 왔다. 차편은 위해항에서 페리호를 타고 인천항에 도착하도록 되어 있었다. 그 초청장을 받고 그녀는 뛸 듯이 기뻤다.

약속을 이행해 준 것에 대해서 성미란 일행이 고마웠다. 그녀는 즉시로 수속을 진행했다. 도문의 옛친구인 혜란의 남편이 도와준 덕분에 의외로 여행 허가는 쉽게 나왔다.

그녀는 모든 서류와 여행준비를 끝내고, 한국의 성미란에게 국제 전화를 했다. 그녀는 누구보다도 기뻐했다.

홍양화가 한국으로 출발하는 날 아침에 어머니는 도문시에서 그 먼 길을 일부러 딸을 만나기 위해 오셨다. 그녀가 일하고 있는 가게 로 찾아와 그녀를 부둥켜 안고 많이 우셨다. 오히려 그녀가 어머니 를 위로했다. 그녀는 지금까지 자라오면서 어머니가 그토록 오래 슬피 우는 것은 처음 목격했다. 무쇠 같은 동북부지방의 여걸도 딸 을 떠나보내는 슬픔은 그녀로 하여금 가냘픈 여인, 어머니로 돌아 가게 했다. 그것이 단순한 모녀지간의 피할 수 없는 정리 때문이라 면 지금 그녀는 이처럼 비통해하진 않을 것이다. 버려진 땅에서 소 수민족으로서 살아오면서 어머니와 때로는 친구처럼 때로는 언니 처럼 의지하며 살아왔었다. 지금 생각하면 그녀가 자신의 의견을 그토록 강하게 고집해서 어머니로 하여금 판단을 흐리게 하였을까 하는 후회도 막심했다.

한국 인천항에 도착했을 때 후회는 더 절실하게 가슴에 와 닿았다.

성미란 일행은 원망스럽게도 인천항에 나와 있지 않았다. 홍양화는 수속을 밟고 하선해서 삼십 분 정도를 그곳에서 서성였다. 그때 검은 승용차에서 내린 사내가 천천히 그녀에게로 걸어오더니 말을 걸었다.

밤색 싱글 넥타이 차림의 사내였다.

"누구를 기다리고 계세요?"

"성미란이란 분을 기다리고 있는데요."

그녀는 잔뜩 기대를 걸고 대답했다.

"제대로 찾았군요. 만나 뵙지 못하면 어쩌나 하고 걱정하면서 왔지요. 오시느라고 고생 많으셨습니다."

밤색 싱글은 홍양화의 가방과 짐보따리를 받아 그가 타고 온 차 뒤 트렁크에 실었다. 그녀를 운전석 옆자리에 태우고 나서 그가 말했다.

"비릿한 냄새가 괜찮죠?"

"네. 그러네요."

홍양화는 제대로 찾았다는 안도감에서 흔쾌히 대답했다.

"성미란 씨는 갑자기 바쁜 일이 생겨서 못 나오셨습니다. 대신 저를 보내시면서 잘 모시라고 하더군요."

밤색 싱글이 깍듯이 예를 갖추며 말했다. 구멍가게 같긴 하지만 몇 개 지점에 있는 사람들을 관리하는 것도 꽤 힘들다고 지나는 말로 연변에 왔을 때 얘기하더니, 이 사람은 그 회사의 직원인가 하고 스스로를 판단했다.

성미란이란 여자는 직원들 예절 하나만은 똑 떨어지게 가르쳤다 싶어 다시금 그녀가 대단해 보였다. 차는 비릿한 해풍을 뒤로 하고 시내로 들어섰다.

현란한 네온사인 불빛 속에 술잔을 들고 마주앉은 남녀가 빙글빙글 회전했다. '오세요' '망설이지 마세요' 하는 문구도 보였다. 불빛이 깜박일 때마다 그것들은 한 글자씩 사라졌다간 다시 되살아났다. 술집임을 금방 알아차리게 했다. 차가 일번가를 지날 때 운전석 사내가 물었다.

"한국엔 몇 번째 오시는 겁니까?"

"처음이에요."

그녀는 들떠서 말했다.

"오, 기쁘시겠습니다. 정말 잘 오셨어요. 곧 아는 분도 만나시게 될 것이고 만나시면 축하주도 한 잔 하셔야죠."

"그래야지요, 빨리 만났으면 해요."

"곧 만나시게 될 거예요. 손님이 오늘 오시는 걸 알고 계시니까요."

홍양화는 거기까지 얘기하다 말고 눈물을 흘리기 시작했다. 그 눈물은 점점 폭포수처럼 쏟아졌다. 그는 갑작스런 그녀의 태도에 어떻게 위로해 줘야 할지 몰라 당황스러워졌다.

그는 그저 바라보고 있을 수밖에 달리 방법이 없었고, 그녀는 계속 어깨를 들먹이며 울기만 했다. 한 반 시간쯤 그런 상태였는데, 그가 어떻게 해야 할지를 궁리할 때쯤 해서 다행스럽게도 울음을 그치더니, 이빈에는 암코양이처럼 표독스럽게 돌변하는 기었다. 눈을 무섭게 부릅뜨고, 이빨을 부드득, 부드득 갈기까지 했다.

"그리곤 나는 기절했어요."

그녀가 담배 한 모금을 길게 내뿜었다.

"중간에 밤색 싱글이 담배 한 갑을 사야겠다고 차를 길가에 세웠어요. 나는 그가 담배를 사러 간 동안 난생 처음 보는 생소한 거리 풍경을 바라보았어요. 모든 것들이 신기했지요. 수많은 자동차 행렬도 그렇고 진열된 상품들 마네킹, 거리의 인파, 어떤 것들도 신기하지 않은 것이 없었어요. 얼마나 정신이 팔려 있었는지 담배를 사 가지고 돌아온 사람이 내 뒷좌석으로 가까이 오는 것도 눈치 못 챘으니까요. 그는 갑자기 달려들어서 흰 마스크로 내 입을 틀어막았는데 그후로 난 정신을 잃었어요. 눈을 떴을 때 내 몸은……."

홍양화는 하던 말을 끊고 자주 침을 삼키면서 차창 밖을 내다보았다. 자신의 마음을 가다듬고 감정을 억제하려고 무던히 노력하는 게 더 애석해 보였다. 차라리 더 이상은 기억나는 게 없다고 얼버무렸으면 이팔복은 자기 식으로 해석하고 넘어갔을 것이다. 그러나 그녀는 다시 하던 얘기를 계속했다.

"완전히 알몸이었어요. 아래가 미칠 것 같이 통증이 심하지 뭐예요. 그런데도 이대로는 죽을 수 없다는 생각에 억지로 일어나 앉았어요. 중국 동북부지방의 열악한 환경에서도 견뎌왔는데, 이런 것쯤은 헤쳐나갈 수 있다는 자신감이 생기자 정신이 안정이 되는 거예요. 그 정신의 안정이 차차 오랜 시간이 지나자 또다시 흔들려지더군요. 어쩌면 이대로 생전 처음 와 보는 할아버지의 땅에서 죽을지도 모른다는 두려운 생각이 들기 시작하는 거예요. 그때부터는 별 생각이 다 들어요. 처음엔 도문의 부모님 얼굴이 떠오르고, 할머니 생각이 나고, 친구들 얼굴이 떠오르고, 연변의 가라오케 술집 언니도 생각도 나고……. 그 뒤부터 성미란이가 생각나요. 그녀 음성,

그녀 얼굴, 온통 그녀 생각뿐이었어요. 어떻게 하면 그녀를 만날 수 있을까 하는 여러 가지 궁리들이 떠오르면 또 고개를 흔들곤 했지요. 그녀가 나를 찾아오지 않으면 나는 그녀를 만날 수 없기 때문이지요. 초청자는 이대관 씨이지만 실지론 그녀가 모든 걸 관리하고 있었거든요. 여행에 드는 모든 금전관계도 연변에서는 그녀가 결정했어요. 그래서 나는 그녀 만나길 기대한 거지요. 같은 여자의 입장이고 연변에서는 서로 편하게 대했으니까요. 그러나 기다리는 그녀는 그날 종일 안 나타났어요. 나는 점점 내가 납치됐다는 불길한 생각이 들기 시작했어요. 차를 운전한 사람은 처음부터 어쩌면 성미란을 모르는 자가 아닐까 하는 생각이 드는 거예요. 그렇지 않고서야 어떻게 내가 성폭행을 당했겠어요. 시간이 흐를수록 점점 나쁜 쪽으로만 생각이 드는 거예요. 나는 이대로 죽을지도 모른다는 생각이 드니까 두려움이 엄습해 오면서 잠이 오질 않더군요. 그날은 뜬 눈으로 샜어요. 그때까지 나는 아무것도 먹지 못하고 허기가 져서 땅바닥 한쪽 귀퉁이에 쓰러져 있었어요. 얼마나 시간이 지났는지 모르겠는데 누가 어깨를 두드려 깨우더군요. 희미하게 보이는 것은 성미란이었어요. 아니 세상에……, 하고 그녀가 혀를 끌끌 차요. 그녀가 확실히 성미란이란 것이 확인되니까, 눈물이 그때부터 쏟아지기 시작하는 거예요. 이제는 살았구나 하는 생각이 들어서 더 그랬나 봐요. 성미란은 어쩌지 못하고 쩔쩔매면서 나를 겨우 진정시키고 나서 당장 입을 옷이 필요하니 잠시만 기다리라고 하고 나가더군요. 그 후에 그녀는 금방 돌아왔어요. 어디서 구해 왔는지 꽃무늬가 있는 화려한 원피스와 속내의를 들고 말예요. 염치는 없었지만 창피한 생각이 들어서 무조건 받아 입었지요. 질감이 좋더군요. 여자는 참으로 묘한 동물이에요. 그 순간에도 옷감의 감촉을 느낄 수 있으니 말예요. 옷을 입고 밖으로 나오자 이제야 살았구나 하고 안도가 돼요. 다시는 저 햇빛 구경을 못하나 했지요. 곽 회장과 이대관 씨도 승용차 안에서 기다리고 있다가 반갑게 대해 주더군요. 그 차를 타고 인천에서 제일 크다는 고급 식당으로 갔습니다. 성미란 씨가 그러더군요. 제일 크고 제일 좋은 고급 식당이라구요. 그들은 커피를 시켜 마셨고 나는 갈비탕을 시켜 먹었어요. 식사 시간으로선 어중간한 시간이었지요. 배에 포만감이 오자 비로소 살 것 같았어요. 여유가 생기더군요. 마음이 진정이 되자 어제 일들이 상기되는 거예요. 나를 유인해서 마취제로 기절시킨 후 여관으로 끌고 갔던 사람의 얼굴이 점점 확실하게 떠오르는 거예요. 갑자기 나는 몸을 부들부들 떨기 시작했어요. 성미란이 나를 지켜보다가 잊어버려요. 그만해도 다행이지 뭘 그래. 하마터면 죽을 뻔했는데 하고 위로를 하는 거예요. 고마웠어요. 대단한 여자구나 하는 감탄이 절로 나왔어요. 그런데 또 한편으로는 전혀 납득이 안 가는 점도 있었어요. 어떻게 알고 성미란 일행이 그 여관에 찾아왔나 하는 의문 말입니다. 그녀의 말로는 급한 볼일이 끝나고 서울에서 출발해서 도착해 보니 정확하게 사십 분이 늦어 있더랍니다. 도착해서 셋이 아무리 찾아봐도 내가 없더래요. 주위의 목격자를 수소문해서 물어봤더니 다행히 장거리 손님을 기다리던 개인택시 운전사가 목격을 하고 차 번호와 차가 인천 차라는 걸 가르쳐 주더래요. 그래서 부랴부랴 서둘러 유흥가, 술집, 경찰서의 차 수배 의뢰, 여관 등, 발이 닿는 사람들, 거래선을 전부 동원해서 인천 바닥을 구석구석 다 뒤졌다는 거예요. 그래도 없더래요. 딴 도시로 인신매매범에게 끌려갔나 하고 생각했는데, 자정이 다 돼서야 아는 거래처 업소에서 긴급전화가 왔더래요. 찾고 있는 차 색깔과 차 번호가 동일한 차가 여관 앞에 주차해 있다가 여자를 내려놓고 사내가 차를 몰고 어디론가 다시 가더라는 거예요. 급히 달려와 확인했더니 내가 정신없이 자고 있더래요. 전후 사정을 짐작해 보니 놀랐으리라 생각이 들어서 일부로 푹 자도록 밖에서 기다리고 있었대요. 그 차를 타고 성미란의 집으로 갔어요. 그래도 천만 다행인 것은 짐이 그대로 내 곁에 있는 거였어요. 그 짐도 모두 차에 싣고 왔지요. 그 짐 속엔 물론 내가 첫 번째로 반입해 가져온 마약이 들어 있었어요. 그 대가로 이천만 원을 받고, 계속 그후부터는 반입 때마다 고액을 받고 그 일을 계속했어요. 평창동 집으로 오기 전까진 성미란의 집에 기거하면서 말이죠. 거기 있을 때는 그 외에 다른 일들, 이를테면 마약을 소분, 배산, 판매, 수금 등을 전부 성미란이 처리하는 것 같았는데 곽 회장이나 이대관 씨는 울타리 노릇만 하고 용돈을 타쓰는 것 같더군요. 일종의 사람들 눈을 속이기 위한 위장이랄까 그런거 말예요. 그런데 문제는 그 후에 왔어요. 경찰이 점점 압박해 오는 낌새가 나타났어요. 그녀가 위험을 느끼고 평창동에 집을 마련해 주고 그녀가 하던 일을 나에게 위임해 준 것은 경찰의 눈을 피하기 위한 한 방편이지요. 며칠 후에 경찰이 들이닥쳤을 땐 완전한 위장상태에서 준비하고 있을 때에요. 이팔복 씨가 그 집에 변기를 고치러 갔을 때가 그날이지요. 사실은 그 변기도 일부로 조작해 놓은 것에 불과했어요. 덕분에 엉뚱한 사람을 잡아가느라고 수선을 떨었지. 아무 증거도 그들은 못 얻어 갔어요. 수사 방향을 흐려놓으면서 마약을 상용했던가 주사한 것으로 위장한 것이 적중한 것이지요. 그렇게 하면

죄질이 별것이 아니거든요. 그래 봤자 경찰이 이제는 다 알고 다른 것을 노리느라고 놔두고 있는지도 모르지만요. 어쨌든 오래 못갈 것은 확실해요."

그녀의 말대로 그들의 행위는 어떤 배수진을 쳐놨든 짧을 것이었다. 성미란의 집 욕실에서 그녀와 같이 마셨던 주스 한 컵이 생겨났다. 먹자마자 불시에 마약반원들이 들이닥쳐 그도 끌려가서 고문도 당해 봤다. 그 신속성만 봐도 얼마든지 예측이 가능한 것이었다.

"이제 나는 틀린 여자 같지요?"

오랜 시간 자신을 드러내 놓은 홍양화는 부끄러운 듯 말했다. 이 팔복은 그녀의 말을 강하게 부인했다. 절대 시인할 수가 없는 일이었다. 그것이 그가 할 수 있는 일이고 사실이 또한 그러했다. 앞으로 그의 인생은 홍양화와 함께 가야 하는데 벌써 마지막이라니 도무지 말이나 될 법한 일인가.

"이제부터 우리는 새로 시작하는 거예요. 그 시작이 마지막이라고 해도 그때 가서 포기해도 절대로 늦진 않아요."

이팔복은 힘주어 말했다. 이제 와서 지난 날로 되돌아가 유리공장 공원으로, 외판원으로, 가방 파는 세일즈맨으로, 막노동꾼으로, 환경미화원으로 돌아가서 다시 칙칙한 지하철 구내에서 아황산 가스를 마시며 콘크리트 바닥에서 껌을 떼내고 빈 깡통 휴지조각을 줍기는 싫었다.

지난 날로 전위한다면 차라리 짧은 현재의 생활을 즐기다 시들어 버리는 게 낫다. 시들기 전에 그가 할 수 있는 다른 생활을 설계하고 시작할 것이다. 조그만 빵 가게를 차려서 빵 장사를 해도 밥은 먹고 살 수가 있다.

돼지갈비집을 하고 감자국집을 해도 이제는 벌어먹을 자신이 있었다. 어떤 영업이든 실패하지 않을 자신이 있었다.

홍양화는 이팔복의 자신감 넘치는 모습에 동감을 하며 활짝 웃었다. 순간 장미처럼 빛나고 입술이 아담한 그녀의 입에 그의 입을 포갰다. 그러자 그녀가 이팔복의 목을 껴안고 온 열정으로 키스했다.

"날 어떻게 생각하고 있나 떠보고 싶었어요. 악몽 같은 내 얘기들을 들려드리고 나니까 홀가분하기도 하고 한편으로는 시험해 보고 싶은 생각이 드는 거 있죠. 내가 나빴나요?"

"아니오. 오히려 그 반대예요. 믿고 얘기해 줘서 고마움을 더 느껴요."

그녀는 또 한 차례 키스를 퍼부었다.

산중의 해는 빨리도 졌고 주위는 벌써 어둠과 적막으로 휩싸였다. 간간이 나무들이 흔들리는 소리와 그것들을 흔들고 지나가는 바람소리만 들려오다 잠잠해지곤 했다. 그러나 그 방해를 나무랄 사람은 아무도 없었다. 왜냐하면 그들은 이미 서로의 신뢰를 확인했고 사랑을 인지했기 때문이었다. 그 보다 더 귀하고 값진 것들도 확인한 상태였다. 미래와 희망을 얘기하고, 서로 손의 온기와 감촉을 감지하고 서로를 쳐다보고 웃고 또 포옹했다. 그러길 몇 차례 반복하고 나서 그때서야 비로소 그녀는 만족한 듯 돌아가자고 했다.

그는 차를 돌려 다시 왔던 길로 내달렸다. 밤은 기분 좋은 얼굴로 그들 수위를 맴돌고 거리의 네온사인은 아름답기까지 해시 미리가 온통 행복으로 가득차 정신이 흔들릴 정도였다.

그들은 평창동 쪽으로 방향을 꺾었다. 도로 옆으로 불빛이 멀리는 산 중턱까지 되살아나고 있었다. 예의 예식장 앞을 지났다. 100m 쯤 되는 곳에 집으로 꺾어드는 샛길이 눈에 들어왔다. 그는 속력을 줄였다. 차는 천천히 경사진 언덕을 올라가기 시작했다. 구멍가게 앞을 지날 때였다.

"잠깐만요."

갑자기 홍양화가 나직이 말하고 손으로 집 쪽을 가리켰다.

"집 앞에 웬 차가……."

그도 그녀가 가리키는 쪽을 바라보았다. 차 안의 전등은 꺼졌으나 골목길의 보안등이 주위를 환하게 비치고 있었다. 그는 집 쪽으로 가려다 말고 차를 돌려 주택가 골목 컴컴한 곳에 세워놓고 불을 껐다.

차에서 내려 발소리를 죽여가며 그들이 살고 있는 집 쪽으로 접근했다. 그 차가 서 있는 곳까지 접근해 살펴보자 차 안에는 아무도 없고 대문 안에서 나지막한 남자의 목소리가 들려왔다. 그들은 담 쪽으로 몸을 밀착시켰다. 옆집 대문의 처마 밑으로 가서 그들이 살고 있는 집 쪽에서 쪽문의 철창 틈새로 안을 엿보았다. 그 순간 인천댁과 어둠 속에서 얘기를 나누던 사내가 대문 밖으로 나오려던 참이었다.

그 차의 앞머리는 직진하도록 대문 앞에 주차돼 있었으므로 이팔복과 홍양화는 뒷집 대문으로 들어가는 골목 입구로 숨었다.

대문에서 사내가 밖으로 나왔다. 인천댁도 사내를 따라 밖으로 나와 그들이 숨어 있는 쪽으로 등을 돌리고 섰다. 사내는 무언가 얘기하려고 인천댁을 바라보고 있었다.

인천댁과 얘기를 나누고 있는 사내의 얼굴이 똑똑히 보였다. 눈이 크고 얼굴 윤곽이 뚜렷하고 눈썹이 시커먼 미남형의 사내였다. 그 사내의 얼굴을 뚫어지게 바라보고 있던 홍양화가 놀란 소리로 중얼거렸다.

"아니, 저 사내는?"

"아는 사람인가요?"

"네. 그때 그 남자예요."

"그 남자라니요?"

"처음 한국에 왔을 때 인천에서 여관으로 유인해 성폭행한 그 남자말예요. 분명히 그 남자예요."

그녀는 그 와중에도 그 사람의 얼굴을 똑똑히 기억하고 있다고 말했다. 그런 일은 누가 강조하지 않아도 절대 잊혀지는 일이 아니다. 때로는 잊혀졌다가도 그 사람을 만나면 불현듯 되살아나서 기억하게 되는 것이다.

"이제야 그날 일은 성미란이 시키지 않았을까 하는 의문이 풀렸어요. 여태껏 풀지 못한 이유는 그 동기의 문젠데, 그 해답이 막연했거든요. 이제야 해답을 얻어낸 거예요. 자기를 은인처럼 생각하게 하기 위하여 연극을 한 것이지요. 그래야 아편 반입을 자청할 것이고 중국에 갔을 때 내 마음의 변화를 미연에 방지하게 되지요. 알고보니 보통 악녀가 아녜요. 마귀라고 해야 옳지요. 나는 반드시 그 마귀를 죽일 거예요."

홍양화가 극도로 흥분해 있으므로 그는 주의를 환기시켰다. 그때까지도 사내와 인천댁은 주위를 살피며 무엇인가 얘기를 나누고 있었다. 사실은 그도 그 사내가 낯이 익은 얼굴이었다. 어디서 만났는지 그것이 빨리 기억나지 않을 뿐이었다.

그러나 지금은 그것이 문제가 아니었다. 성미란이 왜 그와 같이 차마 인간으로는 못할 음모를 생각해 내고 연출하게 됐는가 하는 점이 더 큰 문제인 것이었다.

물론 그녀의 치밀한 계산으로는 자신과는 전혀 무관하게 발생된 일이다. 그 사내는 신문지상에 자주 발생되는 그런 류의 인신매매 범으로, 홍양화는 몸매가 좋고 미인이고 젊은 여자라는 이유만으로도 충분히 먹이가 되어 걸려들었다.

어느 여관으로 끌려가서 불가항력에 못 이겨 어쩔 수 없이 홍양화는 성폭행을 당하고 인신매매되기 일보직전에 성미란의 사람들이 그녀를 구출해 낸 것이다. 성미란의 시나리오는 아마도 대충 이런 식으로 각본이 짜여지지 않았나 싶었다. 그렇다면 홍양화의 선택은 보다 확실해지는 것이었다. 이미 버린 몸이고 이제 아무것도 두려울 게 없는 것이다.

성미란이 요구하는 어떤 물건이라도, 심지어는 홍양화 자신의 몸까지도 바칠 수 있을 것이다. 이제 홍양화는 자포자기된 상태이다. 자신의 이상이나 꿈의 달성보다는 오로지 인생 최대의 목표를 돈으로 선택할 것이다. 그녀에겐 돈만 주면 된다. 그것만 쥐어주면 로봇 같은 훌륭한 손발이 되는 것이다. 물론 이 추측은 홍양화가 가정한 것이고 판단한 것이지만 그도 그 의견엔 동조하지 않을 수가 없었다.

인천댁과 사내는 서로 끌어안고 키스를 하고 있었다. 홍양화는 뜻밖의 상황에 전혀 믿을 수 없다는 표정이었다. 오랜 키스가 끝나자 다시 대문 안으로 들어가고 사내는 차 있는 데로 와서 담배를 피워 물었다. 사내의 눈길은 집 안의 현관 쪽으로 바라보고 있었다.

몇 분이 지났을 때였다. 이층 베란다에서 전등 불빛이 깜박였다. 그와 동시에 사내가 재빨리 다시 집 안으로 들어갔다.

"물건을 운반하려나 봐요."

나직히 홍양화가 소근거렸다.

"물건이라뇨?"

"지금 하는 행동이 그렇잖아요. 유흥가로 나가는 물건은 성미란이 다른 루트로 판매하고 있거든요. 그 이유는 나도 모르겠어요. 물건이 있는 지하실 열쇠는 인천댁이 보관하고 있으니까 우리가 일하러 나가고 집을 비울 땐 그게 가능하지요. 아까는 주위를 살피느라 뜸을 들인 거예요. 이제 지켜보세요, 틀림없이 내 말이 맞을 테니까요."

홍양화는 긴장하면서도 애써 쓴웃음을 지었다. 이팔복은 태연한 척하며 그녀 얼굴을 똑바로 보며 말했다.

"여기서 기다리세요. 사십 분쯤 지나도 내가 안 오거든 차가 고장나서 카센터에서 이 부장이 차를 고치고 있으니 곧 뒤따라 올 거라며 집 안으로 들어가세요. 인천댁이 눈치 못 채게 태연하게 행동하세요."

"어떻게 하시려구요?"

"내게도 생각이 있어요."

이팔복은 서둘러 사내가 타고 온 차 쪽으로 발소리를 죽이며 다가갔다. 곧 사내가 문 밖으로 나올 것이다. 나오기 전에 일을 끝내야 한다. 그는 운전대에 꽂힌 차 키를 봄아 차 뒤의 트렁크 문을 땄다. 재빨리 키를 운전대 키 구멍에 꼽아 넣고 차 뒤 쪽으로 와서 트렁크 안에 올라타고 트렁크 문을 소리 안 나게 닫았다. 금방 어우러진 발소리가 가까이 왔다.

"그들이 올 시간이 지났어요. 빨리 가세요."

인천댁의 목소리였다. 사내가 알았다는 듯 서둘러 운전석에 앉아 시동을 걸었다. 차가 곧 움직였다. 그는 똑바로 엎드린 채 바닥에 손을 밀착시키고 머리가 차 바닥에 부딪히지 않도록 조심했다.

차는 어디론가 달렸다. 한동안 도시의 소음이 들려오더니 이제는 한적한 대로를 달리는 듯 조용해졌다. 호흡에 곤란이 왔다. 차는 잠시 멈춰 섰다가 다시 달렸다. 반 시간은 지나지 않았나 싶었다.

손목의 야광시계를 들여다보자 정확히 삼십오 분을 왔다. 그쯤해서 차는 속력을 줄이고 기어가듯 굴렀다. 그는 차가 정차하기 전에 내릴 것인가, 정차한 후에 트렁크 안에서 빠져 나갈 것인가를 생각했다. 좀 전에 숨어 들어 올 때도 차 트렁크 속에 다른 물건을 실은 것이 있나를 먼저 살폈었다. 물건을 싣고 다니다 불심검문을 당하게 되면 십중팔구 수사관들은 차 트렁크 안을 먼저 살폈다. 이 사내도 그 사실을 모를 리가 없을 것이다. 등잔 밑이 어둡다는 격언도 있듯이 그 격언을 잘 이용하면 결국은 운전석 부근이 중요한 물건을 운반하기에 가장 안전한 곳이 되는 것이다. 아편은 부피가 작아 차 앞에 숨기는 것이 좋다. 결국 사내는 트렁크를 열 일이 없을 것이다. 사내가 차를 정차시키고 내린 다음 기회를 보아 빠져 나가기로 작정했다.

이윽고 어느 지점에서 차는 정차했다. 운전석에서 문을 여닫는 소리가 들렸다. 그도 간격을 두고 트렁크 문을 살짝 열고 밖의 동정을 살핀 후 내려서 트렁크 문을 닫았다.

차가 멈춰선 지점에서 십여 미터쯤 되는 곳에 사도를 끼고 사람이 출입할 수 있는 철문이 보였다. 그 철문 안쪽으로 사내는 사라졌다. 그는 재빨리 뛰어가 조금 열려 있는 철문 안을 살폈다. 사내는 벌써 어디로 들어갔는지 보이지 않았다. 마당 한가운데 덩그러니 각목에 매달려 있는 전구 불빛이 벗어 놓은 구두 두 켤레를 비쳐주고 있었다. 그 구두는 방마다 따로 그 앞에 놓여 있었다. 그 옆으로 다닥다닥 일렬로 붙어 있는 여러 개의 방문 앞에는 여자의 슬리퍼와 샌들이 놓여 있었고, 어떤 방에선 여자의 웃음소리가 들려왔다. 그 작은방들과 그 중에서도 맨 끝 방은 낯이 익은 방이었다.

오래전 김칠성이를 따라 들어와 잠만 자고 새벽같이 줄행랑을 친 일이 한두 번 있었기 때문이었다. 그게 언제쯤인지는 더듬어 봐야 알겠다. 분명한 것은 김칠성의 어머니가 운영하던 영등포역 앞의 그 창녀촌인 것만은 기억이 났다. 무엇 때문에, 왜 칠성이 놈과 술을 퍼마셨는지는 모르지만 거의 정신을 잃을 정도로 인사불성이 돼서 도둑고양이처럼 숨어 들어서 겨우 통금시간만 피하고 나갔었다. 그와 같이 분말 오렌지 깡통을 팔며 짝패가 되어 회사에 다닐 때였다. 그가 정신만큼은 바르게 살려고 한 번쯤 애써 볼 때였다.

이제야 의문점이 하나 둘 풀리기 시작했다. 성미란에게는 또 다른 운반책이 있는 게 확실하고, 좀 전의 그 사내는 영등포 노무자 합숙소에 김칠성이를 찾아갔을 때 같이 노름판을 벌였던 패거리들 중에서 본 얼굴이었다.

피부색이 유난히 희어서 까마귀 떼 중에 백로 한 마리가 끼었구나 하고 생각했었는데, 그 백로는 여전히 김칠성이를 위해 일해주고 있었다. 그렇다면 성미란과 김칠성의 관계는 어떻게 정리해야 힐깃인가. 어쩌면 그들은 전부터 알고 있거나 동업자일지도 모른다.

아무튼 지금 확실한 것은 김칠성이 이 집 안에 있거나 갑자기 어디서 뛰어나와 이 사내를 만나러 올지도 모른다는 사실이었다. 여기서 어물쩡거리다간 문 앞에서 마주칠지도 몰랐다. 그는 급히 차가 서 있는 큰길 가로 나왔다. 큰길 가 옆으로는 철길이 있었는데, 그 철길도 예전 그대로 있었다. 그는 몇 발짝 역전 쪽으로 걸어가 철길 가에 늘어서 있는 포장마차 대열 중 한 집으로 들어갔다.

긴 나무의자에 아가씨가 넷이 앉아서 오뎅국물과 돼지갈비 몇 점을 구워놓고 소주를 마시고 있었다. 포장마차 주인 여자는 빈 그릇을 허드렛물에 씻다 말고 반겼다. 이팔복과 가장 가까이 앉아 있는 여자가 윙크를 하며 말을 걸었다.

"자기 소주 한 잔 생각이 나서 왔구나."

"영자도 와 있었네."

그가 능청을 떨었다.

"내 이름이 영자인 줄 어떻게 알았어?"

"여자들은 다 영자라고 불러도 그냥 가만들 있대."

"간편하게 말이지? 인스턴트 식품이니까."

"말하자면 그렇지."

"그런 뜻에서 나 술 한 잔 사줄래?"

"그러지"

이팔복은 그 분위기를 받아들였다. 그녀도 기분이 좋은 듯 또 한쪽 눈을 찡긋했다. 어차피 출출하고 긴장돼 있던 차에 잘됐다. 사내도 긴의자 한쪽 끝에 엉덩이를 걸쳤다. 의자가 좁았으므로 그녀와 바짝 붙어 앉았다. 값싼 싸구려 향수 냄새가 풍겨 나왔는데 이미 많이 마신 탓에 술기운이 도는지 의자 위에 책상다리를 하고 앉아 말아올린 치마를 내릴 생각도 않고 키득키득 웃었다.

갑자기 여자가 따지듯 입을 열었다. 다급해진 것은 이팔복이었다.

어떻게 여자를 따돌릴까 생각하고 있을 때 그의 마음을 빤히 들여다보기라도 하듯 한쪽 눈을 찡긋했다.

"왕년에 누구 새끼줄(넥타이) 안 매구 다닌 사람 있어. 나도 한때는 잘 나갔다구"

"어련히 잘 나갔을라구"

그는 밖으로 시선을 던진 채 건성으로 말을 받았다. 그러자 갑자기 큰소리를 쳤다.

"어딜 나갔었냐구는 왜 안 물어봐? 주제 파악이나 하라 이거지."

"어딜 나갔었는데?"

그녀의 비위를 맞추면서 물었다.

"제비가 살고 있는 주유소에 나갔었어."

"주유소에 제비도 살아?"

"이 멍청아 날아 다니는 제비 말고 말야."

그녀가 갑자기 화난 얼굴을 짓는 바람에 그가 놀라며 목을 움츠렸다.

"아, 알겠어. 그 춤추는 제비 말이지?"

여자가 깔깔거리고 웃었다.

"내 진작 알아봤지. 자기는 뭘 좀 아는 남자일 거라고. 그 제비가 말이지……."

그녀가 말 하다 말고 그의 무릎을 툭툭 쳤다.

"어느 날 나 보고 이러는 거야. 내가 뜸이 다 들었을 때였어. 그러니까 그랬겠지, 자기는 호박씨 날라 올 테니 나 보고는 현금이 든 금고를 사무실에서 들고 나오라는 거야."

"그래서 그렇게 했어?"

이젠 그의 눈길이 자연스레 그녀에게 갔다. 이 여자는 어쩌면 농담이 아닌 그나마 짧은 시간이었지만 서로 통하는 얘기를 주고받았는데 그 덕분에 정말이지 그녀가 그녀 얘기가 아니길바라면서 다음 말을 기다렸다.

"그 길로 그 제비와 줄행랑을 쳤지. 뭐가 좋다고 그랬었는지……. 나중에야 안 일이지만 그 나이에 벌써 별을 두 개나 달고 있었던 걸 모르고"

"주유소 주인은 그 자리에 없었어?"

"주유소 주인은 육십이 넘은 노인이었는데 밤10시면 퇴근을 했어. 나머지 세 사람은 새벽 2시까지 일했는데 나는 경리일을, 아르바이트 대학생과 주인의 먼 친척되는 그 제비는 주유 일도 하고 그외 잔일을 했지."

그녀의 얘기는 도무지 끝이 보일 것 같지 않았다. 대충 더 들어본 것이 이랬다.

그녀는 그 즈음 갓 상업고를 졸업했다. 주유소 주인은 웬일인지 처음부터 그녀를 인정하고 믿었다. 얼마 안 가서 은행에 입금시키고 현금을 출금시키는 일까지도 그녀에게 맡겼다. 이런 낌새를 제비가 눈치 채고 그녀에게 접근해 왔다. 그녀는 그런 제비가 싫지 않았다. 오히려 자신 쪽에서 더 은근히 제비가 좋아졌다. 미남에다가 말도 잘 하고 제법 일도 열심히 하기 때문이었다. 그리고 그는 대학에 두 번 실패하고 세 번째 준비중이라며 얼굴을 붉히면서 얘기 할 때는 너무나 순진해 보여서 나쁜 사람이라는 구석은 티끌만큼도 보이지 않았다고 했다.

어쨌거나 그들이 줄행랑을 쳤던 그날은 제비가 사전에 의도적으로 계획을 세워 아르바이트 대학생에게 술을 퍼먹여 곯아떨어지게 하고 금고에 있던 그날 기름 판매 대금을 몽땅 털어 가지고 멀리 부산으로 날았다는 것이다.

그로부터 한 달도 채 못 되어 그는 부산 자갈치 시장에서 생선회에 소주를 곁들여 기분 좋게 마시고 나오다 경찰의 불심검문에 재수없게 걸려들었다. 그래서 처음 교도소란 델 가서 별 하나를 달게 됐고, 제비는 물론 그녀도 밤에 별을 좋아하는 것은 도무지 이해가 안 간다고 투덜대면서 또 소주잔을 홀짝 털어 넣었다.

그녀가 술기운이 더 오르자 갑자기 훌쩍거리고 울기 시작했다. 그는 몹시 당황해서 그녀와 같이 온 친구들을 보았는데 그녀들은 그러다가 곧 괜찮아지니까 걱정하지 않아도 된다고 대수롭지 않게 말했다. 그도 다소 안심은 됐지만 한편으로는 자기 옆의 여자가 측은해져 어깨를 다독거려 주었다. 여자는 울음을 그치는 가 싶더니 이내 잠이 들었다.

김칠성의 패거리는 그때까지도 안 나타났다. 이팔복은 그녀들이 먹은 술값까지 계산해 주고 밖으로 나왔다. 아가씨 한 명이 철길 옆 담벽에 기대어 담배를 피고 있다가 그를 발견하고 휘파람을 불었다. 그는 휘파람을 분 아가씨 앞으로 뚜벅뚜벅 걸어갔다. 가까이 다가가자 진한 향수 냄새가 풍겨왔다. 얼굴은 계란형의 제법 미인이었다. 브래지어를 입지 않아 젖가슴이 훤히 드러나 보였다. 다짜고짜 그는 여자의 젖가슴을 움켜쥐었다.

"아이, 아퍼."

여자가 비명을 지르며 그의 빰을 갈겼다.

"뭐 이런 게 다 있어?"

"돈 주면 되잖아."

"너 말 한번 잘했다. 너 같은 게 돈이나 있어?"

"없어 보이니?"

여자는 너 같은 주정뱅이가 무슨 돈이 있겠니, 하는 투로 그를 노려보았다. 그는 싱글거리며 주머니에서 만 원짜리 몇 장을 꺼내 여자의 젖가슴에 찔러 넣었다.

"이 정도면 됐니?"

"제법인데."

여자가 능청을 떨었다.

"더 줄 수도 있어."

"이번엔 어딜 만지고 싶은데, 잠지 말이니?"

"아니?"

"그럼?"

"묻는 말에 대답만 솔직하게 해주면 돼. 모르면 모르는 대로 대답해 주고."

"그럼 물어봐, 뭐든지. 아는 대로 다 말해줄게."

여자는 한풀 꺾인 채 고분고분해졌다. 그는 여자에게 담배 한 개비를 꺼내 불을 붙여 주었다.

"여기선 얼마나 있었는데?"

"여기선 고참이지, 한 오 년은 돼. 한데 그게 묻고 싶은 질문이야?"

여자가 의도를 꿰뚫어 보기라도 하려는 듯 그의 눈을 빤히 들여다보았다.

"이제 보니 자기 미남이네."

"고마워, 칭찬해 줘서. 그런데 사실은 말야. 물어 볼 게 좀있어서 그래. 혹시 김칠성이란 사람 알아?"

"김칠성이란 사람 알지. 이 근방에 색시들은 거의 다 알 거야. 토박인 아니래도 오래 살았으니까. 칠성이 어머니도 포주했었어. 얼마 전에 죽었지. 뭐 폐암이라던가. 아무튼 못 고치는 병이래. 그 포주가 죽자 웃기는 일이 벌어졌어. 며느리가 또 포주 대를 이었지. 뭐 좋은 직업이라고 그랬는지는 몰라. 하긴 배운 게 도둑질이니까 그것이 더 쉬웠겠지. 그 여자도 전에는 여기 색시였으니까. 나도 그 여자 집에서 한 일 년은 색시 노릇을 했어. 그때는 모든 아가씨들이 모두 그 여자를 부러워했지. 팔자 좋게 늘 자가용을 타고 들락거렸으니까. 색시업 말고 또 다른 사업을 벌였대나 봐. 무슨 일인지 잘은 모르겠는데 위험 부담이 따랐나 봐. 항상 조심하는 눈치였어. 그러던 어느 날 여자는 없어졌어. 어디 먼 곳으로 갔다는 말도 있고 이민을 갔다는 말도 있고. 아무튼 그 후론 여기는 안 나타났어. 대신 칠성이가 그 여자 일을 맡아서 했지."

"그 여자와 완전히 헤어진 걸까?"

"이 바닥에서 헤어지구 안 헤어지구가 어딨어. 몸 섞고 살면 부부고 몸 섞지 않으면 그게 이혼이지."

"그 여자는 짐작이라도 좋으니까 지금 어디에 있는 지, 그리고 이름은 뭐야?"

"그런 맹추 같은 질문이 어딨어? 여기 있다 간 여자가 어떤 얼간이가 자기 주소를 가르쳐주겠어. 제 과거가 드러나는데. 이름도 마찬가지지. 여기서만도 이 집에서 저 집으로 가기만 해도 이름을 바꾸는데 한 사람이 자기 이름 갖다 붙인 가명만도 열 개는 넘을 거야."

여자는 거기까지 말하고 무얼 생각하는 눈치였다.

"자기 이제 보니 내 유방 일부러 만졌지? 내가 어떤 여자인지 알아보려고."

"왜 갑자기 그런 생각을 다 했어?"

"망나니같이 보이진 않으니까. 오히려 그 반대로 보여. 하긴 뭐 그런 남자기 응큼은 더하지만."

여자는 자기가 한 말이 우스운듯 키득거리고 웃었다. 그는 그녀에게 파란 지폐 몇 장 더 집어 주었다. 이젠 더 이상 서성대며 지체할 필요가 없어졌다.

그녀가 만족한 듯 말했다.

"자기 또 올 거야."

"왜, 또 뺨 때리려고?"

그가 짓궂게 물었다.

"또 왔으면 좋겠어. 다음엔 돈 안 받을게."

이팔복은 여자에게 미소를 던지고 서둘러 그곳을 빠져 나와 차도로 나왔다. 그때까지 그가 트렁크 안에 숨어 왔던 차는 그대로 있었다. 방금 그 여자는 그 차가 김칠성이가 타고 다니는 차라고 했는데, 근방에 있는 주차장에 주차시킨다고 묻지도 않은 말도 했다.

그녀의 말을 종합해 보면 김칠성은 자기 집에 색시로 있던 여자와는 현재 이 집에 같이 기거하지 않는 것만은 분명해졌다. 김칠성의 패거리들이 아까씨들의 손님으로 가장해서 수시로 그 집을 들락거리는 것도 확실해졌다. 단지 옛날에 데리고 살던 그녀는 지금 어디에 있고 성미란은 누구인가 하는 것은 그녀도 얼굴을 보기 전엔 모르겠다 하고, 또 이름은 가명이 흔해서 더욱 알 수 없다고 했다.

그렇다면 성미란은 누구일까? 김칠성이 성미란을 알고 있을까? 하는 점은 알고 있으리란 확신은 서지만 미심쩍기도 한 부분이었다. 더군다나 김칠성의 패거리와 인천댁이 은밀한 사랑을 나누고 있는 깃을 목격한 이상 적어도 둘이는 어쩌면 그 성도를 넘어서서 더 깊은 관계가 아닐까 하는 확신이 들었다.

인천댁은 성미란의 사람이고, 홍양화를 도와주라고 처음부터 명목상은 그런 이유로 붙여준 여자다. 성미란의 말로는 자신의 고향 구판장에서 경리일을 보고 있었는데 본인이 하도 서울로 취직을 시켜달라고 부탁을 해 같이 올라왔다고 했다. 그런데 올라와보니 마땅한 자리가 없어서 그냥 집 안 일이나 거들다가 자리가 나면 알아보마고했다지만 말이 그렇지 벌써 몇 년이 지난 지금에 와서야 홍양화도 그 말을 믿진 않았다. 이유야 어떻든 그녀는 맡은 일은 어김없이 처리해 놓아 불편한 점은 없었다. 단지 일 처리가 너무 지나치게 꼼꼼해서 홍양화나 이팔복의 사생활에 관해서도 감시하지 않나 하는 의심이 가는 점은 한두 번 나타나긴 했다.

또 한 가지 의문점이 있다면 인천댁이 은밀히 만나는 대상자가 아까 그 사내였나 하는 점이었다. 대충 꿰맞추려고 해도 평범한 인연으로 그 남자를 만나게 됐다고는 상상이 되질 않는다.

우연한 만남이기보다 그를 뒤에 조정자가 있지 않을까 하는 생각이 들기 때문이었다. 그렇다면 그 자는 도대체 누구일까. 성미란이 아니면 김칠성인가. 곽 회장이나 이대관은 그 의문점에서 배제해도 되는가. 또 김칠성의 부하는 언제부터 인천댁과 사랑을 나누면서 홍양화와 그의 동태를 살폈나. 아니면 그들만이 하는 그냥 단순한 사랑놀음인가. 그렇더라도 갑자기 두 사람이 연인 관계가 됐다는 것은 앞뒤가 맞지 않고 말도 안 되는 억지 추리가 된다. 만일 그 추리가 조금 더 진전이 된다면 성미란과 김칠성은 한패거리여야 할 것이었다.

그런데 성미란은 김칠성에 관해서는 한 번도 홍양화나 이팔복에게 그에 관해 말한 적이 없었다. 어딘가 빈틈이 보일 만도 한데 그런 징후도 보인 적이 없었다. 어쩌면 의도적으로 격리하는 것인지도 모른다. 그런 의문 말고도 성미란에겐 수수께끼가 한두 가지가 아니었다. 성미란은 과연 누구일까 하는 점도 그렇다. 그녀와 김칠성은 같은 패거리인가, 동업자인가, 아니면 잘못된 추측일까. 김칠성과 한패거리라면 그의 조정자란 말인가, 아니면 하수인인가. 아니면 김칠성과 한동안 동거했던 그 여자인가. 하긴 결핵 요양원에서 치료를 받고 어떻게 됐다는 그후의 소문은 들어 본 기회가 없었다.

그후의 일들은 김칠성과의 생활이 상반됐기 때문에 아는 바가 없었다. 설령 비슷한 세계를 살았다 해도 그녀에 관해서 입을 다물고 있으면 알 수가 없는 것이었다. 그와 절친했을 때만 해도 그는 그녀와 한 번도 마주친 일이 없었다.

주변에 기억을 더듬을 만한 요소도 없었다. 여자들은 의복이나 머리 모양, 화장에 따라 못 알아 보는 수도 많은 것이다. 또한 성형 수술의 기법은 놀랄 만하게 발달돼 있다.

이팔복의 기억 속의 아둔함을 일깨우려고 이런 시시껄렁한 서두를 끄집어 내는 건 절대 아니다. 어쨌거나 그나 홍양화를 감시하는 조직의 일원이 김칠성의 패거리가 아니고 단순한 사랑놀음의 우연이라면 그는 지금도 성미란에 대해 관심을 나타내지도 않고 가질 필요도 없었다. 그럴 만한 충분한 조건도 없기 때문이었다.

홍양화와 연결된 고리만 빼내면 그렇다. 그가 지금 성미란일 떠올리는 이유도 김칠성과 한패거리가 될 충분한 증거를 찾기 위해서다. 그 증거라는 게 전에 동거했던 그녀가 김칠성의 주변에 맴돌고 있는가, 아니면 만날 수 없을 정도의 먼 거리에 살고 있는가 하는 점이었다. 만에 하나라도 그녀가 김칠성의 그 주변을 맴돌고 있다면 성미란은 얼마만큼의 거리에 서 있는 여자일까.

택시가 신촌 로터리에 가까워지자 그는 하차했다. 밤의 제왕인 네온사인 불빛에 나를 잊지 말아요. 딱 한 잔만요. 다가온 영자, 다시 온 남자. 그런 간판들이 지나갔다.

그 문구에 마음이 끌리기도 했지만 한 잔 걸친 척하면서 인천댁의 눈을 속이는 것도 괜찮아 보였다. 이렇게 늦은 시간에 혼자 들어가면 그녀는 개 혓바닥처럼 이 구석 저 구석 쉬지 않고 그를 핥을 것이었다. 그 혓바닥과 그 코를 피하려면 취한 척하는 게 상책이고, 그러려면 입에서 술 냄새를 걸맞게 풍기고 비뜰거리며 걸어야 한다.

그는 적당한 카페를 찾아 들어갔다. 실로 오랜만에 들어와 보는 술집이었다. 순간적으로 자유가 오고 해방감이 물밀 듯이 밀려왔다. 맥주와 골뱅이 안주를 시켰다. 그에겐 골뱅이 안주가 최고였다. 그런 줄 알면서도 요새는 통 먹어 보질 못했다. 홍양화를 만나기 전에는 돈이 궁해서 못 먹었고, 여유가 생기고부터는 할 일이 바빠 돈이 있어도 못 먹었다. 잠시 후 골뱅이 안주가 왔다. 맥주 한 잔을 단숨에 들이켰다. 쫄깃쫄깃한 안주가 입 안에서 녹았다. 그는 쉬지 않고 몇 잔 마셨다.

취기가 오르자 기분이 좋아졌다. 이쯤에서 더 취하면 곤란했다.

이것도 다 살자고 하는 연극이니 이왕이면 좋은 연기를 보여줘야 한다.

술집에서 나와 유행가를 흥얼거리며 택시를 기다렸다. 먼저 와 있던 술집 여자인 듯한 여자가 따붤, 하고 소리친다. 택시 한 대가 정차할 듯 하더니 그 여자와 한 오 미터쯤 떨어져 서 있는 신사 앞으로 가 멈췄다. 그가 따따붤, 하고 외쳤기 때문이다. 그 여자가 뭐라고 욕지거리를 퍼붓고 신사는 어깨를 으쓱 하고 택시 안으로 올랐다. 택시는 순식간에 사라졌다.

그는 웃음이 터져 나오는 것을 억지로 참고 그도 따따붤, 하고 외쳤다. 당장에 효력이 나타났다. 재빨리 어디서 나타났는지 택시 한 대가 앞에 와서 섰다. 그는 냉큼 올라탔다. 차가 출발하자 씨팔놈, 하고 뒤에 서 있던 여자가 욕설을 퍼부었다. 그는 낄낄거리고 운전기사는 키득키득 하고 웃었다. 돈은 참으로 힘이 있다. 어떻게 벌어들인 돈이든 그 권위와 효력은 바로 나타났다. 덩달아 우월감과 승리감 같은 게 왔다. 처음으로 남들한테 이겨보는 것이다. 운전기사도 콧노래를 부른다. 그도 이팔복과 같은 기분을 맛보는 중이리라. 그는 운전사의 콧노래를 듣다 말고 그의 얼굴을 힐끔 보았다. 목 부위에 핏줄이 퍼렇게 서 있었다. 지금 흥분해서 그럴 것이다. 그에게도 따따붤은 좋을 것이다. 운전대를 한 손으로 잡고, 한쪽 손엔 천원짜리를 한 웅큼 잡고 세고 있었다. 끝까지 세어보고 나서 낄낄거리고 웃었다.

"사납금이 올랐거든요. 그래도 그 돈을 제하고도 몇 만 원 더 벌었어요."

묻지도 않았는데 자랑을 했다.

'물론 그럴 테지 그렇고말고 잘먹고 잘살아라.'

그는 속으로 분노가 끓어올랐다.

택시는 어느덧 홍양화의 집 부근에 다다랐다. 그는 그 지점에서 내렸다. 요금을 받아 든 운전사는 헤픈 웃음을 흘렸다.

"이 똥강아지 같은 자식아, 어서 꺼져라."

그가 갑자기 큰소리를 지르자 그는 황급히 차를 몰고 사라졌다. 그때까지도 그들의 차는 골목 어귀에 그대로 서 있었다.

예정된 비밀

차를 끌어다 집 앞에 세워놓고 벨을 눌렀다. 기다렸다는 듯이 현관에 불이 켜졌다. 인천댁이 밝은 표정으로 대문을 열어 주며 코맹맹이 소리를 하며 반겼다.

"조금 늦으셨네요. 사장님하고 한 잔 하던 중이거든요."

"무슨 좋은 일이라도 있나요?"

"그런 건 아니고 오늘 제가 월급을 탔어요. 그동안 수고했다고 특별히 술도 한 잔 하시자면서요."

"그랬군요."

그는 차를 차고 쪽으로 몰았다. 인천댁이 대문을 걸고 뒤따라 들어왔다. 홍양화가 그를 보자 반색을 하며 잘 됐느냐는 듯 눈짓을 했다. 그는 고개를 끄덕이고 자리에 앉았다. 그녀가 술잔에 소다수를 많이 붓고 양주로 칵테일을 만들어 주며 한 눈을 찡긋해 보이며 말했다.

"어디서 좀 드셨나 본데, 오늘은 특별한 날이라 한 잔 드리는 거예요. 이 부장님 월급도 드려야지요. 그동안 수고 많으셨어요. 차는 어땠나요?"

"잔 고장이에요. 카센터에서 잠깐 손봐 달라고 맡겨놓고 딱 한 잔만 한다는 게 그만."

"여러 잔이 됐다, 이 말이군요. 누구하고 마셨는데요?"

홍양화는 그의 눈치를 살피며 능청을 떨었다.

"누구라니요, 왜 가끔 그럴 때가 있잖아요. 혼자 있구 싶구, 술도 혼자 마시고 싶을 때가 있는 것 처럼."

"어머나, 이 부장님도 여린 데가 있네요."

인천댁이 딸국질을 하면서 농담인지 진담인지 모를 말을 했다. 홍양화가 어깨를 들썩이며 웃었다.

"자, 한 잔 더 해요."

홍양화가 인천댁에게도 또 한 잔을 권했다.

"주세요. 난 이제 시작이라구요."

그녀는 말은 그렇게 했지만 몸을 가누기 힘들어 하면서 잔을 받았다. 그녀는 많이 취해 있었다. 반면에 홍양화는 반죽만 맞추고 있었다.

홍양화의 말을 빌지 않더라도 중국 동북부지방에 사는 여자들은 주량이 셀 것이란 건 짐작해도 알만은 했다. 그런 주량이 있는 그녀니만큼 그 정도 술을 마시고 취할 리는 없을 것이다. 그는 그런 이유로 안심이 돼서 마음놓고 홍양화의 잔에 술을 따랐다. 아직 얼음조각이 그녀의 잔에 남아 있었으므로 그냥 부었다. 또 한 잔씩 잔을 비울 때 인천댁은 코를 골면서 소파에 길게 퍼져서 잠이 들었다.

홍양화는 방에서 담요를 가져다 그녀를 덮어주면서 말했다.

"본심은 착한 여자예요."

"그래도 조심해야지요."

"물론이지요. 그래두 사람은요."

그녀가 말을 이었다.

"때때로 어쩔 수 없이 그 환경에 적응해야 할 때도 있는 거예요. 마음은 저만치 가 있어도 몸이 말을 안 듣던가, 그런 상황 말예요. 주의의 여러 조건들 때문에 그래요. 그 중엔 돈의 위력도 포함되지요. 아마도 그 힘이 제일 클 거예요. 쉽게 이해하려면 날 보세요. 금방 알 수 있잖아요.

인천댁은 깊이 잠들어 세상 모르고 코를 곯았다. 완전히 곯아떨어진 것을 확인하고, 홍양화는 그녀의 몸을 뒤져 팬티 안 속주머니에서 차고 있던 지하실 열쇠를 찾아냈다.

그들은 그 열쇠와 손전등을 가지고 소리를 죽여가며 지하실로 내려갔다. 이 집에 와서 생활해 온 이후 홍양화는 두 번 지하실에 내려가 성미란과 함께 마약의 배산소분을 도와준 일이 있었다.

그후로 성미란은 마약이 소분 분배되어 소비자에게 넘어가는 생산 과정까지 인천댁 외에는 일절접근을 금지시켰다.

그 전날 출하될 양만 인천댁이 지하실에서 소분해서 홍양화 앞에 내놓았다. 굳이 성미란과 마찰을 빚으면서까지 지하실 출입을 하고 싶지 않아 그곳의 출입을 자제해 왔다.

열쇠도 인천댁이 한 개, 성미란이 한 개를 가지고 있을 뿐이었다. 그 열쇠를 인천댁이 어디다 감추고 있는지 그 장소를 알아내는 건 오랜 수수께끼였다.

인천댁은 어떤 핑계를 대든 열쇠 두는 장소를 숨겼다. 그곳을 알아낸 것은 최근의 일이었다. 우연하게도 세탁실에서 홍양화는 세탁기 안의 내용물 중에서 파출부의 팬티와 그 팬티에 묶여 있는 열쇠를 목격했던 것이었다. 그 열쇠는 분명히 지하실 열쇠일 거라고 추측했었다.

그 열쇠가 그녀의 예상대로 지하실 자물쇠의 열쇠일 줄이야! 그녀는 기뻐서 어쩔 줄을 몰라 했다.

이팔복도 그랬다. 그도 지하실엔 한 번도 출입한 일이 없어서 홍양화가 일러주지 않았더라면 여태껏 모르고 있을 것이다.

지하실로 내려가는 층계를 알고 있었으나 그에게는 관심 밖의 일이었다. 홍양화도 원하는 바가 아니었기 때문이었다.

경찰이 성미란의 주위를 점차 포위해 왔다는 느낌이 들기 전까진 그랬다. 약품 판매량이 많거나 수금액이 클 때는 홍양화를 시키지 않고 자기가 직접 취급했다. 액수가 적거나 수량이 적은 것만 홍양화에게 맡겼다.

그 외에 다른 루트를 통한 판매, 이를테면 유흥가, 곽 회장, 이대관이 개입된 노인들에 대한 판매는 지금껏 아무에게도 알리지 않고 그녀가 직접 하는 눈치였으나 구태여 묻지 않는다고 홍양화가 그에게 얘기한 일이 있었다.

열 계단쯤 내려가자 철문이 어둠침침한 속에 드러났다. 그들은 철문 앞으로 가까이 가 인천댁에서 빼낸 열쇠를 철문 자물쇠 구멍에다 넣었다. 곧 자물쇠가 기분좋게 열렸다. 문을 밀고 들어가자 입구에 탁구대가 놓여 있었다.

탁구대 위에는 탁구공과 탁구를 치는 라켓이 방금 운동이 끝난 것처럼 놓여 있었다. 탁구대 뒤편으로 비품창고인 듯한 고물 잡동사니를 가득 쌓아 놓은 창고가 보였다. 그 창고의 나무문을 밀자 산수화, 헌 액자, 오래된 화문석, 의자 찌그러진 것, 철제 헌 책상, 국내 소설책, 잡지류 등이 바닥에 먼지가 쌓인 채 너저분하게 널려 있었다.

홍양화는 그 중에서 소설책들을 걷어 내고 그 밑바닥의 시멘트로 된 뚜껑을 들어냈다. 어른이 충분히 들어가 설 수 있는 정도의 맨홀이 나타났다. 시멘트로 된 바닥에 아편이 저장돼 있었다.

작년 여름에 홍양화가 도문시에서 가져온 아편이 소분만하면 사용이 가능하게 배산이 돼 있었다. 그는 아편만 들어내고 원래대로 겉포장을 손이 타지 않은 것처럼 위장해 놓았다. 그 위에 시멘트로 된 맨홀 뚜껑을 덮고 소설책을 덮어 놓은 다음, 약품을 들고 그의 방으로 돌아와 홍양화와 같이 눈대중으로 적당히 약품량을 소분했다.

반 시간쯤 지났을 때 대충 일이 끝났으므로 소분된 약품을 차고 쪽으로 운반해 차 트렁크에 모두 실었다.

일이 비교적 수월히 끝나자 홍양화는 들떠서 얼굴이 상기된 채 긴장돼 있었다.

"걱정할 것 없어요. 모두 잘 될 거예요."

"솔직히 긴장되고 흥분이 돼요. 얼마나 오래전부터 이 날을 기다렸는데요. 나 혼자 감행할 일이 아니라 여태껏 미뤄 왔지만요."

다소 안심이 됐다는 투로 그녀가 말했다.

"미심쩍은 것이 있나 다시 한 번 살펴봐요."

"이 마당에 다른 게 뭐가 중요하겠어요. 여권과 비행기 예약 항공 권만 있으면 되지요."

"비행기 예약 항공권이라뇨?"

"오늘 비행기예요. 말할 시간이 없었어요. 일이 잘 안 되건 잘되 건 어차피 떠났다 와야잖아요. 그래서 미리 여행사를 통해 예약을 해놨어요. 상의를 드려야 하는데 못했어요. 그러나 가지 말라면 안 떠날게요."

"아니오, 잘 하셨어요. 상의했더라도 그렇게 됐을 거예요."

갑자기 홍양화가 그의 목을 끌어안았다. 사정없이 그에게 키스를 했다.

그는 흥분이 되어 그녀를 가만히 놔둘 수가 없었다. 그녀를 번쩍 안고 욕실로 들어가 욕조에 집어던졌다. 욕조의 물이 사정없이 튀 었다. 그도 욕조로 들어가 그녀가 걸친 것은 모두 벗겼다. 그는 바 지와 팬티도 벗어 던졌다. 홍양화는 감탄한 듯 소리쳤다.

"너무 멋있어요."

"뭐가요?"

"자기 것 말예요."

그녀는 그의 아래를 바라보면서 감탄을 연발했다.

"이런 황홀한 기분은 처음이에요."

그녀가 일어서면서 말했다. 눈에 눈물이 고여 있었다.

"내 처녀성을 당신에 주었더라면……."

그의 입술이 그녀의 입술을 덮었다. 그리고 속삭였다.

"그런 말 하는 거 아니오. 나는 더 추한 남자요."

"알았어요. 다시는 안 할게요."

아침에 눈을 떴을 때 그들은 그대로 거실에 쓰러져 있었다.

홍양화는 소파에 누운 채 그를 내려다보고 있다가 눈길이 마주치자 목이 잠긴 음성으로 나직히 말했다.

"잘 주무셨어요?"

그는 대답 대신 웃음을 보여주며 일어나 앉았다.

어젯밤 그들은 한 시가 지나서 잠이 들었다. 침대로 갈까 하다가 일부로 거실을 택했다. 인천댁이 근래에 와서는 더 진솔해 보이려고 치장을 하는 것 같아서 그녀의 팬티 안에 열쇠를 다시 묶어 놓고 술에 취해 그대로 쓰러져 잔 것같이 위장하기 위해서였다. 위장을 했지만 그들은 깜박 잠이 들었다 깨었다.

아침 햇살이 창문을 통해 높다란 은행나무 가지 사이를 뚫고 거실로 쏟아져 들어왔다.

인천댁은 언제 일어났는지 주방에서 설거지를 하는 듯했다. 그릇 부딪치는 소리, 개수대에 물 내려가는 소리가 시끄럽게 들려 왔다.

이팔복은 거실 소파에 앉아 담배 한 개비를 피워 물었다. 홍양화가 그의 볼에 가볍게 키스를 해주고 그녀 방으로 갔다.

어제는 술을 적당히 마셨으므로 두통도 없고 속이 느글거리지도 않았다. 홍양화는 계획을 세웠고 그가 도와주기로 한 일들도 잘 풀릴 것 같아 그는 기분이 썩 좋은 상태에서 아침을 맞게 되어 퍽 다행스럽게 생각되었다.

매만지는 세월의 바퀴

　지난 일들을 생각해 보면 어떤 일이든 그 일을 행하려 할 때 그 순간의 자신감과 마음의 동요가 그 일의 성패를 좌우할 때가 많다. 자신감이야말로 일의 성패에 커다란 배경이 되는 것이다.

　창 밖에는 바람이 불어 은행잎과 가지들을 흔들어대고 있었다. 그것을 바라보면서 이팔복은 생각에 잠겨 있었다. 크고 작은 일들이 요즘와서 자주 일어났다. 또 전혀 예기치 못한 일들도 앞으로 있을 것이다. 그렇더라도 미리 불안해 하는 것은 금물이라고 그는 자신을 타일렀다. 이때 문 밖에서 노크 소리가 들리더니 인천댁이 아침 준비가 다 됐다고 알리고 갔다. 그는 홍양화의 방을 노크했다.

　"알았어요."

　그녀의 맑은 목소리가 들려왔다. 그는 먼저 식당으로 갔다. 북어국을 끓인 듯 구수한 냄새가 주방 안에 가득했다. 인천댁은 북어국을 떠서 식탁에 놓으며 다정하게 물었다.

"속 괜찮으세요?"

그는 배를 문지르며 죽겠다고 울상을 지어 보이고 능청을 떨었다. 어느새 홍양화가 화사한 드레스 차림을 하고 식탁으로 와 앉았다.

셋이 오랜만에 한 식탁에 둘러앉아 맛있게 식사를 했다. 어쩌면 오늘 이후 그들은 다시 못 만나게 될지도 모른다. 다시 만날 약속을 하고 이별도 하지만 세상 일이란 게 다 자기 뜻대로 안 되는 경우가 더 많은 것이다. 단지 그 기대가 정상 궤도대로 갈 수 있도록 최선을 다할 뿐이다. 그것만이 홍양화와 그가 할 수 있는 최선의 방법이다.

그 일을 하다가 어떻게 된다 할지라도 이팔복은 후회하지 않으리라 다짐했다. 여태껏 살아오면서 그는 지금처럼 사람 대접을 받아 본 일이 없었기 때문이다.

홍양화를 만나고부터 비로소 사람 사는 맛을 알았다. 그녀에게서 일찍이 다른 사람들한테서 못 배운 것도 배우게 됐다. 그녀는 되도록 알고 있는 전부를 가르쳐 주려고 애를 썼다. 돈은 물론 궁색한 티까지도 없애주려고 그녀는 노력했다.

그녀는 이미 가장 중요한 마음까지도 그에게 주어 버렸다. 그녀도 동감하리라고 믿었다. 그녀는 이제 누가 뭐래도 그의 사람이고 자신은 그녀의 것이다.

홍양화는 국만 몇 숟갈 뜨고 되도록 많은 일을 인천댁에게 맡겼다. 어쩌면 마지막이 될 지도 모르니 되도록이면 많은 것을 정리해 두고 싶은 심정이었을 것이다.

그는 인천댁에게 잘 먹었다는 인사를 하고 방으로 들어왔다. 욕실로 가서 옷을 벗고 샤워를 했다. 비누칠을 많이 하고 머리를 말끔이 감았다. 물기를 닦아내고 양말과 팬티, 런닝셔츠를 갈아입었다.

오랜만에 얼굴에 로션을 바르고 하얀 와이셔츠에 신사복도 밝은 색으로 입었다. 정장을 하면 다른 모습으로 보였다. 친하게 지내던 사람들이 쉽사리 못 알아보는 걸 봐서도 알 수 있었다. 모두가 홍양화 덕이었다.

일반 상식도 풍부해졌고 세상 이치와 계산도 빨라졌다. 물론 홍양화의 훈련 덕이었다. 많이 아는 것이 살아남는 힘이라고 그녀는 가르쳤다. 그 끈끈한 우정이란 것도 너와 내가 비슷할 때는 벗이라 해도 내가 처지면 벗이라는 개념도 사라진다는 것이었다. 수준차가 날 때 상대가 나를 피하는 것도, 내가 상대를 피하는 것도 당연한 세상 이치다. 작금의 인심이 다 그렇다. 서로가 소중하고 가깝다는 것은 피차 부담없이 대할 수 있을 때이다.

서로가 마음이 편해야 자신을 털어놓는 법인데, 피차가 마음을 자물쇠로 잠그어 놓고 한 마디도 없으면 오해가 발생하고 갈등이 일어난다. 이것을 해소시키는 방법은 평등에 가깝도록 서로 노력하는 길밖에 없다. 홍양화는 끊임없이 이와 같은 복리적 계산방법을 그에게 주입시키려 애썼다.

이팔복은 나중에야 비로소 그녀의 의도대로 자신이 변화되고 있는 것을 알고 한편으론 놀람에 차 있을 때도 있었다. 순수성이 점점 엷어지는 느낌이 오기 때문이었다. 그렇더라도 기본적인 그 사람의 본성만은 변질되지 않는 것이라고 그녀는 단정하면서 그 본질성은 자기를 줘야 한다고 강조했다.

그때마다 이팔복과 그녀는 아이들처럼 새끼손가락을 걸고 흔들었다. 그렇지 않더라도 그들은 이제 서로를 믿었다. 그녀는 종종 자신들의 장래에 대해 얘기하기를 즐거워했고, 그것이 전혀 황당한 얘기도 아니었다. 그녀의 희망 사항은 대개 이러했다.

'이팔복이의 여자는 이 세상에 홍양화밖에 없다. 그러므로 오직 그 여자만을 사랑해야 한다. 아이를 둘을 낳아도 반대해선 안 된다. 빨간 스포츠카와 사십 평짜리 아파트를 사도 반드시 찬성해야 되고 해외여행도 자주 해야 한다. 이 가운데 한 가지도 반대해서는 안된다.'

어떤 때는 그에게 다짐을 받을 때도 있었다. 몇 번씩이나 반복된 일인데도 그는 싫증이 나지 않았다.

"그렇게 합시다."

그때마다 그는 똑같은 대답을 했다.

성미란의 조직에서 이탈하여 자기만의 세계로 떠나기로 작정한 것도 사실은 그녀의 이런 독특한 교육에서 얻어진 소산이고, 그 뒤엔 믿음이 뒷받침이 됐을 것이다. 비록 그것이 그녀의 독선에 의한 결과라 하더라도 그는 따르기로 결심했다. 절대로 자신의 인생을 후회 않기로 단단히 각오를 했다.

그녀 혼자 떠날 것을 단독으로 결정했더라도 그는 절대로 섭섭해 하지 않았다. 그녀의 그 결정들이 결코 짧은 시간에 얻어진 것이 아니라고 그는 믿었다. 자신의 모든 것을, 어쩌면 하나뿐인 생명까지도 포기해야 되는 그처럼 큰 위험 부담이 뒤따르게 될 것이란 점을 그녀가 누구보다 잘 알고 있었고, 그 또한 그랬다. 그래서 돕도 싫었던 것이 그의 심정이었다.

또 한 가지 이유라면 이 집을 나가면 그들은 어쩔 수 없이 당분간 만나지 못하게 될 것이다. 순전히 타의에 의해 선택 되겠지만 보다 더 먼 귀향이 될지도 몰랐다. 출항하는 배의 속도가 빠르면 하얀 포말은 더 크게 일어날 것이고 단지 먼 거리에서 바라본다면 하얀 바다로만 보일 것이다.

그 하얀 바다 저편으로 그녀는 간다. 두 손으로 바닷물을 떠받치면 비릿한 고깃비늘 냄새와 염분의 짠맛을 풍길 것이다. 사람 사는 곳 어디에도 이처럼 찌꺼기는 남는다.

스치고, 헤어지고, 만나고, 엉키고, 엉킨 것을 풀고 이처럼 많은 인연의 찌꺼기들을 버리지 않는 곳이 없었다. 그러나 바다는 버려진 그 모든 것을 또는 버려야 할 모든 것을 안으로 포용하고 흐른다. 그리하여 새로운 곳에서 헤어졌던 친구들을 다시 만나고 또 헤어져도 끝내는 다시 만남을 확인할 수도 있을 것이다. 그리하여 그들은 화합할 수도 있을 것이다. 그 바다 건너 저편으로 가기 전에 홍양화는 꼭 한 가지만은 약속해 달라고 했다. 그것은 이미 준비된 수순이었다.

가끔 산책길에 들렀던 근방의 교회로 가서 목사님을 면담하자는 것이다. 그리고 둘만의 결혼식을 올리자는 것이 그녀의 계획이었다. 목사님하고는 상의가 끝난 터라고 그녀는 강권하는 것이었다.

이팔복도 예상했던 일이긴 했다. 무슨 일이든 큰일을 결정할 계제가 되면 거기에 따른 또 다른 반대급부들이 떠오르는 법이다.

그리고 예외일 수는 없었다. 어떤 인연으로 만나 살을 섞고 살았지만 항상 부부싸움이 잦았던 자신의 아내 생각도 떠오르고, 그 여자가 데리고 온 아이들 생각도 떠올랐다. 한때는 즐거움도 준 여자였다. 그에게 언제나 강한 패배감을 안겨준 여자지만 그녀 생각도 쉽게 지워지지 않았다.

홍양화도 그 눈치를 챈 듯했으나 그보다 더 급한 것이 당장 실천에 옮겨야 할 현실이라고 다그치는 바람에 그는 순순히 그녀가 하자는 대로 따르기로 했다. 예식이 끝나면 그들은 곧 헤어져야 하기 때문이었다. 그녀는 하얀 바다 저편으로 떠날 것이고, 그는 산문으로 떠나가야 한다.

중이 되기 위한 것이 아니라 당분간 도피를 위해 입산을 택한 것이다. 머리를 깎고 장삼가사를 걸치고 어느 암자에 눌러앉아 세월을 보내면 제아무리 날고 뛰는 성미란도, 아니 경찰 앞잡이가 망을 본대도 찾아내진 못할 것이다.

모든 것들이 잠잠해지고 법률적으로 유효기간이 지날 때까지 숨어 사는 것이다. 그후에는 동남아 쪽으로 나가 제삼국에 가 살든지 홍양화가 한국으로 오든가 그가 중국으로 가서 살든지, 그때 가서 형편에 따를 것이다. 어쨌든 숨어 사는 것이나 감시받고 사는 것은 불편한 일이다. 빨리 감시망에서 벗어나 살아야 한다.

홍양화는 이미 출국 비행기를 예약해 놓은 상태이므로 오후에는 어떤 일이 있어도 일본으로 가야 한다. 그리고 거기서 중국행 비행기를 갈아 타야 한다.

성미란과 같이 출입하며 영업을 했던 굵직한 고객 몇 명에게 마약을 덤핑으로 처리해 돈을 챙긴 홍양화는 그녀가 태어나고 성장한 도문시로 떠나는 것이다.

그는 그녀를 전송한 다음 이발소로 가 삭발을 할 것이다. 그리고 몇 년 지나지 않아서 머리는 다시 자랄 것이고 그때는 자유인이 될 것이다. 그러고 보면 그의 속세의 모습도 오늘이 마지막이다. 옷 맵시를 다시 한번 다듬어 보고 현관으로 나갔다.

홍양화는 이미 준비를 끝내고 기다리고 있다가 인천댁에게 물었다.

"인천댁 먹고 싶은 것 있으면 말해 줘요."

"두 분이 어딜 가시려나 했는데 백화점에 다녀 오시려고요?"

"엊저녁에 속이 출출해서 냉장고를 열어 보았더니 속이 텅비었지 뭐예요. 입을 옷두 세일이라니까 몇 벌 살까 해서요. 영동 쪽이 백화점 구색이 잘 돼 있으니까 그리로 갈까 해요. 뭐든지 살 물건이 있으면 말해 봐요. 가는 길에 사다 드릴 테니까."

"저야 뭐, 저는 상관 마시고 두 분이서 맘에 드시는 거나 쇼핑해 오세요."

"그래두……, 이왕 나가는 길인데……, 바지나 두 벌쯤 사올까? 바지를 잘 입으시니까?"

"저는 괜찮대두요."

현관에서 인천댁이 또 덧붙였다.

"다녀오세요."

이팔복은 평상시처럼 태연히 차고로 가 차를 대문 밖으로 뺐다. 먼지털이로 먼지를 터는 척하면서 주위를 살폈다. 평온하고 조용했다. 홍양화에게 눈짓을 하자 운전석 옆자리로 올라탔다. 인천댁이 대문 앞에서 차고 문을 닫으며 인사를 했다.

차는 고객 중 홍양화를 은근히 탐내는 자들이 많은 쪽으로 몰았다. 그녀의 말에 따라 화가와 의사, 강남의 술집 사장, 그 외 노골적으로 홍양화에게 추근거리던 졸부들을 찾아 한 바퀴 돌기로 했다. 다음날 호텔에서 만나기로 적당히 약속해 미끼를 던진 다음 약값을 미리 받아낼 심산이었다.

일영으로 갔을 때 한 화가는 노골적으로 아름답다는 말을 연발했다. 홍양화는 화가의 손이 브래지어 속으로 들어오는 것도 모른 체하고 남자가 달아오르기를 부추겼다. 아편을 주고 돈을 요구하자

화가는 순순히 돈을 주었다.

값은 양에 비해 거액이었다. 홍양화는 다음날 호텔 커피숍에서 만나자고 은근히 화가에게 뜸을 들였다. 화가는 쾌히 약속을 하고 시간을 거듭 확인했다. 그 내용을 차에서 기다리고 있던 이팔복에게 들려주면서 그녀는 그의 눈치를 살폈다.

"어쩔 수 없는 줄 아시죠?"

"알아요"

그는 막상 대답은 그렇게 했으나 속은 개운치가 않았다. 그래도 일은 성사시켜야 한다. 그녀의 어깨에 손을 얹고 가볍게 두드려 주고 다음 방문자 집으로 차를 몰았다.

받은 돈은 가는 길에 은행에 들려 그의 먼 친척되는 사람 이름으로 입금을 시켰다. 어머니 쪽으로 친척되는 분인데 어머니가 살아 계실 적엔 왕래가 제법 있던 친척이었다. 물론 본인에게 알리지 않고 이름만 빌렸다.

홍양화는 그 쪽이 위험 부담이 없을 것이라는 생각이 들었던지 그녀가 더 원했다. 두 집을 더 도는 동안 통장에 자그마치 팔천만 원이 넘는 돈이 입금됐다. 몇 집 더 돌면 돈은 눈덩이처럼 불어날 것이다. 약품이 아편인 이상 구입자들은 입을 다물 것이고 돈은 어디로도 달아나지 않을 것이다. 한동안은 한숨 놔도 되고 그동안 이자를 불리면서 푹 쉴것이다.강남의 술집 주인 임 사장 집을 방문하고 나올 때는 서너 시간이 지났다. 그 집 철제 대문을 나서면서 홍양화는 얼굴이 빨갛게 상기된 채였다.

"이런 말 해도 되는지 몰라, 말해도 화 안내시죠?"

그에게 다짐을 받았다.

"글쎄, 저 능구렁이가 나보고 이러지 뭐예요. 오늘은 일이 바빠서 그냥 보내지만 내일은 깨끗이 목욕을 하고 단단히 각오를 하고 호텔로 나오래요. 최고로 기쁘게 해 주겠대나요. 자기는 다른 남자와 테크닉이 다르다나 어쨌다나. 그런데 그때 외부에서 전화가 왔어요. 그 전화를 받더니 임 사장이 안색이 갑자기 달라지는 거 있죠. 상대방이 누군가 온 일이 없냐고 묻는 것 같은 눈치였어요. 임 사장이 나를 힐끔 쳐다보더니 금방 왔다 가긴 했는데 거동이 이상해서 따돌렸다고 하더군요. 그러면서 약품대금을 급히 내주면서 아무 일도 없었던 것으로 하재요. 그러면 이것만은 꼭 지켜 달래요. 무슨 일이 있어도 말이죠. 이상하잖아요. 평상시 그 사람답지 않게 말이죠. 자기는 오늘 바쁜 일이 있으니 빨리 돌아가 달래요. 그리고 내 쫓다시피 하는 거예요. 왜 갑자기 그렇게 돌변했을까요?"

이팔복도 상황이 예사롭지 않다는 것을 느꼈다.

그들이 탄 차가 정원을 나오자마자 일하는 늙은이가 바삐 서둘러 철대문을 닫는 눈치였기 때문이다. 의문은 거기서 끝나지 않았다. 강남에서 대교를 건너 강북으로 올 때까지 긴 차의 행렬이 이어졌다. 차의 행렬이야 요즘 도로 교통 사정이 나쁘니까 늘상 있는 일이었다. 그게 이상한 게 아니다. 승합차가 뒤를 따라오지 않나 하는 느낌이 들었기 때문이었다. 딱히 꼬집어도 그렇다고 확신할 순 없어도 신경이 자꾸 거슬렸다. 과잉반응이 아닐까 하는 생각도 들긴 했다. 그래도 경계는 하면서 그녀가 몇 번 만나 보았다는 목사가 있는 교회 쪽으로 접어들었다.

교회는 주택가 안쪽에 이차선 차도가 있는 언덕배기 중간쯤에 있었다. 그 앞을 지나면 한국빌라가 있는 앞 도로로 연결되어 터널 쪽으로 나가면 된다고 홍양화는 설명했다.

이곳으로 거처를 옮긴 지 얼마 안 되어서 고향 도문시가 생각날 때마다 가끔 여기 교회를 찾아왔다고 했다.

목사는 나이가 지긋하시고 백발이 성성한 분이신데 한참 동안 홍양화를 지켜보다가 홍양화의 울음소리가 그치면 가까이 와서 위로했다.

"괴로워하지 마십시오. 여기는 주님이 계신 하나님의 집입니다. 무엇이든지 간구하시고 원하십시오. 모든 원하는 것들을 다 들어주십니다. 같이 기도하십시다."

그 목사는 그녀를 위해서 자주 기도해 주시곤 했다. 그 목사가 지금 기다리고 있다. 때때로 도문의 고향에서 할아버지가 자기를 위해 했던 것처럼 축원해 줄 인자하신 하나님의 충실한 종이 거기에 있을 것이다.

그녀는 빨리 몰라고 재촉했다. 그는 정신이 헷갈릴 지경이었다. 이윽고 교회 문이 저만치 열려 있는 게 보였다.

그는 교회 앞에 차를 세웠다. 그리고 안으로 들어가자 목사는 설교대 위에서 모든 준비를 해놓고 기다리고 있었다.

"어서들 오십시오. 하나님은 언제나 여러분을 환영합니다."

목사가 환한 웃음으로 그들을 맞이했다.

"죄송합니다. 목사님 번거롭게 해드려서요."

"번거롭다니요. 형제에게 그런 말 하는 것이 아닙니다."

목사가 그들을 설교대가 있는 제단 앞으로 안내했다. 백발이 성성한 나이 많은 하나님의 대리인은 굵은 테의 안경 속에서 커다란 눈이 평화스럽게 껌벅였다.

그들은 제단 앞에 나란히 섰다. 검은 비로드천으로 둘러쳐진 제단 위에서 목사는 기도가 끝난 다음 엄숙한 표정으로 내려다보면서 말했다.

"이팔복 씨를 지금 이 시간부터 남편으로 섬길 것을 하나님의 성전에서 주 예수 그리스도 앞에 맹세합니까?"

홍양화가 네. 하고 작은 목소리로 대답했다.

목사가 똑같은 질문을 그에게도 던지고 행위도 반복했다. 그도 시원스럽게 대답하고 홍양화를 쳐다보았다.

그녀는 홍조 띤 얼굴로 상기돼 있었다. 목사의 축사가 시작됐다.

"이제부터 두 사람은 전능하시고 만인의 왕이신 그의 성전에서 당신이 인정하시는 부부가 되셨습니다. 주 예수 그리스도는 모든 부부에게 이렇게 말씀하십니다. 아내된 자들이여, 자기 남편에게 순종하기를 주께 순종하듯 하시오. 그리스도께서 교회의 머리이신 것 같이 남편은 아내의 머리이기 때문입니다. 교회가 그리스도에게 순종하는 것 같이 아내도 모든 일에 남편에게 순종해야 합니다. 남편된 이들이여. 자기 아내 사랑하기를, 그리스도께서 교회를 사랑하심과 같이 하십시오. 그리스도가 교회를 위해 자기 몸을 버리신 것은 교회를 물로 씻으시고 또 말씀으로 깨끗하게 하셔서 거룩하게 하시고 티나 주름이나 또 그와 같은 것들이 하나도 없는 거룩하고 흠없는 영광스러운 교회로 자기에게 나아오게 하시려는 것입니다. 자기 몸을 미워하는 사람은 없습니다. 오히려 자기 몸을 양육하고 보호하기를 그리스도께서 교회를 양육하고 보호하듯 합니다. 우리는 그리스도의 몸의 지체들입니다. 그러므로 사람이 부모를 떠나 자기 아내와 합하여 둘이 한 몸이 되는 것입니다. 이 비밀이 큽니다. 나는 그리스도와 교회를 두고 이 말을 전하는 것입니다. 아내를 자기 몸같이 사랑하고 아내도 자기 남편을 존경하시오. 자, 이제 기도합시다."

목사는 두 손을 공손히 모으고 그들을 위해 태어날 아기를 위해 부드럽고도 정겨운 목소리로 주께서 언제까지나 지켜주시기를 바란다고 기도했다.

"이제 어떡하실 생각이십니까?"

목사가 제단에서 내려와 홍양화의 손을 잡으며 물었다. 친 딸에게 하듯 따뜻해 보였다.

"당분간이 될지 오래 걸릴지는 모르겠어요. 전에 말씀 드린 대로 도문시나 연변으로 갈 생각이에요. 제가 먼저 가서 이 사람을 불러들이든지 아니면 제삼국에서 만나 살까 해요."

"부군될 뿐께선 절로 들어가신다 했던가요?"

목사는 걱정스러운 눈으로 이팔복을 바라보았다.

"네, 당분간은요. 그게 잘하는 짓은 아닌 줄 알지만 달리 방법이 없어서요. 암자에 틀어박혀 몇 년 간 공부를 하고 이 사람에게 배운 중국어 공부도 더 해볼 생각입니다."

"어찌됐든 좋은 생각이긴 합니다. 그만큼 진보된 생각이란 뜻이지요. 지난 일에서 손 씻은 것만도 훌륭한 결심입니다. 어떤 이유에서든 국법을 어기는 것은 나쁜 일이지만 작위적으로라도 뉘우침을 찾는 일은 죄사함의 한 방법입니다. 잘못된 위정자들이나 고상한 척, 진실된 척 위엄을 갖춘 사회 지도층 인사들이 법을 우습게 아는 위법자들보다는 보기가 좋습니다. 하나님께서도 당신들을 보호해 주실 것입니다. 곧 밝은 날, 자유가 보장되는 날이 올 것이오. 언제까지나 나는 당신들의 형제입니다. 내 도움이 필요하시면 찾아오십시오. 힘 닿는 데까지 도와드리겠습니다."

목사의 말씀에는 힘이 있었다. 그의 말은 평범에서 비범함을, 불안에서 편안함을, 좌절에서 소망을 안겨주고 있었다. 그들은 희망과 불안과 기쁨과 슬픔이 교감되는 가운데 목사의 말을 경청하고 있었다.

"끝으로 말합니다. 주의 강한 능력을 힘입어 주 안에서 힘을 얻으시오. 악마의 전략에 대항할 수 있도록 하나님이 주시는 전신갑주를 입으시오. 우리는 혈육을 가진 인간들을 상대로 싸우는 것이 아니라 악마의 지배와 이 시대를 다스리는 암흑의 세력과 공중권세를 잡은 악한 영들을 상대로 싸우는 것입니다. 지금 하나님이 주시는 전신갑주로 무장하시오. 그래야 악한 날이 올 때에 그들을 대항할 수 있을 것이오. 모든 것을 이긴 후에 자기 자리에 설 수 있을 것입니다. 튼튼히 서시오. 진리로 허리띠를 두르고 의의 호심경을 붙이고 평화의 복음으로 준비된 것을 발에 신으시오. 그리고 이 모든 것 위에 믿음의 방패를 가지고 다니시오. 그것으로 악한 자가 쏘는 모든 불화살을 막아낼 수 있을 것입니다. 그리고 구원의 투구와 하나님의 말씀인 성령의 검을 받으시오. 아버지 하나님과 주 예수 그리스도께서 모든 형제에게 평안을 주시고 믿음을 겸한 사랑을 주시기를 기원합니다. 우리 주 예수께서 언제나 변함없이 사랑하는 두 사람에게 함께해 주시기를……."

목사가 다음 말을 하려 할 때였다.

예기치 않은 조우

자동차 엔진 소리가 가까이 다가오더니 교회문 밖에서 멎었다. 뒤 이어 교회문 쪽에서 요란한 소리가 나더니 낯선 사내 두 명이 들어섰다. 그 뒤를 따라 칠성이가 거만스런 걸음걸이로 들어왔다.

먼저 들어온 사내 둘이 예배석 긴의자 옆 복도 쪽으로 다가왔다. 한 사내는 검은 정장의 넥타이 차림이고 또 한 사내는 점퍼 차림이었다. 얼굴을 확실히 알아볼 수 있는 위치까지 와서 그들은 멈췄다.

엄숙하던 분위기는 순간적으로 어두워졌다. 홍양화가 점퍼 차림을 살피더니 갑자기 소리를 질렀다.

"당신은 인천 부둣가에서 나를 유인했던 바로 그놈이구나. 벼락 맞아 죽일 놈아."

사내는 가소롭다는 표정으로 입을 놀려 대며 음흉한 소리를 냈다.

"눈은 있다꼬 사람은 바로 알아보는구나. 잘 알아 맞혔다카이. 맞다, 저분이 바로 네게 성경험도 실습시켜 주고, 인생의 진미도 가르쳐 준 어른이고마."

"뭐라고? 주둥이를 함부로 놀리는 네놈은 또 누구냐?"

홍양화는 더 이상 못 참겠는 듯 김칠성에게 달려들 기세였다.

그때 목사가 그녀의 팔을 잡고 나직이 일렀다.

"이럴 때일수록 침착해야 합니다."

"내 말이제? 내는 이 친구들 두목되는 사람 아이가. 좋게 말하문 사장님인기라. 성미란의 남편되기두 하구. 너는 내를 모르겠다만 내는 너를 잘 알고 있는기라."

김칠성이 능글맞게 큰소리로 웃었다. 홍양화는 감정 처리를 못하고 숨을 가쁘게 몰아 쉬었다.

이팔복도 김칠성일 보는 순간 옛날 일이 되살아나 견딜 수가 없었다. 당장에 요절을 내주고 싶었다. 그러나 저쪽은 머릿수로 따져봐도 그렇고 힘깨나 쓰는 사내들만 골라서 온 것 같기도 해서 당장 어떻게 할 수가 없었다. 먼저 욕이 튀어 나갔다.

"이 개만도 못한 놈, 다시는 못 만나나 했더니 여기서 또 만나게 되는 구나. 그것도 마약 밀매단 총책이 된 놈으로 말이야. 겉으론 소매치기나 포주를 합네 광고를 하며 뒤로는 마약장사를 했지. 내 진작부터 네놈이 아닐까 의심은 했다만 확실한 증거가 없어서 어쩌질 못하고 벼려만 왔다. 벌레만도 못한 놈, 그래도 한때는 친구랍시고 믿고 지냈으니 남이 부끄럽다. 이놈아. 사기칠 데가 없어 친구 피 판돈을 등쳐 먹어. 더럽고 치사한 놈, 네깐놈이 두목이라니 똥개가 웃겠다. 이놈아."

"아가리 닥치지 못해. 이 자슥아, 사람을 오랜만에 봤으믄 반갑단 인사를 해야 하는기라. 그 다음에 은혜를 갚아야 하고. 내 아니었으면 니는 지하철 구내에서 불써 죽었을끼라. 하긴 니놈이 이뻐서 살려줬던 건 아니었지. 니놈이 경찰에 협조해줘서 우리 애가 잡혀갈 때 퍼뜩 좋은 생각이 떠오른 기라. 밀가루꾼(아편밀매꾼)으로 오해될 뻔했는데 그걸 피하게 하는 기회를 니놈이 제공해 준기라. 그동안 여러 번 니를 죽이려고 했지만두 여태껏 내버려둔 건 힘든 밀가루 운반책을 썩 잘 해 주었기 때문이제. 멍청이 같은 경찰이 우리한테 홍양화와 니를 감시하라는 역할을 맡긴기라. 성미란은 마약 운반 전력이 있어서 직접 경찰이 감시를 안 했나. 그래서 니들을 살려뒀는데 이젠 생각이 바뀐 기라. 모르지 또, 그 여자를 우리에게 순순히 내준다카믄! 니도 알다시피 저 가시나가 있어야 질 좋은 아편을 마음 놓고 반입할 수 있는 거 아이가. 니도 좋고 어떻노? 그라문 예전처럼 우정도 생기는 기라. 원한다카문 우리 조직에 가입해도 좋을 거구만. 니도 생각이 있겠지만 저 가시나가 질이 썩 좋은 가시나는 아닌기라. 만난 동기야 우찌됐든 우리가 자기에게 울만아 잘 해 줬노. 니도 저 가시나와 있어 봐서 잘 알끼라. 한데 저 가시나가 왜 도망치려 했는지 그 이유를 모르겠는기라. 봐라 요즘 전셋값 얼마나 비싸노. 그 커다란 온채 지 혼자 다 쓰게 해 줘 매 때마다 빳빳한 현금으로 뭉칫돈 쥐워 줘, 어데 한구석 불만 될게 있는지 모르겠데이. 한데도 기껏 신세 갚는다는 것이 고작 인천댁을 꼬여 술퍼먹여 놓고 지하실에 보관돼 있는 우리 재산을 몽땅 덤핑해 팔아 치우고 줄행랑을 쳐? 니 년놈들이 도망을 가면 어데까지 갈 수 있다고. 성미란이 인천댁은 폼으로 붙여논 줄 아는가? 니 년놈들 감시하고 지하실 물건을 확인하는 게 인천댁의 임무라 안카나. 어제는 인천댁도 실수를 했제. 홍양화를 만만이 보고 마음 놓고 술을 마신기라. 저 가시나 말도 그대로 믿었제. 정말로 영동 백화점으로 쇼핑 가는 줄 알은 기라. 그래도 인천댁이 저 홍양화 가시나보다는 훨씬 낫지. 혹시나 하면서도 지하실에 내려가 약품을 확인해 봤제. 시간은 꽤 지체됐지만 서도 곧바로 성미란에게 연락한 것이 천만다행인기라. 성미란이는 곧바로 거래선마다 전화로 홍양화와 네놈이 안 왔었나 확인을 안 해봤나. 강남의 임 사장은 구찌가 크니까 틀림없이 거기도 가리라 생각하고 한 패는 대기하기 위해 그리로 가고, 남은 사람은 계속 거래선에 전부 연락을 취해 본 거라. 니놈들 덕분에 한참 바빴제. 이제 그 신세를 갚아줘야 안 되겠나?”

김칠성이 한참 떠들고 나서 쓴웃음을 지었다.

“이 나쁜 놈, 네놈을 당장 경찰에 고발할 테다.”

“네놈이 무슨 수로 나를 경찰에 넘겨. 마약 운반책인 주제에 내보다 네놈이 먼저 갈 기다. 경찰이 오기 전에 내가 먼저 손봐야겠다. 이렇게 된 바에야 너희가 다시는 세상에서 더 이상 활보하지 못하도록 말이제.”

갑자기 김칠성이 품에서 칼을 꺼내 들고 한 발 앞으로 나섰다.

“왜들 이러십니까? 들어 보니 서로 모르는 사람들도 아닌 것 같은데, 여기는 신성한 교회입니다.”

목사가 침착하게 말했다.

“신성한 곳에 저런 것들이 어떻게 들어왔노? 이 늙은아.”

김칠성이 비아냥댔다. 그리고 또 한 발 앞으로 다가섰다.

목사는 별다른 동요 없이 나직이 말했다.

“저쪽 숙직실 안에 전화가 있으니 들어가 문을 잠그고 경찰에 구원을 요청하세요."

"목사님은요?"

"나는 살만큼 살았으니 괜찮소. 늙은이를 설마 어쩌기야 하겠소. 어서 형제들이나 피하시오."

목사가 다그쳤다. 그는 홍양화를 끌고 숙직실로 뛰었다.

숙직실은 열 발짝쯤 안에 있었다. 숙직실 안으로 들어가자마자 문을 잠궜다. 김칠성 패거리가 따라들자 목사가 앞을 막아서며 외쳤다.

"더는 못 가오."

"뭐라고? 이 늙은이가 죽으려고 환장을 했나?"

점퍼의 목소리였다. 이어 목사의 비명소리가 들려왔다. 홍양화가 그 소리를 듣고 문을 열고 나가려 했다.

"안 돼! 나갔다간 아무 일도 안 돼."

이팔복은 홍양화를 잡고 숙직실 바닥에서 전화기를 찾았다. 그러나 전화기는 없었다. 순간적으로 목사님의 뜻이 무엇인가를 깨달았다. 숙직실 창문으로 도망하라고 가르쳐준 것이었다.

그는 홍양화를 진정시키고 창문의 알루미늄 창틀을 떼어냈다. 겨우 한 사람이 빠져나갈 만한 공간이었다. 숙직실 밖에서 구둣발로 문을 차는 소리가 연속되었다.

그는 홍양화를 받쳐 창문 위로 올려주었다. 그녀는 민첩하게 내리뛰어 자기 차가 있는 곳으로 달려갔다. 그도 창문을 뛰어넘어 그 뒤를 따랐다.

순간 그녀는 차 트렁크 속에서 엽총을 끄집어 냈다. 그리고 다시 교회 안으로 뛰어 들어갔다. 그도 따라 교회 정문 쪽으로 갔다.

김칠성 패거리는 그때까지도 숙직실 문을 발로 차고 있었고, 부서진 문짝 사이로 들어가려는 순간이었다. 발소리에 패거리들이 모두 교회문 쪽으로 시선을 주었다.

홍양화가 들고 있는 고성능 엽총을 보더니 모두가 하얗게 질렸다. 홍양화는 눈 깜짝할 새에 세 명 중 한 명을 겨냥했다.

총성이 탕 하고 울렸다. 순식간의 일이었다. 김칠성이와 또 한 명은 숙직실 안으로 사라지고 점퍼는 앞으로 고꾸라졌다. 그녀는 또 한 발을 점퍼의 등을 향해 쏘았다.

"어서 가요. 여기는 내게 맡겨 놓고. 곧 경찰이 올 거예요. 우물쭈물하다간 도문시에 다시 못 갈지도 몰라요."

신음소리를 내며 목사가 홍양화를 향해 말했다.

"목사님 많이 다치셨어요."

홍양화는 달려가 총을 내려놓고 목사를 교인용 긴의자에 앉혔다. 목사는 김칠성의 패거리가 밀칠 때 넘어지면서 턱을 의자 모서리에 부딪쳤다고 했다. 목사의 턱에서 피가 흘러내리고 있었다. 홍양화는 손수건을 주머니에서 꺼내 상처난 부위에 대주자 목사는 손바닥으로 지혈을 시키면서 말했다.

"상처는 금방 아물 거예요. 늙어서 그렇지. 대단치 않으니 어서 가요. 지체하다 비행기 시간 놓치겠어요."

"안 돼요. 이대로 갈 순 없어요."

"가야 해요. 이러는 게 나를 위하는 게 아녜요. 어서 가요. 곧 경찰이 와요. 그 땐 이미 늦어요."

목사가 얼굴을 찡그렸다. 통증이 심한 듯했다.

이때 유리창 쪽에서 발소리가 나는가 싶더니 이내 멀어지고 차

엔진 소리가 났다. 엔진 소리도 곧 사라졌다.

김칠성은 총 맞은 점퍼를 버려둔 채 차를 몰고 언덕 아래로 내려가고 있었다. 그들을 대단치 않게 보고 미처 무기를 준비해 오지 않은 게 틀림없었다. 그들은 다시 올 것이다. 그는 목사가 있는 곳으로 가 홍양화에게 말했다.

"지금 떠나지 않으면 다시 떠날 기회는 없어요."

"어서 가요. 나는 괜찮아요. 교인들이 총소리를 듣고 달려 올 거예요."

"목사님, 저는 어쩌면 좋아요?"

"가요. 지금은 빨리 가는 게 최선의 방법이에요."

홍양화는 그래도 발길이 떨어지지 않는 듯 주저앉았다.

이팔복은 일어나지 않으려는 것을 억지로 끌다시피 해 그녀를 데리고 차 있는 곳으로 왔다. 시동을 걸었다. 백미러에 목사가 교회 입구에 기대서서 힘들게 한쪽 손을 흔드는 게 보였다. 홍양화가 차창을 열고 목사를 향해서 손을 흔들며 울먹였다.

이팔복은 경적을 울려 목사의 인사에 답하고 서둘러 액셀러레이터를 밟았다.

세상에는 저런 사람이 더 많다. 그것이 이 세상을 그나마 지탱해 주는 힘이 된다. 그 힘이 그리스도의 마음이 아닐지라도 좋은 사상과 밝은 감정이 가득한 마음에서 생성되는 것이었다. 좋은 감정, 좋은 사상이 아닐진대 불안, 긴장의 연속으로 그 마음은 끊임없이 흔들림을 당하게 된다.

생각과 행동이 일치되지 않는 곳에서부터 시발점이 되어 갈등과 고뇌를 초래한다. 그것은 자기 자제력의 불확실성에 기인한다.

그러나 목사는 이 불확실성을 초월한 세상의 고통을 다 이겨낼 수 있는 힘을 소유한 사람일 것이다.

'목사님 안녕히 계십시오. 당신은 이 세상의 많은 사람들을 위해 오래 사셔야 합니다. 제발 안녕히 목사님'

이팔복은 속으로 목사에게 감사의 인사를 했다. 저런 사람은 세상에 오래 남아서 빛의 역할을 해 줘야 하고 소금의 역할을 해야 한다. 추악한 이 땅의 악마들을 쫓기 위해서, 아니 많은 힘없고 나약한 민초들을 위해서이다.

이제 곧 경찰이 올 것이다. 그들이 와도 홍양화는 무사히 중국 땅 그가 자란 곳 도문으로 가야 한다.

고향이란 누구에게나 그리운 곳이다. 그녀뿐만 아니라 그에게도 그렇다. 그녀가 가는 곳은 그가 가는 곳이니 더욱 그러했다. 그의 마음은 앞으로 그녀와 늘 함께 있을 것이다.

그는 계속 가속 페달을 밟았다. 차는 속력을 내며 바람을 안고 나무들과 새소리와 물소리가 어우러진 숲길을 잘 달려주고, 그는 백미러를 주시하면서 산길을 살펴 달렸다.

순간 백미러에 경찰차가 보인 건 언덕을 거의 넘어갔을 때였다. 이대로 계속 갔다 간 둘다 잡힐 게 뻔했다. 평지의 차도로 내려가면 더 뻔한 일이다. 서두르지 않으면 둘다 끝장이다. 둘 중의 한 사람이라도 건재해야 한다.

"다음 골목에서 회전할 때 뛰어 내려요. 나는 계속 경찰차를 유인하고 갈 테니까. 시간이 없어, 준비를 단단히 해요."

그는 핸들을 움켜쥔 채 차의 속력을 유지하면서 말했다.

"혼자 가기 싫어요. 이렇게 된 바엔 살아도 같이 살고 죽어도 같이 죽어요."

금방 눈물을 펑펑 쏟으면서 그녀가 말했다.

"빈털터리가 얼마나 괴로운 건지 잘 알잖아요. 이제 와서 원점으로 되돌아갈 수는 없어요. 한 사람이라도 현재의 현상은 유지해 줘야지. 그동안 벌어 논 것도 관리해야 하고……."

"정 그렇담 그렇게 할게요. 참 잊을 뻔했어요. 한 가지 말해 드려야 할 게 있어요. 언젠가 같이 살던 그 여자한테서 전화 온 일이 있었어요. 잘 가시던 부동산의 노인한테서 전화번호를 알았다고 하더군요. 사유지 그 집을 자기가 처분하면 안되겠느냐고 묻더군요. 당신 맘대로 하고 이젠 남남인데 피차 잊어버리라고 했죠. 날더러 누구냐고 묻길래 부인이라고 그래줬어요. 괜찮죠?"

"잘했어요."

이팔복은 짧게 대답했다. 더 이상 길게 얘기할 여유도 없었다.

"연락은 목사관으로 할게요. 건강해야 해요. 여보."

"여보라고 불렀어요. 방금?"

"그래요. 여보."

그때 차는 이미 대로에 거의 내려와 있었다.

골목길 커브에서 안쪽으로 좌회전할 때 그녀를 내려놓고 그는 미친 듯이 차의 속력을 냈다. 대로변에 내려서서 조금 직진하다 백미러를 보니 그때까지도 경찰차는 계속 따라오고 있었다.

차가 계속 따라오는 것을 보면 홍양화는 무사히 피했나 보았다. 참으로 다행이었다. 살다 보면 오늘같이 일이 잘 되는 날도 있어야 민초의 생활도 활력이 있다. 홍양화 같은 여자가 있어야 자신 같은 인생이 구제 받아 살 날도 있잖은가.

홍양화, 이 세상에서 처음으로 나를 사람답게 대해 준 당신. 부디 무사히 빠져나가야 해요. 내 사랑 양화.

그는 속으로 몇 번이고 그녀가 무사하기를 빌면서 그 현장에서 더 멀리 외부로 나가기 위해 미친 듯이 크랙슨을 울리며 차를 몰았다.

그 바람에 차들이 모두 옆으로 비켜섰다. 계속 경찰차도 경적을 울리며 추적해 왔다.

생각나는 모든 것들이 번개처럼 지나갔다. 그의 유년의 세월도 지나가고 슬프고 기쁜 날들도 지나갔다.

생각해 보면 슬프고 한 맺힌 나날들이 기쁨 주고 즐거웠던 날들에 비해 많았지만 그는 그 수많은 날들을 기억할 수가 없었다. 그것은 홍양화 그녀를 만나고부터였다.

홍양화가 차에서 내린 후 시간이 얼마나 흘렀을까. 한 시간 아니면 삼십 분 혹은 이십 분. 어쩌면 그보다 더 짧았는 지도 모르겠다. 짧았는지 길었는지 그는 그것을 분간할 수가 없었다. 단지 홍양화만 생각나고 그녀만 눈에 선하게 보일 뿐이었다.

'지금 어디쯤 가고 있소? 아직도 차에서 내린 근처만 맴돌고 있지는 않소? 내가 상상을 못할 정도로 더 빨리 가고 있으면 좋겠소. 어쨌든 빨리 가오. 홍양화, 내 사랑 양화여!'

그는 수없이 같은 말을 중얼거리며 차를 몰았다. 저만치 빌라들이 늘어서 있는 주택지 앞 대기선상에서 빨간 신호등을 받고 승합차 한 대가 대기 중이고, 그보다 앞서 가던 승합차가 속력을 줄이고 있었다.

그는 그 상황을 봤으면서도 속도계의 수치를 유지하면서 차를 몰았다. 앞서 가던 차가 백미러를 보더니 길을 터주는가 싶었는데 순간 운전석 앞 안전유리가 스르르 주저앉았다.

조수석의 오른쪽 라이트 쪽이 앞차의 뒷부분을 들이받은 것이다. 그래도 그는 차의 핸들을 꺾으면서 앞으로 내달렸다. 용케도 차는 잘 굴렀다. 뒤에서 앞차의 운전사가 무슨 소리인지 모를 욕을 퍼부었다. 그래도 그는 계속 가속 페달을 밟았다. 앞 유리가 없어지자 찬바람이 얼굴을 때리고 핥아도 그는 계속 달렸다. 되도록 홍양화를 더 멀리 도망치게 하기 위해서도 그는 달려야 했다. 그것이 경찰을 따돌리는 유일한 길이었다.

홍양화를 잡히게 할 수는 없었다. 그녀가 잡히면 그의 사랑도 끝날 것이다. 사랑을 위해 그녀를 안전지대로 보내야 한다. 이제는 그녀는 그의 전부이다.

홍양화, 그에게는 오직 그녀밖에 없었다.

야생화의 생리

　아편, 모르핀 등 마약의 원료가 되는 식물로 당국의 허가 없이는 재배할 수 없는 양귀비를 집에서 관상용으로 몰래 기르다 적발되는 사례가 잇따르고 있었다. 이 모 씨는 지난 해 가을 야산에서 채취한 양귀비 씨앗을 자신이 일하는 농장의 화단에 파종해 오십여 포기를 기르다 경찰에 적발돼 마약법 위반혐의로 불구속 입건됐다. 주부 김 모 씨는 금년 봄 시장에서 보통 꽃씨로 알고 구입한 양귀비 씨앗 삼십여 알을 채송화, 봉숭화 씨앗과 함께 화단에 심었다가 경찰에 입건됐다. 이들 모두 양귀비의 화려한 꽃모양에 반해 화단을 장식하기 위한 수단으로 다른 화초처럼 길렀다고 경찰에서 진술했으나 명백한 실정법 위반이어서 처벌을 기다리고 있는 상태로 일 년 이상 징역형을 받게 되어 있었다.
　경찰청은 이같은 양귀비 불법재배가 늘자 양귀비 및 대마를 불법으로 재배하거나 채취하는 행위 등에 대한 단속활동을 강화하라고 전국 경찰에 지시했다.

경찰청이 시달한 주요 단속 대상은 앵속재배 및 아편제조 아편의 무허가 재배 및 채취 등이었다.

그는 신문에서 눈을 뗐다. 형사는 기다리고 있었다는 듯 말했다.

"보시다시피 양귀비는 야산에서 자라나면 그냥 양귀비꽃이요 사람들이 그 꽃을 채취한다면 그때는 법의 테두리 안에 갇히게 되는 거요. 다시 말하면 법은 사람이 살아가는데 필요한 계약과 같은 것이오. 사람들이 그 계약을 지키며 살아가면 하등의 구속력을 받지 않아요. 그 구속력에도 예외는 있어요. 당신에게선 처음 우리가 만났을 때인 당신이 성미란의 집에 아니 이정주라고 부르면 어떨까요. 동일인이까요. 당신도 아시다시피 그녀는 창녀 시절에 만난 김칠성의 동거녀였지요. 나는 그녀가 창녀였다는 것을 강조하는 것이 아닙니다. 오히려 그때는 들풀이었습니다. 요양원에 있을 때까지는 아니 그녀가 몸이 정상인으로 돌아와 창녀촌으로 다시 왔을 때까진 그랬습니다. 김칠성이의 생모도 그녀를 제대로 받아들였습니다. 감옥에 간 자기 아들이나 창녀인 성미란 아니 이정주나 별 차이 없다고 생각했겠지요. 문제는 김칠성이의 생모인 포주가 죽고 김칠성이가 석방되어 돌아와서부터 그들은 더 쉬운 돈벌이를 생각하게 됐지요. 김칠성이는 출옥할 때 감방 동료에게서 마약에 관한 여러 가지 정보를 쉽게 입수했지요. 그 정보를 토대로 접선된 대상자가 스포츠센터 운영주였던 민 모 씨와 그와 관련된 주위 사람들이었지요. 그들은 첫 시도에서 성공했습니다. 반면에 거기까지가 올바른 정신을 지녔을 때지요. 아까 얘기를 다시 계속하십시다. 성미란의 집에 변기를 고치러 갔을 때가 그 한 예요. 그때는 당신도 순진했었소.

아주 순박했단 말이오. 지금 당신은 어떤지 아시오. 법 테두리 계약 안에 깊숙이 접근해 있는 마약밀매 운반업자가 돼 있소. 요즘은 남용계층이 사회 건전계층에까지 침투되고 연령층의 연소화와 투약 장소의 다양화 및 확산의 속도가 해마다 빨라지고 있소. 종전에는 폭력배, 유흥업소 종사자, 일부 연예인 등이 주로 남용해 왔으나 최근에는 의사, 기업가, 연예인, 근로자, 주부, 일부 학생들까지도 애용하고 있소. 그래서 우리는 마약의 밀수나 밀조, 밀매 등 마약류 사범을 엄히 다스리기도 하지만 개정의 정이 있는 자에겐 그 정상을 참작해서 사회로 복귀시킴과 동시, 재활용하는 방법을 택하기도 합니다. 그들에게 협조를 부탁하기도 하지요. 알다시피 마약의 약물중독은 그 상대가 누구든 가리지 않고 폐인으로 만듭니다. 인간은 인간이기 때문에 약물에 취약합니다. 약물에 중독된 상태에서 각종 범죄를 유발하는 것을 봐서도 알 수 있습니다. 중독자 자신에게도 아편의 치사량은 내성이 있는 성인의 경우 1g 내외가 됩니다. 밤을 낮삼아 일하는 유흥업소 종사자들이 피로를 잊기 위해 복용하는 사례는 흔한 옙니다. 우리는 그 필요한 충분조건들을 경제 발전과 배금주의의 확산으로 인생을 즐기고 보자는 퇴폐적 쾌락주의의 양산, 과열 경쟁사회의 고학력 선호, 탈락자들의 정신적 방황, 복합 다양한 약물 사용자의 출현으로 처음에도 언급했듯이 그 원인을 분석하고 있소. 그것은 당신도 알다시피 우리들 앞에 마약이 있기 때문이지요. 중국에서 교포들이 한국을 방문하는 방문자가 증가하자 일부 '꾼'들로 인한 중국산 반입량이 증가한 데 원인도 있소. 마약 밀반입은 그 첫 번째가 초기진압의 필요성이 중요하오. 두 번째로는 단순한 투약자들의 단속보다 공급조직의 단속과 차단이 당장에

급한 불을 끄기에는 효력이 빠르다는 약효능 때문이오. 그러나 이처럼 규제와 검색 기술이 강화된 만큼 상대적으로 반입운반 수법도 다양하고 교묘해지고 있소. 대개는 체내운반, 피부접촉운반, 소지품위장운반 등으로 크게 분류되지만 그걸 알면서도 그 적발은 힘이 든 단 말이오. 언젠가는 김포세관 X-RAY 촬영에 나이지리아 인이 마약을 10g씩 비밀 캡슐에 넣어 일흔한 개를 삼켜 뱃속에 넣고 반입을 시도한 일도 있소. 요즘의 중국 교포들에 의한 아편밀반입은 일반 한약재인 녹태고나 우황청심환 혹은 과자로 위장하는 수법이 이용됩니다. 이들은 아편을 15~16g 정도의 작은 덩어리로 소분한 뒤 양초로 싸서 마약견의 검색을 통과하기도 합니다. 이 밖에도 방법은 다양합니다. 항문이나 음부, 머리칼 속, 넓적다리 등 신체의 지방층을 절개해 마약을 넣은 뒤 봉합하는 방법, 운동화의 밑창에 공간을 만들어서 반입하는 방법, 반창고 등으로 몸에 부착하는 방법, 옷가지나 벨트, 장신구, 이용수법 등 전문 밀수업자들의 수법도 대담하고 점차 지능화돼 가고 있소. 현재 세관의 전담반에서 사용하는 주요 장비는 X-RAY 투시기, 소변분석기, 마약간이 시험키트 내시경 정도이지만 중국 교포들에 한해서는 그동안 너그럽게 대한 게 또한 사실이오. 그러나 앞으로는 탑승객을 분석하는 타기팅법 활용과 개인별 동태분석인 프로틸링, 마약 탐지견을 사용할 계획을 세우고 있소."

그는 장황하게 설명한 형사의 말을 거의 듣지 않고 있었다. 그 형사의 뒷편 취조실의 창문을 통해서 파란 하늘이 보였다. 구름 한 조각이 그 위를 흘러가고 있었다.

홍양화도 어디선가 저 구름을 보고 있을지도 모른다는 막연한 생각이 떠올랐다.

그녀는 이팔복에게 있어선 천사였고, 선녀였다. 그녀는 그보다 모든 것을 더 많이 알고 더 많이 본 것 같았다. 그녀는 그에게 있어선 신비, 바로 그것이었다.

그녀와 같이 지내는 동안 사물에 대한 판단과 사람의 분석, 환경의 빠른 적용, 돈을 굴리는 기술, 심지어 밥을 요령있게 먹는 방법까지 또는 대화하는 요령까지도 배웠다. 그녀는 끊임없이 무언가 가르쳐 주려고 노력했고, 그는 그때마다 경의에 가득찬 시선으로 그녀를 바라보곤 했다.

"홍양화는 어떤 방법으로……."

갑자기 형사의 목소리가 굵어졌으므로 그는 그에게 시선을 주었다.

"마약을 반입했을까? 당신은 이 부분에 대해선 모른다고 했지만 그녀는 가장 손쉬운 방법을 택한 걸 우린 알고 있소. 초기에는 세관을 통과하는 교포들의 짐 검사를 별로 안 했기 때문이오. 건성으로 검사하고 세관을 통과시켰소. 그 점이 우리의 실수요."

돌덩이보다 차갑게 느껴지는 그의 낯빛이 의무적으로 말하는 것 같았다.

"우리는 성미란의 동태를 살피면서도 그녀가 김칠성의 내연의 처라는 사실을 까맣게 모르고 있었소. 그들은 호적상 정식 부부가 아니기 때문이었소. 이제 생각해 보니 일부러 혼인신고를 안 한 것 같소. 처음엔 모르고 넘어 갔겠지만 나중엔 하지 않은 것이 훨씬 유리하다고 판단했겠지. 이 점은 우리가 잘못했다는 것을 시인해요. 김칠성 일당을 정보원으로 이용해서 성미란의 조직을 감시케 한 것은 참으로 창피한 일이었소. 그러니 우리에게 확실한 정보가 들어올 리 없었지. 우리는 단순히 김칠성 일당이 포주와 소매치기만을 하고 있는 줄 알았소. 알다시피 경찰의 인원과 장비, 조직력 그 외 모든 요소들이 부족한 상태에서 드러나지 않는 범죄를 무턱대고 쫓을 수 없으니 검은 조직을 때로는 이용할 때가 있소. 어쩔 수 없는 사실이오. 당신이 성미란이가 영등포역 앞 색시 출신이었다는 정보를 말해 주기 전까지 우린 그녀의 고향과 잠시 무교동의 다방에서 일 했던 것밖에는 아는 것이 별로 없었소. 아마 다방에서 일 했을 때가 당신의 말을 종합해 보면 결핵 요양원에서 퇴원했을 때가 되지 않나 생각되오. 시점이 그렇게 돼요. 다방에서 생활이야 성미란이 적당히 둘러댔고 그녀가 손수 경영하던 이대 앞의 카페도 그랬소. 합법적으로 세무서에 사업자등록 신고도 해놓고 정당하게 벌어서 생활하는 것으로 위장했으니까 달리 이상한 점은 나타나지 않았소. 우리도 그 카페는 별반 대수롭게 생각하진 않았소. 그녀가 우릴 따돌릴 생각으로 합법을 가장했으리라고 미리 예측했기 때문이오. 그녀도 가끔 나타났다고 우리 대원이 보고하곤 했는데 대개는 아르바이트 학생을 썼다고 해요. 사실은 그 보고된 내용이란 게 파견된 우리 대원이 그 사람은 딴 짓하고 정보원으로 보낸 김칠성파가 카페 감시역을 대역했다니까 이 말하면 우리 얼굴에 똥칠할 일이지만 당신이 솔직히 털어놓으니까 나도 솔직해지려고 하는 것이오. 같은 패거리한테 무슨 특별한 정보를 입수했겠소. 정말 어처구니없는 일이오. 카페에 파견됐던 그 대원은 지금 근신 중이오. 나는 지금도 성미란과 김칠성이 내연관계라는 게 이상하게 생각될 지경이오. 그럴 수도 있는 일인데 말이오. 어쨌든 김칠성의 소매치기와 매춘업

위장은 성공적이라고 지금도 감탄하고 있소. 우리는 그런 줄도 모르고 그의 조직력을 이용해 요시찰 인물 감시를 시켰으니 그 요시찰 인물인 당신이나 중국으로 탈출한 홍양화 나……."

"지금 뭐라고 그랬어요? 탈출했다고 그랬나요?"

이팔복이 갑자기 질문을 하자 그는 그의 돌변한 태도 변화에 어리둥절해 하더니 이내 알아차린 듯 엷은 웃음을 입가에 흘렸다.

"아하, 홍양화가 무사히 탈출했다니까 그러시는군. 하기야 당신에겐 그 일이 제일 궁금했겠지. 방금 연락을 받았는데 우리 조직의 일본 특파원이 일본 나리따 공항에서 알려온 바에 의하면 홍양화가 중국 항공기를 타기 위해 트랩을 올라가는 것을 목격했다는 거요. 중국과 범인인도협약이 없으니 범인 인도를 요구할 수도 없구. 중국 항공공안 측에 홍양화가 마약범이라는 사실을 알리려고도 했지만 그들의 신문에 언젠가 마약범을 총살시키는 장면이 게재된 사진을 본 생각이 나서 교포라는 차원에서 묵인했다고 합니다. 죄는 나쁘지만 당신들에겐 잘된 일이오. 당신은 형 만기가 끝나면 언제든지 그녀를 만나러 갈 수가 있소. 그녀도 법의 시효가 지나면 한국에 다시 올 수도 있을 것이오. 당신이 우리에게 잘 협조를 해줘서 고맙소. 그 점은 당신 형기에 많은 참작이 될 거요. 덕분에 성미란과 파출부인 인천댁을 성미란의 집에서 체포했소. 둘이는 기분 좋게 양주를 마시고 있었소. 노인회 회장인 곽 회장과 이대관도 체포했소. 그들은 별다른 용의점은 없었는데, 아편으로 특수 제조된 담배를 흡입, 판매한 혐의요, 곽 회장은 성미란이 창녀촌에 있을 때 단골이어서 그들이 인연을 맺었다는 것도 새로 알게 된 사실이지만 놀라운 일이오. 그 나이에 뭐가 탐낼 게 있다고 아편을 만졌는지 모르겠소."

형사는 담배갑을 그에게 내밀었다.

그는 담배 한 개비를 빼어 물었다. 형사가 라이터로 불을 붙여 주었다.

"이제 좋은 소식도 말해야겠소. 홍양화가 엽총을 쏘았던 그 바람잽이는 살아났소. 생명을 건졌다는 담당의사의 설명이오. 당신도 천운을 타고 난 사람이오. 당신의 차가 인도로 뛰어들어서 전신주를 들이 받을 때 우리는 가슴이 철렁했소. 당신이 죽으면 어쩌나 하는 생명의 고귀함보다는 범인 체포가 더 중요했기 때문이오. 사체가 아닌 살아 있는 사람말이오. 당신이 기절해 쓰러져 있는 걸 앰뷸런스에 싣고 갈 때는 솔직히 말해서 앞이 캄캄 했었오. 다행히 머리 몇 바늘 꿰매고 멀쩡하니까 기분이 그렇게 좋을 수가 없습니다. 김칠성 일당도 영등포 창녀촌에서 체포해 모두 수감돼 있소. 그러니 안 좋을 수가 있소?"

처음으로 형사는 밝게 웃었다.

그의 어깨 너머로 하얀 하늘이 보였다. 그 하늘 끝 저편에는 마주 보는 하얀 바다가 보일 것이다.

그 바다 건너 중국으로 홍양화는 무사히 탈출한 것이었다.

그는 비로소 안도의 숨을 길게 내쉬었다.